当代中国最具实力中青年作家作品选
周李立短篇小说选

八道门

周李立 著

中国言实出版社

图书在版编目（CIP）数据

八道门：周李立短篇小说选 / 周李立著 . -- 北京：中国言实出版社，2016.4
ISBN 978-7-5171-1864-0

Ⅰ. ①八… Ⅱ. ①周… Ⅲ. ①短篇小说—小说集—中国—当代 Ⅳ. ① I247.7

中国版本图书馆 CIP 数据核字（2016）第 089569 号

出 版 人：王昕朋
责任编辑：胡　明
文字编辑：张凯琳
封面设计：水岸风创意文化

出版发行　中国言实出版社
　　地　　址：北京市朝阳区北苑路 180 号加利大厦 5 号楼 105 室
　　邮　　编：100101
　　编辑部：北京市海淀区北太平庄路甲 1 号
　　邮　　编：100088
　　电　　话：64924853（总编室）　64924716（发行部）
　　网　　址：www.zgyscbs.cn
　　E-mail：zgyscbs@263.net
经　　销　新华书店
印　　刷　北京温林源印刷有限公司
版　　次　2016 年 6 月第 1 版　　2016 年 6 月第 1 次印刷
规　　格　710 毫米 × 1000 毫米　1/16　12 印张
字　　数　196 千字
定　　价　40.00 元　ISBN 978-7-5171-1864-0

目录

移 栽

　　应天在电话里说了很多次，有空聚聚。乔远并不当真，在北京，所有人都这样说，所有人也都不信。在艺术区入住半年以后，乔远还是没见到应天，哪怕应天的住处不过二十分钟的步行距离。没想这天，应天真的出现了。在乔远工作室院门外，应天站成一只海星的样子，两手平摊，像要隔着一米多高的矮墙，与乔远来一个久别重逢式的拥抱。

　　那时的乔远工作室，还不是后来整饬过的样子。矮墙围出长宽各六米的小院，一半是泥地、一半是水泥。泥地基本荒芜，陈年的草根和垃圾掺在一起，没人有勇气踩进去。水泥地面，刚好够停一辆小汽车，尽管乔远总是把脏兮兮看不出颜色的桑塔纳，停在院外的路上。矮墙是上任房主用红砖垒出来的，那个失败的雕塑家根本不屑于砌墙这种事，于是始终有砖块从墙面上拱出来。从任何角度看去，那墙也不是直的，而像调皮的孩子故意歪掉的积木。在艺术区，总是会有这种七拱八窍、让人疑心随时会倒掉的东西，于是所有人也不以为奇，他们习惯了这种风格，就像习惯艺术区突然冒出来的奇怪雕塑一样：丰乳肥臀的女人、身着性感短裙和高跟鞋的睫毛很长的猪，或者趴在房顶长翅膀的裸体男人，有一年大雪后一夜间出现的雪人长着骷髅的头骨……后来这都不过成为讨好游客的东西。人们搂着性感的猪留影，以为它们是真正的艺术区明星。矮墙正对工作室的位置，留有院门，也只有半人高。门其实是块没有上漆的木板，从不上锁。铁丝弯成简易的门闩，也像随时会掉下来。

"你小子，终于来了！"应天夸张地喊到，热情得像这里的主人，这让乔远觉得自己如不立刻投入他的怀抱，便是对这种热情的辜负。但乔远却迟疑着，无法动身。

在他们同窗的大学四年里（准确说是三年），应天总是语不惊人死不休的那个，他认为乔远很多时候都放不开，"这对你不是好事，你知道，艺术家总需要一点点的，疯狂……"应天曾这样说乔远，他把最后两个字神秘地说出来，像在耳语一些惊人的秘密。乔远始终觉得应天看不起自己，因为在两人所有的合作作品中，那些奇思妙想都是从应天的方脑袋里冒出来的，虽然最终完成那些古怪的行为艺术、玩笑一样的装置作品，或者仅仅是一幅模仿结构主义风格的极简油画的，其实都是乔远。应天相信，这是有成效的合作，就像他们在艺术学院舞会和酒吧里，默契合作以讨好那些学过色彩和搭配的女孩们一样。她们基本都是同一类女孩，并不是真的漂亮，却令男人们一见难忘。她们把印象派那些理论都实践在自己身上，丝巾从不绑在脖子上而是系在腰上或者头上，戒指永远不会戴在手指上，而出现在颈上或者耳朵上，还有姑娘把戒指穿在肚脐上，低腰裤上一寸的地方，总是明晃晃地星星一样闪着光。乔远不太明白她们的生活，也始终没有在她们不同比例的身体上建立起男性的自信，这让他整个大学时代都显得沉闷、惶惑，或者还有一些自卑，因为他身边总有一个应天，作为对照。应天好像总能让她们觉得，男人们的世界是如此有趣，所以要迅速在咖啡厅或者酒吧各种昏暗的灯光里投怀送抱。

"我的天，你这里，也太不像样了，我看，我们得弄一下……"应天放下手臂，两手插在裤子口袋里，打量着简陋的院落，看上去有种救世主的自信。他从前也这样说，在每一个难挨的白天过去的时候，说，"我们得弄一下"，他这样暗示乔远，他们该去找女孩了。应天这样说的时候，总让乔远觉得应天会把所有问题都解决掉，那些麻烦事都会包在他应天身上，然后乔远也有了勇气，可以和那些新来的学妹们说一些古怪、肉麻的话。

乔远回过神来，拉开那临时的木板门，让应天进来。"刚搬进来，好多地方没来得及收拾。"乔远说。

应天还是四处打量，像经纪人打量着刚出道的小明星，在心里暗自估量对方是否会有远大的美好前程。这让乔远不安，他不喜欢他评判一切的目光。他们这几年并不常见，于是也失去了学生时代的坦诚，显出客气和生分。应天很早就入住了艺术区，是这里最早的住户。乔远曾经去他的住处看过几次，和普通的单元楼没有太多区别，那也是很久以前的事了。每一次，应天都会嘲笑乔远任职的工科学院，他把理工科男生说成各种笑话和段子的主人公，然后用这样的方式鼓动乔远来艺术区，"来吧，我们得弄一下。"他轻巧地描绘着一种生活，仿佛当年在咖啡厅对那些女孩们描绘爱情的语调一样。应天没有工作室，因为他不打算画画。乔远问缘故，并认为艺术学院美术系的学生在艺术区理所当然应该画画。但当时，应天只是诡异地谈起一些含金量很高的名字，暗示自己正在为那些闪光的艺术而忙碌——他可以把任何事情都说得委婉、神秘，仿佛不可告人的天机，而乔远如果再多问两句，便会显得愚蠢，或者不明事理。

应天大概这时看见了娜娜。乔远回过头，看见娜娜穿着青蓝色的长袍——她喜欢在自己身上披挂各种古怪的衣服，踩在工作室金属的门槛上，懵懂地看着他们。应天冲娜娜喊，"美女！你好！"乔远认为他根本不需要那么大声。

娜娜表情严肃，没有应答。这与她平时不太一样。她面对陌生人时，会有短暂的胆怯，像孩子第一次看见远房亲戚的反应。但乔远知道，她会很快跟所有人熟络起来，她并不真正害怕所有人、所有男人，而初见的严肃，可能也是因为她相信：反正会立刻熟悉，所以怠慢一下又何妨？这也许是她跟乔远真正的区别，那些她擅长的事，也是让乔远紧张的事。

事实也是这样。在三人去草场地村吃饭的路上，娜娜已经会在应天说完每句话后，咯咯大笑，像艺术学院那些女孩们一样。她走在他们中间，那么轻松自如，别人会相信他们三人是每天都待在一起的伙伴。

这是一段有年头的路，机场高速建成前，所有车辆都必须从这条两车道的马路慢吞吞等过十几个红绿灯后，才能到机场。但现在，这里不常有汽车经过，除非那些希望躲过高速通行费的农用皮卡。于是他们可以并排而行，在最适宜的北京秋天的黄昏。一公里以后，从五环的桥洞下穿过——那里总会有尿液的臊味，他们会到草场地村。

应天提出，他们应该去草场地吃晚饭。不过隔着一条五环，但草场地和艺术区大不一样，草场地村民的房子都被租出去开了餐馆，在曲折拥挤的小路两旁，他们可以找到全国任何一个省的美食。

乔远在一路上都没说什么话，他一直在留意娜娜，希望她不要说出一些外行或者幼稚的话。她现在是他的女孩，尽管他们从没有认真明确过这一点，但应天会这样想，他也许已经在心里有了这样的想法：乔远这小子，终于来了艺术区，但他还有一个姑娘，这太奇怪了，他怎么可以有这样一个活泼的长腿姑娘？而且没有他应天的帮助。

好在他们始终在说一些无关艺术的话，而那些话听来也无关爱情。

"乔远说过你，但是你知道的，他一直说的是，阴天，哈哈，阴天……"这是娜娜在说。

应天说，"我知道。他以前合唱，横断山，路难行，哦，那太难了，麦克刚好在他嘴边，于是所有人都听的是，很段三，路兰信……"应天唱了出来，模仿乔远的口音。

娜娜笑得更开心了。乔远一边躲过娜娜张牙舞爪的手臂，一边假装这也是件很好笑的事。他希望自己已经对很多年前的那次合唱不在意了，但他发现娜娜的存在让这变得困难。

娜娜抹着眼睛，她可能已经笑出了眼泪，她说，"哦，是的，是的，我一直在想，怎么会有这么奇怪的名字，阴天，我还以为是个艺名，艺术家果然要有不一样的名字，因为他说，你们还有一个同学，叫秦天，阴天，晴天……"

应天大笑起来。一辆皮卡车正好吐着黑烟经过，乔远阴暗地想，应天可以把那黑烟都吞进去，然后他就再也没法揭穿乔远学生时代那些不堪了。这很像一种不好的开始，在他刚刚以为自己要痊愈的时候，那些陈年疮口被揭开、脓液蔓延、再度感染。那是他最害怕的事。他本科毕业又读了研究生，已经让所有同学困惑。那些同学们，那时都已如鱼得水般自由翻滚在北京的汪洋里。接着读书，这听起来是最无奈和无趣的事。后来他研究生毕业，在一所理工科学院任教，教美术选修课，所有同学反倒都不再诧异了。大概他们觉得，这不过就是乔远这样的人会干的事。他就应该这样，按部就班，过一种被所有人看穿的生活。他们不认为在乔远身上，会发生什么精彩的意外。现在，乔远来了艺术区，这对所有人的预期都是一种伤害。应天可以在艺术区，和艺术家名流们交流，游刃有余地谈论尤伦思新近的展览或者近期拍卖会的热门拍品，身边围绕着模特身段天使面容的姑娘，手上把玩着泰国的佛珠或者印尼的沉香……但这不应该是乔远的生活。应天当然也会这么理解，他可以理解当初那个在女孩面前手心出汗的乔远，可以理解在艺术学院的舞会上摔倒的可怜虫，他可能还无法理解在艺术区开画展的乔远。

娜娜不会了解这些。她青蓝色的长袍，被秋风吹动，露出娇小嶙峋的骨骼，就像这条过气的马路两旁那些新栽的树苗，纤细的枝条有固执的造型。更远处那些大树，黄叶已经落下，暗示即将在不久后降临的漫长寒冬。地上星星点点的枯叶，都像是对骄傲的、裸露的树苗一种幸灾乐祸的提醒——它们可能来自顺义或平谷的某温室大棚，它们无从得知自己在外面的世界将要遭遇的那些东西。他们为什么在秋天种树？乔远想。

大概娜娜和应天也无法找到更多共同话题，在草场地村朝鲜餐馆的矮床上，他们盘腿坐下后，应天还是说起了艺术学院的那些事。乔远疑心这才是应天的真正目的。他知道，应天在这个无聊的看起来不会有大事发生的日子，从艺术区最南边的单元楼里出发，步行二十分钟，来到乔远位于艺术区最北侧的工作室。这一路上，应天也许都在得意，因为他终于又可以和当年的"小兄弟"乔远一起，再度上演那些一捧一逗的戏码，哪怕乔远已经在艺术区办过画展——这不是容易的事，但是他仍然只是乔远而已，这永远不会改变。

"乔远，你记得你那个'年会'吗？"应天翻着菜单，但他根本没看上面的字，他飞快指点着上面那些冷面、烤肉、辣白菜炒五花肉的图片。他身边站着的，应该是老板娘，细长的眼睛，裙子腰线高到胸脯以上，正飞快地在手中小本上写着什么。

乔远希望应天可以委婉一些，至少他可以先说说他们完成的那些惊世骇俗的作品、他们在咖啡厅和酒吧里收获的那些美好记忆、他们同窗的那三年时间里消耗掉的那些时光……在娜娜这样的女孩面前。而不是像锋利的拆骨刀，一刀切中肯綮，如此毫不留情。是的，他们在一起的时间，不过三年。大三学年结束后，学院发现应天百分之六十的课程都没有及格，这意味着他必须在乔远毕业后再在艺术学院停留两年时间，和年级更低的学生们一起，完成他必需的学业，至少要通过百分之八十的考试。但应天无法忍受这样的安排。他潇洒地肄业，就像与那些女孩们利落分手一样，迅速消失，挥挥衣袖，不带走一片云彩。大四一年，是乔远最安静的时光——同学们忙于各寻出路，他等待着成为研究生一年级的新生。乔远在这不被注意的一年里，意识到应天如何毁掉了他的大学时代，他希望自己从来也没有和应天住在一间宿舍，希望自己从来没有被应天半夜里在上铺和不同女孩们亲热时的动静而弄得心烦意乱、持续失眠，他希望应天没有利用过他，把他当成工具。应天见证乔远的失败，像一个明确的证据，而这个证据，现在活生生地盘腿坐在这里。他身旁坐着娜娜，乔远认识不久的女孩。她跪坐着，青蓝色长袍盖住膝盖和脚，像日本女人的装扮。她对这朝鲜餐馆的一切都感到惊奇，到处看来看去。她说，"这里，就像是他们家的卧室。"他们坐在低矮的床铺上，面前是同样低矮的小桌，身边是大红底色、绿叶图案的被褥……老板夫妇晚上共用的被褥。

乔远也四处打量，装作没有听见应天提到的"年会"。应天已经点完了菜，他一边倒着不锈钢壶里的大麦茶，一边像是自言自语，"你的那个'年会'，去年我见到她了。"

娜娜突然问，"什么'年会'？"，像是刹那发现了比被褥更令她感兴趣的事情。

应天满含深意地笑，并开始倒绿色玻璃瓶里的清酒。乔远飞快地触碰了应天藏在小桌下的腿，尽管他也觉得，这其实没什么用，应天不会理会他的暗示。

"哦，It is a long story（说来话长）……"应天说，故弄玄虚。

乔远对娜娜说，"没什么'年会'，都是没意思的事。"但他不知道这样解释是否有用。

"没意思吗？你原来可觉得那很有意思。说真的，挺有意思。"应天说。

"快说吧！急死我了，你们两人。"娜娜可能真着急起来，一口喝光了清酒，乔远不知道她喝酒的时候，原来会像口渴的人喝水一样急切。他看着她，不相信她刚刚喝光了一次性纸杯里的酒。她扯着应天的胳臂，要应天说说"年会"。她肯定知道，那跟乔远有关，或许是另外一次合唱——就是那种糗事而已，娜娜喜欢这些东西。

"一个女孩。"乔远觉得自己来说，也许更好。

"可不只是一个女孩，是一个'年会'。"应天总是要重新解释乔远的话，就像错误的路牌，把娜娜引导到相反的方向。

"啊？一个女孩？怎么是'年会'呢？"娜娜流露出失望的情绪。

"先喝酒，我再说。"应天摆弄着已经端上桌面的装满烤肉、辣白菜的盘子，说道。

乔远先喝。除了喝酒，他觉得其实现在他做不了别的事。放下杯子的时候他朦胧意识到，这不只是一次谁也不当真的"聚聚"。他希望说些别的，那些值得说说的东西，于是他问应天，"最近忙什么？"

应天愣了一下，说，"有些事，你知道，就是一些事。"

娜娜说，"说'年会'！"

乔远搂着娜娜的肩，试图安抚她。这天她突然变得性急起来。但他的胳臂，让跪坐的娜娜歪倒了。这也许令她不自在，她拧巴了一下，挣脱乔远，又给了他一个表示歉意的笑容。乔远猜想，都是因为应天在场，娜娜才拒绝这亲昵的举动。看起来，她正在努力让自己坐直，像倔强的小学生在课堂上的样子。应天两手撑着膝盖，表情坚毅，在考虑着什么重大问题。这是乔远熟悉的表情，预示着马上就会有奇怪的想法从应天的脑袋里诞生。应天长得高大，方形脸泄露他北方人的出处，所以他跟乔远看起来，很不一样。

"他最好马上说出来，他要我去做的，那又是什么事？"乔远暗想。

"你听说蒋爷现在的事吗？"应天说，听起来他们终于开始探讨那些成人的事了。

乔远知道那是什么，蒋爷在筹备艺术区年末最大的装置展。蒋爷是艺术区身价最高的明星，应天在帮他做事，很多人都在给蒋爷做事。

应天说，"我想，你别画画了吧？架上，哦，那有什么前途呢？来帮我做装置，你记得的，你总能理解我的想法，我们来弄一下！"

乔远说，"哦，我想，这不合适。"

"有什么不合适呢？"

"我该想想，让我想想。"乔远像自言自语。

事实上乔远不需要想，他不会让自己回到受应天摆布的时光，但是他无法拒绝应天，他其实很少拒绝，在任何事情上。

应天似乎有些尴尬，他后来一直说着一些无关痛痒的话。窗外暗沉下来，外面的窗台上整齐码放着一瓶瓶的清酒，酒瓶在夜色中有种暗绿色闪光。娜娜始终没说话，大概"装置"或者"架上"，对她来说，都是一样无趣的事。女孩们只关注男人本身，而男人们操心的那些东西，也是让她们厌倦的事情。政治、艺术、经济、股票……看来都是她们的情敌。娜娜昨晚发过脾气，因为她认为洗碗的人不应该总是她。她在艺术区的咖啡厅当服务员，不需要洗碗的那种服务员，所以她和乔远的生活里，她也不需要洗碗。但这不是严重的问题，女孩们的小情绪，不过是借题发挥的手段，乔远已经知道怎么应付了。从前他不知道，于是让事情越来越糟糕。最糟糕的，就是那个"年会"。"年会"每年从美国回来一次，他们才能见一面。见面来之不易，却总是不欢而散。她越来越喜怒无常，因为一些琐碎的事，出租车司机绕路、餐馆上菜太慢、商场结账排队，或者乔远手机里名字花里胡哨的女孩们的电话……都足够让她迁怒乔远、大发雷霆。他们跨洋的恋情，于是成为应天津津乐道的笑谈。当时在应天看来，那不过是没什么希望的玩笑，可以不必当真。何况，乔远和她从没上过床。这更像一个玩笑。只有乔远这样的人，才会把玩笑当真。

他们已经把一顿饭，吃了很长时间。清酒的空瓶子在桌上摆成六角形。乔远自己也不理解，为什么还能听应天说这么多话？

应天后来像要哭起来，他撑着额头，脸垂向桌面。乔远看不出他是不是已经流泪，乔远只能从他激动的嗓音判断。可能是酒精作用，清酒度数不高，却很容易让人喝醉。

应天呢喃着，说他其实很累，因为他做不到，蒋爷的要求太高，他大爷的那些人，只知道为难他，让他做不可能做到的事。

娜娜抚摸着应天的背，"她是个心地善良的姑娘。"乔远想，"所以她还不能区分男人们的伎俩。"他们看起来的样子，与事实本身，可以完全不一样。就像昨晚，乔远假装抱怨颈椎的问题，他说长时间作画让他抬不起胳臂，娜娜便忘记了对洗碗的抱怨。他们拥抱着，让对方相信他们彼此相爱，尤其在这样的夜晚。颈椎问题，让这个夜晚显得苦涩、充满磨难，也让洗碗成为最不紧要的事。这样的时候，他们需要相互支持，这样才令人感动。虽然后来还是娜娜，愉快地挽起袖子，把他们不多的几只碗通通洗得发亮。

娜娜皱着眉头看乔远，像是在指责乔远的无动于衷，不是么？乔远最好的同学、大学三年的同窗，现在看起来正在一个最脆弱的时刻，不管那是因为什么，至少他们，在场的所有人，都应该为他做点什么。

乔远无法向娜娜解释。解释意味着揭穿，这是残忍的事，对他、对应天都是。应天希望乔远能去帮他，他断断续续地表达这样的意思，到后来几乎是恳求的语气。这在他们之间是从未有过的，"我们得弄一下。"以前应天只需要这么说，这句话就像一把钥匙，应天拧动这钥匙，乔远便会让自己开动，像汽车载着沉重的负担，乔远这一路走来并不轻松。

乔远不喜欢娜娜拍在应天背上的手。他让娜娜去再点一些吃的东西。这会是一个漫长的夜晚，他们都需要多吃一点东西。

娜娜赌气一般，把手从应天背上拿开，似乎意识到乔远的意图，根本不是让她去点菜。应天反而不再抽泣了，大概是意识到，这没什么用，无论他说"我们去弄一下"，还是假装恳求，如今，乔远都不再听命于他。这是让人沮丧的转变。

乔远叫来老板娘。现在，这个眉眼细长的少妇看起来已经困倦不堪，她正和一个白净的男人歪在房间另一头看电视。她不情愿地走过来，听见乔远说要菜单的时候，才又来了些精神。

大概意识到他们三人已经是这家不大的家庭餐馆这晚最后的客人，乔远有种想要讨好老板娘的愿望，于是他请她推荐，"你们的招牌菜？"

"狗肉火锅。"她眼睛也没抬，低着头说，看着手里的小本。那大概是菜单上最贵的菜。

"那就再来一个，狗肉火锅。"乔远说，他现在是这里的决策者，这真是一种不错的感觉。

"什么？"娜娜大叫起来。

"狗肉火锅。"乔远不解地看着她，希望她已经忘记洗碗的事、"年会"的事，所有那些不堪回首的事。

"什么？"

"你干嘛?"乔远突然大声,刚刚那种做决定的感觉已经被娜娜破坏。他有些恼怒。他们,所有人,为什么都喜欢质疑他?他觉得头晕,大概已经醉了,他想。

"不,不能吃狗肉!"娜娜不示弱,她倔强起来的样子,也显得可怕。

"我们就点狗肉。"乔远决定不再让步。

"你! 太残忍了……你就是一个残忍的人。"娜娜小声说,一边从矮床上挣扎着要站起来,之前她也已经盘腿而坐。起身的动作太快,她又踉跄着跳下矮床,飞快地穿鞋,在乔远根本没有意识的时候,她已经拉开门,跑了出去。

"哦,乔远,你怎么回事?"应天语气平稳地指责他,完全不像刚刚哭过的样子。

乔远和应天后来在五环的桥洞底下,才追上娜娜。黝黑的桥洞像恐怖电影的片头,零星划过不知何处的汽车灯光。应天一路都在抱怨乔远,他说,"一个女孩都搞不定,你怎么还跟原来一样?"

乔远没心思理会应天的幸灾乐祸。他觉得只要追上娜娜,便可以不必理会应天的幸灾乐祸。

乔远这时想起,应天刚才正是用这种语气说起"年会"的事的。"那个女孩,大一就去美国留学了,所以,他们每年只见一次,年会,哈哈,年会。"

娜娜当时也在笑,就像听见"横断山、路难行"的时候一样地笑,她看起来似乎对乔远多年以前爱着的女孩毫不在意。乔远有种失落,他自己也为此奇怪。

应天又说起那最精彩的一段,他怎么会忘记这一段呢,"最后一年,'年会'回北京来,后来他们吵架了。哦,乔远不会跟女孩打交道,他们每次年会都吵架。那一年,吵得特别厉害,大概是'年会'吃醋了,以为乔远在学校乱搞女孩。她真弄错了,乔远怎么会乱搞呢? 他没这本事。但他为了证明自己,你知道他干了什么吗?"

"什么?"娜娜微笑着问,鼓励应天说下去。

"他跳进了后海里,大晚上,哈哈,好像冬天,对,是冬天,圣诞节,美国的学校放假,'年会'才能回北京来。他衣服也没脱,就突然跳了进去!

天啊，我们一群人刚才还在说话，转身看见他跳了进去，不过，那地方不深，上面还有一层薄冰，水可能刚到膝盖，但他全身都湿了，他可能不是跳，是扑进去的……"应天做出一个扑倒的动作。

娜娜咯咯笑起来，好像那真的很好笑，"后来呢？"她问。

"后来，还有后来吗？没有后来了，后来，'年会'走了，年会没有了。"

"你说你去年还见过她？"娜娜问。

应天突然想起什么，说，"是啊，去年，她嫁了个美国老头，也是搞艺术的，小骚货，现在更骚了，我问她记不记得'年会'……"

乔远终于听不下去，打断应天，"别说了……"

"你不想听吗？你很想听，我知道你很想听，她说记得，当然记得，不过，只记得他跳到后海的事儿。"

娜娜表情严肃起来，没有再问。

失去听众的应天大约也觉得尴尬，于是对乔远说，"不过，你当时真厉害，每年就见一次，我们都挺佩服的！"这不知真假的话，让乔远感到意外，应天从没说过佩服他。后来应天凑到乔远耳边，悄声说，"每年见一次，还不上床。"

乔远尴尬地笑，他知道应天不会再说"年会"了，但他也已经打定主意，他不会去给应天帮忙，做那些倒霉的什么装置艺术的事。

这大概在应天假装哭起来之前。

娜娜蹲在桥洞另一头，靠着一颗新栽的小树。她抱着膝盖，看乔远，像在鼓励他把她抱起来。乔远知道，这不过又是一次"洗碗"，她并不是真的不能吃狗肉，但乔远不确定那些让她夺门而出的东西，到底是什么，是她安慰应天的手段吗？

乔远把她扶起来，她很顺从。站起来后，她趴在他肩上，开始小声地哭。乔远拍她的背，就像她刚刚拍应天的背一样。

"好了，宝贝，我们不吃狗肉。"他知道这会管用。

娜娜哭着说，"我们不吃狗肉，那太残忍了，太残忍了……"她全身都软绵绵的，身上的长袍在秋天的夜晚显得过于单薄。她在发抖，也许是太冷，他说，"是的，太残忍了，我们坚决不吃狗肉。"她温顺地紧贴着他，像在告诉他——他的话起作用了。但她还在哭，说，"根本不是狗肉的事。"

他从前不知道哄女孩应该说什么话，仿佛说什么都是错。有一次，"年会"也是这样，趴在他的肩膀上，希望他能带她回宿舍，那也是一个寒凉的夜晚。但是他拒绝了，尽管他也很想。因为宿舍里有应天，还有其他那些人，他不知道怎么让他们"给他一个小时时间"，用来办妥那些事。他犹豫着要不要去酒店，但是她已经哭起来，很快又开始发怒，说乔远不过在骗她，又说他总在她不在的时候乱搞……后来，乔远发现自己怎么解释也没有用，于是跳进了后海里。

应天这时赶了过来，他气喘吁吁说，"嘿，你们先亲热，我躲远点儿，我去放下水……"说着，他走到五米远的地方，另一棵新栽的树苗前面，开始解裤子拉链。

娜娜嗔怪着别过身去，小巧的身体就像一个赌气的孩子。乔远听见应天在叫他，"嘿……兄弟，要不要也来放水？"娜娜沉默，乔远把这当成她的默许。他的确需要小便，这感觉突然强烈起来。他也跑向了应天身边那棵小树苗，看上去，那棵只有一人高的枯枝一样的树苗，已经歪掉了，像随时会倒下来。

他们并排站着小便，以前他们经常这样做，在后海度过一个有趣的夜晚后，再东倒西歪地站在某棵树边上，让两条水柱始终相距十公分的距离。

娜娜在喊，"你们太恶心了！"应天大笑。乔远觉得他们可能都已经好起来了，这个夜晚那些让人困惑的东西，无论是什么，也许都已经过去了。

"嘿，兄弟，你看，这树，这小东西，多风骚啊……"应天说。乔远没在意，他们都喝醉了。应天又说，"我们把它带回去，怎么样？这小东西，我们来弄一下！"

应天拉上拉链，要动手去拔那棵小树苗。乔远反应过来，他想偷树。"别弄了，你喝多了！"乔远拨开应天的手。

"喝多了才有意思呢，你看，这小东西！你那院子，正缺这样一个可爱的小东西。来吧！兄弟，帮帮忙！我们把它弄回去……"应天已经把树苗拔出来了，乔远能看见球形的树根。

"你干什么？这不行！"乔远喊到。

"你们好了吗？在干嘛？"娜娜背对着他们，不知道发生了什么。

应天停了下来，树苗斜插在地上。他紧紧地瞪着乔远，把脸也凑到乔远面前。乔远闻到猛烈的酒味，还有尿液的臊味，应天的脸在路灯微弱的光照下显得陌生。

应天狠狠地、低声地说，"这也说不行那也说不行，你告诉我，什么行？啊？女人么？还是什么？我睡了她，"年会"，去年，你知道吗？你没睡过她……"

"滚开！"乔远喊。

"你要干嘛？"应天还是低声说。

乔远推开应天，把那棵倾斜的树苗，拔起来。那其实已经不需要什么力气了，何况在这样一个夜晚，乔远觉得自己有用不完的力气，他一只手就可以提着一棵树，尽管只是一颗小树苗。

"你拿着什么？天啊，树，你疯了……"娜娜说，听起来带着哭腔。

"哦，美女，艺术家需要一点点的，疯狂……"应天平静地解释，完全不像喝醉的样子，他似乎对这样的事情很满意。在五环边这条不被世界瞩目的路上，他们三人正面对的事情，乔远单手拎着一棵小树，年轻的女孩刚刚闹了出走又哭了一场，而他，终于可以心平气和地为此做出解释，艺术家需要一点点的疯狂的事情。

"乔远，你要把它拿到哪里？"娜娜惊讶地问。

"哦，美女，当然是家里！我们要把这可爱的小东西带回去，这不是很好玩吗？"应天说。

乔远没有理他们，他希望自己可以走得更快一些，把他们远远地甩在身后，但他们却紧紧地跟着他。娜娜后来也不再问问题了，因为乔远顾不上她。他们并排走在他身后，像是两名忠诚的卫士。乔远越走越热，他想如果现在是在后海边上，那璀璨的蛊惑人心的霓虹之下，他也还是会跳下去的——那瞬间冰冻彻骨的感觉，应天永远也不会知道，那到底有多爽。

第二天早晨，乔远被一些奇怪的声响惊醒。

他从床上爬起来，挣扎着把窗帘拨开一条缝。他觉得自己的头，随时都会向地面扎去。

他隐约看见，娜娜拿着一个铁锹，在院子里挖着什么。她穿着乔远的衬衣和裤子，裤子太肥大，在脚腕处打了两个结，头发胡乱地扎起来。这装扮让她看上去老了十岁。

乔远开始回想昨晚发生的事情。他好像做了一些什么肯定会让自己后悔的事。哦，天啊，喝醉了，偷了一棵树回来。这意识突然让他清醒。他随便抓了件衣服。可能还是昨晚那件衬衣，有难闻的酒气。他暂时顾不上那么多。他来到院子里，才终于明白，娜娜想把那棵树苗，在院子里种起来。她不会用铁锹，院子里泥土地面的这一半，现在还只有一个浅浅的坑。她似乎对自己不满，用力地铲着土，把自己的体重全部都压在铁锹上。

"我来吧。"乔远走过去，想去帮她。她回过头，脸上亮晶晶的，不知道是汗水还是泪水，在早晨的阳光下，隔外醒目。这是乔远见过她最狼狈的样子。

"娜娜，对不起。"乔远不知道自己是在为什么事情道歉，但他下意识地说着对不起。他接过铁锹，疑惑着自己的工作室怎么会有一把铁锹？

娜娜好像看出他在想什么，说，"找门房老李借的，铁锹。我想，不种下去它会死的，那太残忍……我们得把它种在这里，不然它会死的。"

那是一个晴天。乔远记得很清楚，他在工作室的院子里，种下一棵树。他以前从没这样想过，要在院子里种点什么东西，但是他的确这样做了。之外，他又清理了泥地里那些荒草和垃圾，用五个黑色大垃圾袋装起来扔掉。这耗费了他几天的时间，但他和娜娜后来认为，这都是值得的。他们还计划着，在院子里他们还能做些什么？后来他们一件一件地将这些想法都付诸实践。在小树苗的旁边，放上木头茶几，一张旧沙发，茶几上铺上花格子的桌布，摆上烟灰缸和茶盘。娜娜还想在春天的时候，在院子里种一些蔬菜。另外那一半的水泥地面，或许可以时常清扫、用水冲洗，在夏天的夜晚拉上彩灯，用不锈钢的炉子做烧烤。可能还需要接上电线，这样院子里也可以用音响放音乐了。

应天也只是隔很长一段时间，才过来乔远的工作室一趟。每一次，他看起来都不太一样，他的生活总是魔方一样迅速变化。有一次，他打量着那棵树，那树竟然活了下来。这已经是个奇迹，但应天似乎完全想不起来跟这棵树有关的那些事了。他疑惑地问，"哦？这个小东西，还挺可爱的嘛，什么时候有的？"

乔远没有回答他。移栽这棵树的事，他们最好都不要再提，无论是娜娜，还是应天。那个奇怪的夜晚，已经过去很长时间了，乔远已经知道，很多事只能过去，不要回头。

　　有一天，大概已经是春天的时候了，娜娜惊奇地告诉乔远，那棵树一夜间长出了好多小芽！

　　他搂着娜娜，他们都站在工作室金属的门槛上。娜娜喜欢这样，站在门槛上，来回晃动，像个孩子，假装站不稳。他说，真想不到，还以为它会死呢！

　　这时，娜娜说，"我不想再听见'年会'的事了。"

　　乔远愣了一下。其实他是想了一会儿，才反应过来娜娜说的"年会"，指的是什么。

　　娜娜说，"那其实跟我没什么关系，是吧？"

　　乔远说，"是的，没什么关系。"

冰 辞

　　杜宇飞找了份工作，在报社做美术编辑。他和乔远一样，学国画，但乔远学写意人物，杜宇飞学青绿山水。

　　乔远想知道"美术编辑"跟"青绿山水"之间有没有什么深层次的关联？比如构图或者色彩方面的。

　　杜宇飞说有屁关系啊，"就是排版工，排版都用电脑，标准的软件，哪儿都一样。"他说话声音不大，音色清澈，这让他无论说什么，都不显得过分——如果你不是太仔细留意他说的内容的话。

　　乔远不熟悉报社的工作——那该是种什么状态？但他愿意相信，那和自己在艺术区工作室的生活，肯定截然不同。他不知道杜宇飞为什么要去干那个？美术编辑，尽管听起来也挺艺术的。

　　何况美术编辑上夜班，这是杜宇飞强调最多的一件事，"晚上八点到半夜两点。"乔远不确定，他到底喜不喜欢这样的工作时间安排？听上去并不占用太多时间，何况这段时间本来也没什么用，白天总是有用的，对所有人都是，就像杜宇飞和乔远都在白天画画。可是听上去，杜宇飞还是对此有些不满，他后来说，"地铁公交十一点就没有了"——他回不去了。

　　杜宇飞是在做了两天美术编辑后，开始在乔远的工作室过夜的。

　　杜宇飞住在燕郊，离北京三十五公里。他半夜两点从国贸下班，打车来艺术区，车费二十八元，在报社报销范围内。但如果去燕郊——等等，没有出租车会半夜去燕郊。所以，他只能来乔远这里。何况他后来认识了一个黑车司机，车费又便宜了不少。

他们都喜欢画画。大学毕业后，为了安心画画，他们还一起租过房子，在通州，城铁的终点站。他们住在一幢20世纪建成的六层板楼里，那曾经是国营玻璃厂的老宿舍楼。房租令人吃惊得低，让人觉得这肯定不会长久。两个单身男人，各占用一间卧室。小客厅作画室，仅此而已，他们无法让这种生活看起来像要继续下去。那时的夜晚，他们谈论的都是遥远的话题。林风眠是杜宇飞的偶像，而他们都讨厌吴冠中，认为那是"伪水墨"。夜色总是很黑，因为他们住的那幢楼周围，没有路灯，也没有其他建筑。他们孤零零的，小心翼翼囤积方便面，以便应付半夜突如其来的饥饿。

那时候，乔远白天去理工学院教美术选修课，每周两次，这是一件象征大于实质的事情。年轻时的很多事情，都只是象征。其他的日子，他们极少出门，几乎闷出病来。于是杜宇飞看上去皮肤越来越白了，他是内蒙古人，家在呼和浩特，后来他又说其实不是呼市，而是下面的某个县城。他们都是县城出来的男生，乔远来自南方，长江边的县城。但这并不足以让他们一起长久生活下去，他们仿佛都知道，这只是临时的局面——一南一北，预示了他们终究会分道扬镳。

后来乔远搬来北京城东北角的这片艺术区，租下工作室，像时来运转的赌徒，他很快开始卖画——这是他们曾经都渴望过发生在自己身上的事。乔远也不再去上美术选修课了，他三十岁，需要更实际的东西，而不是象征。

其实杜宇飞比乔远更早搬离通州那幢楼。有一段时间，他们各自的行李都装在白色塑料的整理箱里，一人四个箱子，并不多，但足够装下他们离开县城之后的全部生活。

搬家的时候，杜宇飞说，幸好学的是水墨——他从不说国画，那是含混的概念，他只说那是水墨——如果是油画，那会多出很多东西，画框、画布，在北京干燥的天气里变得硬邦邦的油画颜料，脏兮兮的调色板，难闻的松节油……光想想就很麻烦。

乔远离开通州搬去艺术区的时候，想起杜宇飞的话。后来乔远在艺术区工作室的时候，他开始希望自己学的是油画，不，最好是雕塑，版画也行，壁画也可以，反正他需要填满这间空荡荡的工作室。这里实在太大了，他觉得自己怎么也填不满它，那些宣纸都太轻薄。他像刚刚从洞穴走出的冬眠者，对空旷的空间感到恐惧。何况工作室是天光照明，天花板装有四块倾斜的玻璃，跟大学时代艺术学院的画室一样。光线从正上方进入，让一切都大白于天下、无所遁形，哪怕是那些隐藏得最深的东西。

但没过多久，乔远便明白自己低估了生活中会发生的那些变化，因为他认识了娜娜，她成为他的女朋友。于是他的工作室很快便显得局促，她搬来的第一天就填满了他装衣服的大木箱子，像是一种魔法。

工作室外面，有一个不大的院子。院子东侧的房间，是前任房主建的，有两间。外面是餐厅，但他们从不在餐厅吃饭。餐桌边放着微波炉、电冰箱，都是前任房主留下的。里面是厨房，没有燃气，他们用电磁炉做饭。艺术区曾经是工厂厂区，不可能有燃气。

娜娜也很快开始让餐厅和厨房发挥作用，虽然在这之前她从没做过饭。她二十多岁，在西餐厅当过服务员——那不代表她必须会做饭。但烹饪这件事也许很像一种充满创造性的游戏，小女孩们都喜欢这种过家家一样的事情。娜娜兴致勃勃地做饭，很是着迷了一段时间。但在乔远看来，她还是在过家家，她并不真的喜欢做饭，她只是喜欢这种她没做过的事情。不过，她倒是让厨房也被填满了，因为做饭需要太多的准备，需要原材料和工具。冰箱也开始工作，在工作室东边临时搭建的餐厅里，它白天黑夜地发出勤劳的轰鸣。

杜宇飞从通州搬走，他没来艺术区，那需要一笔不小的租金，而其实住工作室，并不那么舒适。这件事不适合他。因为，女人还是需要住得舒适一些。是的，女人。那一年，杜宇飞的女朋友从内蒙古大学毕业了，她如期抵达北京，在通州的房子里凑合了两夜。然后他们搬走了——他们可能一开始就是这么计划的。

杜宇飞和女朋友小静从通州搬去了孙河，那是北京城东北五环外的一个地名——乔远那时只知道这么多。他想，至少艺术区也在北京城东北，他们的直线距离并不太远。

认识娜娜之前，乔远有时会去孙河，找杜宇飞，还有小静。艺术区门前，有公交车直接到孙河。孙河也是终点站，杜宇飞说自己总喜欢住在终点站，因为这样上车的时候"会从起点站上车"。乔远觉得他想得太多了，后来又觉得他说得没错，乔远回艺术区的时候对此有了体会。起点站，意味着你总是会有一个座位，无论后面的路上，有多少人都想挤上这辆开往城区的公交车。乔远那时坐在座位上，可以无所谓地看着那些可怜的人们因为上不了车，沮丧地嘟囔着"等下一趟"。可下一趟，也许并不会比现在好，他们还是上不去。那时乔远看问题总显得悲观。

乔远第一次到孙河的时候，杜宇飞在孙河的公交车站等他。在终点站下车的人，只有两三个。杜宇飞总是穿各种颜色的圆领 T 血，那天他穿一件明黄色 T 血，告诉乔远，孙河是一片别墅区。他还向乔远解释，为什么这偏远的地方会有必胜客，也因为"是一片别墅区"。

小静看上去是个很适合做女朋友的女孩，比娜娜胖一圈，黑色中长的头发扎成干净的马尾。她也画画，用水粉颜料画色调柔和的插图。

他们住的地方看上去还不错，别墅最顶层的两间，也是天光，倾斜的天花板支开一块方形的长瓦，远处看去，像中欧地区的城堡。

杜宇飞和小静，后来又从孙河搬去燕郊了。燕郊的房子是杜宇飞买的，也是因为"男人还好，但女人还是需要买一个房子的"。

杜宇飞买房子的时候，乔远也有了女朋友娜娜。他们都不再是自由的单身汉。乔远于是认为自己可以站在杜宇飞的角度考虑问题了，但即便这样，他也还是不太能理解。因为娜娜从不说买房的事，尽管他们也许还可以在望京或者通州之类的地方，买套小房子。但娜娜跟小静不一样，乔远这样说服自己。

杜宇飞说服乔远的角度是另外一种，他说燕郊那边还不错，如果不需要每天进城的话，后来他又纠正自己，说燕郊属于河北，进城应该改为进京。

乔远听杜宇飞说起燕郊，好像那也是有天光照明的，天花板可以打开，露出钢化玻璃。这样的设计，不正像为画家准备的么？他和小静都画画，他们为天光照明着迷。

乔远一直没去过杜宇飞在燕郊的新房，因为那太远了些，尽管那也是某些公交车的终点站。他们相约过很多次，杜宇飞希望乔远带着娜娜去燕郊做客。

后来乔远和娜娜终于决定去一次了。

那是那一年春节后，杜宇飞已经连续两个月都在乔远的工作室过夜了。春节期间，他们都回了各自的县城，杜宇飞和小静回内蒙古，乔远带着娜娜回了南方。

杜宇飞回北京的时候带回来两只羊腿，是两只羊腿，其中一只送给乔远和娜娜。

"天啊，我第一次看见羊腿！"娜娜惊讶不已，她也是南方人，城市长大。她又说，"我是说，除了长在活羊身上的腿"，大概觉得这也没说对，她着急起来，补充说，"不对啊，活羊我也没见过。"

杜宇飞羞涩地笑起来。他是那种男人，在女孩面前容易羞涩。但他一米八的身高，又让这种羞涩显得奇怪。

"草原上没什么东西好带的。"他说。

娜娜问，是不是应该放冰箱里？但她并没伸手接过杜宇飞举着的那个白色塑料袋。乔远清楚看见，袋子里血红色的肉，还有一团团的血水。他想了想，从内蒙古到北京需要多长时间，这羊腿也许已经化冻了，也可能它从来也没有被冰冻过，因为杜宇飞说过，"草原上现宰的羊，跟冰冻肉吃起来不一样。"乔远觉得娜娜也许是害怕，那血肉模糊的一个袋子，羊蹄从袋口伸出来，像是受了很长时间的委屈。

乔远于是去接过那袋子，娜娜可能还在想自己到底有没有见过活的羊。一条羊腿原来这么重，是他没有预料的。他打开冰箱冷冻室——老式冰箱，冷冻室在上层——看见里面散落着几个冰淇淋，都蒙着厚厚的白霜，应该是可爱多。冰淇淋是夏天的东西，它们错过了季节，便被遗忘。娜娜喜欢吃可爱多，女孩们都喜欢，但女孩们不喜欢羊腿。

杜宇飞又说了些什么，大概是羊肉的做法。春节之后他胖了一些，可能那真是不错的羊肉，乔远想。

娜娜对羊肉并没有兴趣，就像她对这个内蒙古人杜宇飞也没有太多好感一样。那时她已经不喜欢做饭了，最初的新鲜感过去，便只剩下疲劳的重复。她还不喜欢洗碗，这也是重复的没意思的事。

她最初对杜宇飞印象还不错，女孩们对杜宇飞的最初印象都不错。他白净、高大，看起来老实诚恳，是很适合做男朋友的男人，就像小静是适合做女朋友的女人一样。他们很般配。

娜娜是不喜欢杜宇飞在这里过夜，尽管他只占用工作室的沙发，而他半夜三点到工作室的时候，娜娜也睡着了，她不会知道。乔远给了他钥匙，他可以自己开门。

娜娜觉得这样很怪。有一天早上她去卫生间，杜宇飞光着上身穿着长裤在里面刷牙。他没有关卫生间的门，因为他只是在刷牙。

娜娜向乔远抱怨，"他又不是没有家，为什么要住在我们这里？"

乔远于是又解释了一番，关于地铁和公交十一点都停运的事情，而他住得太远，又没有车，他只是在这里暂时躺几个小时——乔远极力让这一切听起来都是很轻巧的事情，就像那些轻薄的宣纸。

他又想，要不要提醒她，她的好朋友唐糖曾经也在这里暂住过几天。但他还是忍住了，娜娜还年轻，她需要的只是一些好听的解释而已。

"可是，他要住到什么时候呢？"娜娜小声地问。杜宇飞那时还在工作室，娜娜和乔远在里面的卧室说话。她放低了声音，怕他听见，乔远觉得她是个善良的姑娘，他也许可以说服她。

可是，他也不知道杜宇飞要住到什么时候？他上班是因为要还房贷，零星卖出的几幅画跟每月固定的房贷比起来，就像是偶尔的艳遇和婚姻间的差别那么大。可是杜宇飞又想画画，便只能找一份晚上上班的工作。报社美术编辑的夜班工作，这样想来似乎很合适，除了下班太晚不能回家这件事。乔远觉得整件事都像一个连环锁："因为"和"所以"，其实都是一回事，于是永远也解不开。这样的想法连乔远都感到惊恐，他不能这样告诉娜娜。很多时候，他都会这样对她说，"不会很久了，马上就好了"，所以他那时又这样说了一次。

但这一次，娜娜似乎并不相信他，毕竟杜宇飞已经在乔远工作室过夜已经两个月了。

杜宇飞一般上午十点起床，那时乔远已经在工作室开始画画了。乔远也不是太喜欢那样的时候，画画的时候有一个男人睡在你身边的沙发上，尽管他们在同一个屋檐下住了好多年，大学时代和通州时期。

杜宇飞睡觉很安静，不打呼噜，也不会乱动，但被褥会散发出一种极猛烈的成年男人的气息。这种气息让乔远觉得，一切都不那么好了——水墨，这是多么微妙的东西，细小的差别便足以败坏掉灵感。

娜娜更直白些，她说不喜欢这种"睡觉的气味"。何况还是另外一个男人的"睡觉的气味"。

但乔远不想因为这个原因便拒绝杜宇飞住在这里，他好像根本不知道怎么拒绝一个人。那时杜宇飞问乔远，能不能下班后来这里躺一小会儿，等天亮有了公交车，他便回燕郊去。听起来不是太麻烦，乔远想起他们同住的那些单身时光，想来竟像所有故去的爱情那般美好。他一厢情愿地从这件事情里感受到别样的情绪。所以他爽快地同意了，又给了杜宇飞一把备用钥匙。因为他们无法在半夜三点从床上爬起来给他开门。

杜宇飞晚上三点抵达的时候，应该非常谨慎，因为乔远从来也没有被他吵醒过。他大概都不会开灯，只是脱掉鞋子，倒头便躺上沙发，拉上被子，然后闭眼睡觉。

尽管如此，这仍然不像一个长久之计。好在很快就会到春节，他们各自离开北京。临行前，四人在艺术区吃了一顿涮羊肉——娜娜也不喜欢涮羊肉。但谁也没提起这个问题，杜宇飞会住到什么时候？

他们倒是说起一些相关的东西，比如，什么才是"长久之计"？杜宇飞和小静打算春节期间订婚，可能正是这个喜庆的消息，让乔远和娜娜小心回避掉了那些尴尬的问题。可是，小静说，"结婚需要很多足够长久的东西，至少现在，他们没有这些东西。"

他们还需要什么长久的东西呢？乔远想，一套房子，那足够长久么？小静很节省，她不上班，给杂志画一些插图，谨慎地划分他们的收入。杜宇飞解释，这跟她的成长有关——所有事是不是都跟成长有关？小静跟父亲和后母长大，一直住校，生活费少得可怜。可是她活到了现在，看上去也很幸福。

春节后，杜宇飞带来了羊腿，又邀请乔远和娜娜去燕郊做客。娜娜不是太想去，但最后也没坚持，大概因为那只羊腿，让她不好拒绝。

她问乔远，"那该怎么弄？"她做过的菜很少，口味好的更少。

乔远也不知道该怎么处理那只羊腿，"先放冰箱。"这回答让他自己也放松了不少，他想起冰箱里那几个陈年的冰淇淋，又觉得有些焦虑，他想应该把它们扔掉的。

出发之前，娜娜又忍不住打开冷冻室去看。她小心翼翼拿手指去戳羊腿，它大概还没有完全冻结，戳上去软软的。她飞快地把手缩回来，又飞快地关上冰箱门，好像那羊腿会自己跑出来。

"太吓人了！"她悄声告诉乔远。

乔远笑着，发动了汽车。副驾驶座位坐着娜娜，杜宇飞在后排，他们向燕郊出发。

乔远的桑塔纳已经开了很多年，一辆白色二手车。娜娜给车取了名字，小白。小白和娜娜一样，多数时候并不温顺。京通快速路上，他们都发了脾气。小白的刹车总是发出尖厉的摩擦声，像听力测验师在你耳旁敲响三角铁，娜娜似乎听力很好，于是她为此烦恼，抱怨这漫长的路程。她怀疑自己在耳鸣。

杜宇飞愿意谈论这个话题，他说，"这条路远，但很顺，因为毕竟是'快速路'"，而且，乔远还"有辆车"。他又说，小静的爸爸本来承诺了给他们买一辆车的——他没再接着说下去。

他们把钱都花在燕郊的房子上了，订婚了，并希望得到一辆车，然后，他们什么都有了，但他还是会住在自己的工作室……乔远想。

天气可能仍然很冷，因为路两旁的树，像一束铁丝插在笔筒里。灰蒙蒙的天色，零星的汽车。视野里突然出现前方有车的错觉，让他疑心然后踩下刹车，刹车又发出尖叫……一切都让驾驶变成疲倦的事。到底还有多少公里呢？

乔远第三次急刹车，而前方其实并没有车辆。这时，杜宇飞告诉他不要疲劳驾驶。他接着又说了些别的，大概是想帮他打起精神来。他说艺术区现在很热闹，乔远答，"可不是，他们居然已经找了物业公司，你相信吗？艺术区居然需要一个物业公司！"

"不错啊，他们什么事儿都会管的。"杜宇飞在燕郊的新房，也是有物业公司的。

"什么事儿都会管，也什么钱都收……"乔远想起那张收物业费的通知单，他不认为自己需要为这种东西交钱。"物业？厨房都是人自己盖的，跟物业有什么关系？"艺术家们都反感这种事情，没人交物业费，他们可能还会搬到另外一个没有物业公司的地方。可在现在的北京城，他们还可能找到那样的地方吗？

"是没关系。"杜宇飞并不为此激动。他说，"不过物业会有办法收钱的，比如停水、停电……"

"谁理他们？原来也没水，后来都是人自己接水龙头上水……"他不认为自己会被停水停电这样的事情威胁，因为这里原本就没有水，电虽然是通的，但是很多电线也需要自己布置，那些裸露的红蓝相交的电线，倒像是大巧若拙的国画线描作品，在墙角蜿蜒着，也是漂亮的装饰。这是乔远第一次表达对这件事的愤怒，他在心里埋怨杜宇飞，为什么偏偏提起这件事？

"是不合理，但是没法讲理。"杜宇飞说。

"他们什么事都没帮我干过，凭什么收钱？我自己交房租，自己打扫卫生，自己换保险丝，自己清理下水道，我还打扫院子外面的路！他们倒该给我交钱！"乔远说。

杜宇飞没有接话，乔远才醒悟过来，他不该这么说。杜宇飞住在他的工作室，也从没提过房租水电的事情。他们同窗多年，不应该提那些让人恼火的事。

娜娜也不愿意说起这些事，她从来不觉得物业公司入主艺术区会是问题，她的问题是那烦死人的刹车发出的声音。现在她看上去有些疲倦，嘟囔着，"你们小声儿一点，吵死了！"她想去开收音机，又发现在通州和燕郊交界的这个地方，无法搜索到她喜欢的调频电台，她关上收音机，想说些别的。

娜娜转过头去问杜宇飞，"离你们的房子，还有多远？"

"不远了。"

谁也不说话。

小静在炖羊腿。白萝卜切成薄片，已经在汤面上浮起来，像是已经炖了很久。他们进门之前，便已经闻到羊肉萝卜汤的味道。

他们的房子在六层板楼最上面两层。客厅中间有小楼梯通往楼上的卧室和天花画室。新房里，一切都是亮白的，也可能因为天花照明，白墙面并不显得刺眼。墙角贴着带小花边的瓷砖，很像小静给杂志画的那些插图，那种清新、明快，女孩儿气十足的插图。那些插图都放在一个斜面的画台上，和国画家的画案不一样，那种画台更现代。但所有的东西都成双成对，显得温馨。乔远没有看见一根裸露的电线。

娜娜好像来了精神，她不喜欢羊肉，但她喜欢小静的插图。她很遗憾自己不会画画，甚至说她也想学画插图。"我的手很稳的，画眼线总是一次到位，绝对不会画第二次！"她很得意。但小静从来不画眼线，她不化妆，也没有任何首饰，所以她不知道该怎么回复关于眼线的问题。小静在楼下客厅边的小厨房里忙碌，像任何一个能干的妻子。

小静的确是能干的。在餐桌上的时候，她可以和乔远聊艺术区的那些事情。她知道艺术区谁的地位最高，谁最值得关注，而谁不过是在浑水摸鱼……这是乔远都不知道的东西。小静又说希望乔远多帮助杜宇飞，"他不过是需要一些机会。"乔远不知道他还得怎么帮助杜宇飞，是让他在自己的工作室过夜吗？

"蒋爷去年买了你的画，这是很了不起的事情！"小静说。

乔远略觉尴尬地笑，杜宇飞也这样在笑。娜娜为此得意，只有她才真的认为这是"了不起的事情"。

"宇飞有天赋，只是需要机会，我想，在艺术区，也许机会会多一些。"小静声音清澈，听起来很柔和，像她做的菜一般清淡。杜宇飞不喜欢小静做的菜，因为"没有油，加了太多水，没有味道。"杜宇飞更喜欢娜娜做的那些乱七八糟的东西，比如黝黑的绿咖喱牛肉，虽然味道很怪，但新鲜刺激，正是他需要的。

乔远觉得自己明白了小静的暗示，他说，"如果有机会，我会推荐宇飞的。"小静又给他们分别加了热汤，接过汤碗的时候，乔远说，"我们读书的时候，是最好的同学，同居很多年……"但那汤碗太烫，乔远只好迅速把碗放下，那时他觉得有些事情就像不动声色的热汤一样，它明明是滚烫的，但你根本看不出来。从前他们不会喝这样的汤，他们吃方便面，但可以谈论林风眠、张大千和黄宾虹，乔远现在更喜欢林风眠。

娜娜几乎没吃羊肉，但她也觉得这汤味道不错。"像贵州羊肉米粉的味道，如果再来些辣椒。"但小静说他们没有辣椒，她希望娜娜能够品出羊肉本身的味道，"很多东西，看起来很淡，但味道很好！"她内蒙古大学艺术系毕业，比娜娜更深奥。

娜娜说，"很好吗？但我还是喜欢辣椒。"

小静还介绍了羊骨的做法。她说，只要找到骨关节的地方，便能很容易把羊腿分解开。

"都是你弄的？"乔远问，他想起那血糊糊的一只羊腿，想起干干净净、穿白毛衣的小静，用一把硕大的切骨刀砍羊腿的样子，觉得不可思议。就像西游记里那些面貌温和的美女，刹那间褪下脸上的画皮，露出狰狞血腥的本来面目。

"都是她，她是我们家的杀手。"杜宇飞说。

娜娜在桌子下面摸到乔远的手，乔远觉得娜娜的手心在出汗，很多的汗。他紧握着她的手，疑心她是不是也和自己有同样的幻觉出现？

"没办法，总是要有人弄的，我原来也害怕，但是女人嘛，总是这样过来的。"小静平静地说，可能她的确为此得意。

"是吗？"娜娜有些恍惚。

"当然，下次娜娜试试，你们那只羊腿……"杜宇飞开了一个很不合适的玩笑。

乔远和娜娜开车回艺术区的时候，雾霾已经散去。春节后的北京城，京通快速路两边的路灯，显得格外明亮。没有星星，但夜空通透。到收费站的时候，他们都觉得奇怪，因为这段路程仿佛短了很多，他们本来以为需要更长时间。

娜娜显得沮丧，自从杜宇飞那个不太合适的玩笑之后。

在收费站，她终于开口说话，"我真的要去弄那只羊腿吗？"

乔远说，"什么？哦，羊腿，你还在想羊腿……"他正在往收费站的小窗口里替上钞票，说话断断续续的。

"其实，他们家挺好的。"娜娜又说。

"你喜欢吗？"乔远踩了油门，离开收费站。

"我是说，那种感觉，新房子的感觉，像家的感觉。"

乔远仍然没有留意她真正想说的是什么，这天他开了太久的车，注意力已经不是太集中了。

他说，"我们也可以有啊，如果你想的话。"他说的是实话，他们在一起已经五年，也许还要更久一些，他觉得自己已经做好准备，随时给她一个家。但他并不愿意强迫她，她太年轻，会对一切强迫的东西表示出习惯性的抗拒。她可能自己都不确定，她想要的是什么？她和小静还是不一样。

"不，我不是说我想要，但我是真的喜欢他们家。"娜娜说，生怕他误解一般地解释。

"那今天还不错，是吗？"乔远问。

"是的，还不错，除了，羊腿……"娜娜迟疑着说。

"羊腿？"

"是的，我不想变成那样，我做不了这样的事，我不想去弄那羊腿，虽然，羊肉汤很香。"娜娜有些激动。

乔远笑起来，他觉得她完全没必要为此解释或者激动，"没事的，宝贝，你不想做就不做。"他看见了写着"北京城区"的路牌，快速转了一下方向盘。

"可是，那羊腿怎么办？"娜娜声音大起来。

"什么怎么办？"乔远还在为刚刚差点错过出口而后怕，他不知道下个出口在多远的地方。

"冰箱里那只羊腿！"

"先放着吧，还能怎么办呢？"

"不，你总是要处置它的，你总是要管它的，你总是要做这些事情的，你不明白！你怎么不明白呢？光冻起来，那有什么用，那些东西，还是在那里，它们不会就这么没了，它们会一直在那里！"娜娜一口气说了很多话，像结婚多年的女人一样，絮絮叨叨着那些琐碎的事情。也许小静也会这样，在和杜宇飞单独在一起的时候，唠叨他们生活中那些让人为难的麻烦事。他们的生活，终究不只是带小花边瓷砖的新房和随时可以点火的燃气。

乔远耐心地听娜娜说话，他其实有些恍惚。这是疲倦的一天，他只希望能马上回到工作室的床上，穿着刚洗过的睡衣，没有"睡觉的味道"的睡衣，和娜娜拥抱着入睡。这会是一个适合睡觉的夜晚，因为杜宇飞这天不上班，他不会在半夜三点出现在工作室的沙发上。

半夜十一点的艺术区，没有一点儿灯火。他们刚刚离开那条路灯明亮得过分的快速路，无法立即适应眼前的黑暗。小白的车灯显得微弱，是一种浅牛皮纸的黄白色。乔远小心翼翼地开车，在应该转弯的路口屏住呼吸，他知道很多时候，你都只能自己沉住气，尽力不错过任何一个十字路口，在这些事情上，世界上没人可以帮你。

"停电了！"娜娜先发现。艺术区是有路灯的，可是春节刚刚过去，连那些节日期间接上的彩灯，现在都没有亮。

"他们还真是给我们停电了！"娜娜说，她好像并不认为这是一件多么糟糕的事情，只不过是停电。

"哈，"乔远笑起来，突然感到解脱，于是娜娜也大笑起来，"原来是停电"，他说，是的，这不正是他们预料中的事情的吗？物业公司那些手段，不过如此。

娜娜举着手机，乔远在手机发出的微弱光照下打开工作室的门，"我们像贼一样。"娜娜说。

乔远说，"贼不会像你这么大声说话。"

这次停电持续了三十六小时，直到第二天傍晚，物业公司跟艺术家们终于达成协议。他们仍然交了物业费，但也争取到一些权利。结局在双方的预料之中，谁都觉得自己是最终胜利的一方。这是圆满的结局，因为双方各自退让。

但那个停电的夜晚，乔远后来仍常怀念。

他们只点了一根蜡烛，因为他们只有一根蜡烛。他小心叮嘱娜娜不要弄出火灾。

烛光中，娜娜换上睡衣，她的影子在工作室的墙面上投下巨大的影子，像美丽的皮影戏，由不同层次灰色组合而成。不，乔远相信这更像一幅写意人物水墨画，他想在天亮以后，就画一幅这样的画。

娜娜也喜欢这个夜晚。她说，"看到了不一样的东西。"也许她说的是烛光中的他，她可能也看出了一幅水墨画。没有色彩的画，和她白天爱上的那些小静画的色彩丰富的插图，完全不一样的画。

娜娜说"好久都没有这样静了。"停电让所有发出声音的电器都安静下来，不再有电视机、电脑、音响运转的声音，还有洗衣机、电冰箱、电磁炉，也成为无用的东西。可是，电冰箱，他们是不是遗忘了什么？

他们花了很长时间才上床睡觉，仿佛黑暗让时间也变得缓慢下来。他们小心翼翼吹灭只剩下一小段的蜡烛，然后躺下来拥抱对方，乔远闻到娜娜身上清淡的洗衣粉的香味，觉得自己终于可以什么都不用去想了。

娜娜蜷缩在他怀里，说，"那只羊腿，是不是会化掉？"

他几乎同时想到了同样的问题，他说，"是的，不知道停电会到什么时候，反正，我明天不打算去交物业费。"

"嗯，那就让它化掉吧！管它呢！"娜娜说，她已经不在乎羊腿的事情了。

"是的，管它呢！"乔远说。他已经把自己的世界，抱在怀里了。

酋　长

　　酋长要回南方了。艺术区很长时间都流传着这消息。人们想，得为酋长送行啊，商量着什么样的送行的方式才适合酋长。自然没人能说服谁，毕竟那是酋长。该如何为他送行呢？

　　酋长倒是事不关己的样子。他说他的部落需要他，所以他得回南方，娶个老婆(该叫压寨夫人)，生一堆孩子，少数民族可以不受计划生育限制，生育随意。酋长的部落在南方深山。他说那是北宋时期便有的，历史悠久，桑田沧海，历数朝不湮灭。他爷爷的爷爷就是酋长，所以他也会是酋长。这是没有悬念的事。他的子民在等待他。

　　可是，酋长的工作室，怎么办？

　　他说那也没什么。酋长不富裕。他的工作室是与小向合用的。小向是画壁画，自然要占据四壁，可是小向却是有野心的，四壁之内，他还需要空间制版，做一些看不出是什么内容的丙烯画。酋长画油画，他没什么野心，连丙烯颜料都不愿意尝试。他在民族学院学了四年油画，坚持认为亚麻油和油画帆布能让他想起自己的部落。那里的深山，据说也出产蓖麻油和手织布。所以酋长一直画油画，一直用同一品牌的亚麻油与同一粗细的油画布。他在很多事情上都坚持着自己，难以改变，包括他打算回南方部落的打算。

　　酋长在艺术区五年了。他现在二十九岁，他说三十岁是到头了，必须回去了。

三个月前，他在乔远的工作室，第一次说出这样的话。乔远的女朋友娜娜，那时还未满三十岁，听见这样的话，未免觉得惊心动魄。她问为什么，三十岁并不老啊，生命刚过三分之一，如果运气好长寿的话。

　　酋长胖胖的圆脸显得安详。他不经常刮胡子，因为没有电动剃刀。他只在胡子长到可以用剪刀剪的时候，随意剪两下。头发也是自己用剪刀剪，那把剪刀也被他用来剪油画布边角处那些零散的线头，剪方便面里的调料包和火腿肠的包装纸。酋长在很多事情上都是将就的人，他不需要为这些东西各自分派一把剪刀。

　　那天他便这样摩挲着几根明显属于漏网之鱼的胡子，告诉娜娜和乔远，一字一顿，很有酋长气度。"在我们部落，三十岁还没有娶个女人生个孩子，是不能当酋长的。"

　　"为什么非要当酋长？"娜娜穷追不舍地问，"你在北京，上过大学，会画画，我的意思是，还不错，不是吗？"

　　酋长于是挤出一些似是而非的笑容。他们都知道，在艺术区，有人可以卖画或卖别的一切好卖的东西，能够生活得好一些；但也有人什么也卖不出去，他们的生活难免捉襟见肘，像世上所有的小户人家，总不知道明天在哪里安身？也有曾经富足后来败落的艺术家，愤愤不平于这操蛋的世界上竟然不再有识货的知音。自然还有原先穷困后来发达起来的，这样的人，看上去更随和，他们笃定地相信明天，就像相信自己的才能一样。

　　酋长和小向都属于一直未见起色的那一类。他们最开始在艺术区分别租了工作室，后来房租涨起来，两人便合并同类项，住到一起去了。

　　两个单身男人，各自一张单人床。酋长的床略大，为承受酋长宽胖的体型。小向的床略小，但整洁干净。床单是浅浅的蓝色，印有白色的小花，像女孩的床铺。两张床放在同一间卧室，有相濡以沫的样子。

　　酋长总是嗤笑小向在生活细节上的女性化倾向。但小向认为自己只是爱干净罢了。这有什么好笑的呢？小向是浙江舟山人，在艺术区五年了，没有回过浙江。回家对他来说，是一段过于漫长的旅程。他在坚守艺术区这件事情上的决绝，倒是很有男子气概。

　　谁都没想过，他们两人中先离开的会是酋长。

艺术区的人们都听酋长讲过他的部落。那是一个神话般遥远的地方，贵州重庆交接之地，崇山峻岭之内。酋长说部落有人家百户、高山丛林数座，民风彪悍，喜欢打猎、酿酒。也有人不相信的，毕竟这样的描述听起来太像非现实的传说。

还是春天的时候，他们聚集在乔远工作室外的院子里，相邀来年一起去酋长的部落，旅游也好，写生也好。那些青绿山水，那些穿黑色服装的部落女孩，皮肤也像酋长一样黝黑、臀部像酋长一样宽阔肥大——这些，对艺术家们而言，都是极大的蛊惑。

他们兴致勃勃地探讨，该如何在酋长的部落撒欢儿。那可能是天然适合他们撒欢儿的地方，那里没有物业房租、没有画商画廊、没有昂贵又坏脾气的模特、没有时不时来巡视一番的警察，多自由。更何况，他们的哥们儿，是那里的酋长。酋长就是领袖。他们这些人里，从来没有出过一个可以统领一方的领袖呢！有人又说，那里也没有网络、没有酒吧夜店、没有二十四小时的便利店和随叫随到的外卖。

没人接话，酋长也只是含笑点头，像他一贯的态度，温和地看着这些人，这些穿着随意、侃侃而谈的醉鬼们。他就像看着自己部落的子民一样看着他们。

"酋长的部落有酒吗？"

"有！苞谷酒，自酿的，一斤苞谷酿半斤酒，大碗来喝，多少碗都不醉。"酋长介绍。

"不醉还有什么意思啊？"娜娜问。

"醉了生事，酋长操心。"有人替酋长解释，想当然地。

又有人问，"酋长的部落有美女吗？"

酋长笑而不语。

又有人想当然地说，"有，原生态的，两个女的里有一个是美的，大胸大屁股，最大的那个，留给酋长做老婆。"

人们笑起来，想起酋长回部落后，是要娶妻生子的。酋长的老婆会长什么样子呢？酋长没告诉大家。他说他也不知道，"在我们部落，酋长的婚事都是老酋长，也就是我爹，给定的。"

人们唏嘘一番。几个单身汉不免羡慕这样的包办，他们也想让自己的老爹给自己找个女人做老婆，但可惜他们不是酋长。

小向最是愤愤不平，他指责这样的婚配方式，说好歹酋长是在北京念了几年书的人，又在艺术区混了这么久，怎么还能接受家里安排的女人当老婆呢？

小向声音尖细，像某种动物在惊恐状态下发出尖叫。人们并未对他的异议表示附和，倒是取笑着小向，认为他吃酋长老婆的醋啦。艺术家们似乎都默认了小向和酋长之间的亲密。不是么，在同一间工作室住了这么些年，偏偏两人在任何方面似乎都不算一类人，但还能住到一起去。在眼下的北京，寻常男女怕也没有他们这样长久相处的经历了。

小向生气了，像他家乡的带鱼一般，直通通地把干瘦的小身板绷紧，成为一个巨大的感叹号。他尖声骂着众人，情绪似乎激动，他嚷着，"你们懂什么？你们以为酋长真愿意回部落，再娶个只会生孩子的女人吗？"

艺术家们只得沉默。小向的身影继续像个感叹号一般在四周晃动。他们一直以为，酋长跟他们是一样的人。在艺术区，他们以艺术或梦想这类鬼东西的名义混在一起，事实上却仍不过是每天为生计发愁、为五斗米折腰，能卖画的时候自然好，不能卖画的时候也需要别的临时工作。赚来的钱转手交给房东。空闲下来的时候算算年头，只觉得快到可怕。他们一事无成，又相信自己终会成就一些事。就这样，不断地尝试再尝试，像厨师永远在实验不知味道如何的新菜式。生活和艺术一样，暧昧又不确定。

唯一确定的，是他们虚长的年岁。这些年岁，都是他们在艺术区共同消磨掉的。这大概算是其中最美好的部分了。这之间，自然是有人离开的，也有人搬进来。一个征战的军营，老兵不断退役。有功成名就走的，也有两手空空走的。他们早该习惯了这样的聚散，可是，没人想过酋长也是会走的。他看上去那么笃定，哪怕在凌乱肮脏的床铺上抱着笔记本电脑看电影，也有一种如打坐一般的安稳自在。

没过多久，到夏天的时候，酋长就说自己要走了。但他们都还没去过酋长的部落，酋长已经等不到来年了。

酋长走之前，没有太多要交代的事情。他说那些画框、画布和颜料，大家可以随意来取。反正也带不走，况且他以后也不会再画画了。乔远画国画，不需要那些东西。油画家于一龙倒是去看过，只是他没看上酋长的画具。于一龙正在春风得意的时候，他的画作比酋长卖得更好。其实这么说也不准确，因为酋长在艺术区五年来，统共只卖过两幅画。第一幅是在一次十人联展中以凑数的名义卖的。那幅画没人看明白，只有娜娜觉得好看。她在四川的山区长大，说那幅抽象的油画，像是山峰倒悬的样子。艺术家们并不在意一个女孩的评论，毕竟她在艺术区的身份不过只是国画家乔远的女朋友、咖啡店的服务生，无论哪一点说起来，都和油画没有直接的关系。

但是没多久，一部叫《阿凡达》的电影上映了。那电影里的山，竟然真是浮空、倒悬的。艺术家们依稀想起酋长卖出的画，觉得也许还是有些意思的。他们相约一起去看了《阿凡达》。酋长觉得无趣。他说那电影里，不过是一些蓝皮肤的人，飞来飞去的，而那些倒悬的山峰，跟他的艺术追求更是没有半点关系。

于是人们渐渐不再谈论酋长的画。他后来又悄悄卖过一幅画，当是贱卖，差不多刚好够木画框和油画布的成本而已。那天他大概心情不好，而酋长一般看上去都是心情极好的。他喝了一瓶二锅头，抽很多的烟，烟雾在卧室里缭绕不散，有些像《阿凡达》里那些山峰间弥散的云雾。娜娜进去了一下，被烟雾给挡了出来。她回头告诉乔远，酋长想他的部落了。

乔远也这么想，因为他是酋长，酋长就该在山间云海里生活。他好多年没有回过他的部落了，他一直在艺术区属于他的那张小床上，当他的酋长。

娜娜说："酋长其实就像《阿凡达》里那些人，跟我们不在一个空间。"她刚刚看过《阿凡达》，很是喜欢那些成人版的蓝精灵，她近来的眼影和指甲油都是那种蓝色的。

乔远笑道，"可惜酋长不会飞。"

娜娜笑起来，举起两只涂有纯蓝指甲油的手，做出飞翔的动作。可是谁会飞呢？娜娜不会，乔远不会，酋长也不会，他们都不是阿凡达，只能在艺术区，过人类的日子。

娜娜想去安慰酋长，毕竟酋长还没有这般沮丧过。他没有固定收入，画又卖不出去。他有时候给一个胖乎乎的外国老头当摄影助理，按天算钱。酋长身材壮硕，却不懂摄影用光。他当摄影助理的多数时候，都是为那老头背摄影器材。老头还有另一个助理用来打光，反光板可比器材轻便多了。那个负责打光的助理还兼任老头的翻译，老头大概讲意大利语，小语种，没人懂。有一次老头去拍慕田峪长城。酋长背着两书包的镜头照相机爬长城，实在费劲，出的汗最后都变成黑色了。这样的时候，他也没有沮丧过。但现在，酋长贱卖了自己的画作，换了酒来喝——看起来真是不开心呢。

娜娜喜欢安慰这些艺术家们。他们多数是容易受伤的，敏感自尊，时常自怨自艾。娜娜觉得，他们更像小孩子，或者某种小宠物，一些称赞他们的好话，便很容易让他们开怀。

可是，娜娜的称赞对酋长没有用处。酋长说要去找小姐。

娜娜吓坏了，她问他，你说的小姐，是不是那样的小姐？

还能是什么小姐啊。酋长连脾气都不好起来。

乔远在旁边听不下去了，娜娜是他的女孩，凭什么被酋长呵斥，哪怕他的确懊丧，也不该这样无礼。于是乔远过去把娜娜拉到一边来，娜娜听话地在小向有白色小花的蓝色床单上坐下。

乔远从酋长的床上捡起一个空酒瓶，倒过来，几滴残存的白酒沿着瓶壁缓慢下落。乔远盯着那酒滴的轨迹看，看了一会儿发现不对，透过二锅头透明的酒瓶，他看见酋长脸上的眼泪，大颗大颗地，也这样缓缓地，落下来了。

连乔远也吓住了，没人见酋长哭过。谁见鲁智深哭过呢？而鲁智深哭的时候，才真正动人心魄。酋长曾经帮娜娜追小偷，小偷抢了娜娜的提包，娜娜喊起来。酋长刚好在，便一路绝尘飞奔过去。他奔跑起来并不慢，身手也依然是敏捷的。小偷碰翻了路边的自行车，一排自行车像多米诺骨牌般倒下去。酋长来不及停下，被倒地的自行车绊倒在地。膝盖和下嘴唇都在流血，大概是被自行车上什么零部件刺破了。但酋长还是追上了小偷。在给娜娜还手提包的时候，他在手提包上留下了一些带血迹的指纹。那次之后，娜娜觉得酋长真是英勇，是"真的男人"。

可是，酋长现在哭了。

"哭什么啊？是因为找不到小姐吗？"乔远开着玩笑。

酋长抹了抹脸，又随意地在床单上擦了擦手，很快恢复了平日的样子。他说，不找啦不找啦，等我回我的部落，要多少女人就有多少女人。

乔远笑起来，想起酋长终究是酋长，怎么会像艺术区其他人——比如小向——那样婆婆妈妈呢。

"想家了？"乔远问。

"想女人了。"酋长倒是直言。

那天傍晚，喝醉的酋长在艺术区内四处闲逛，人们后来知道，是小向找女朋友了，他们准备在那有白色小花的浅蓝床单上亲热，酋长只得回避。没人去揣摩酋长的心事，这样的事在艺术区本就是平常的。酋长四处坐坐，抽支烟，又要茶来喝。什么茶都行，酋长不挑剔。天真正黑下来的时候，酋长便回去了。

酋长没有女朋友，不是现在没有，是从来没有过。起初有人还想给酋长介绍一些女孩认识，毕竟艺术区从来不缺慕名而来的姑娘。很多年以前，艺术家们把那些追随摇滚乐队四处流浪的女乐迷们，称为"骨肉皮"，是英文 Groupie 的简称。骨肉皮们和摇滚乐队成员们终日厮混，也为他们提供艺术灵感，自己并不搞艺术。艺术区也有类似这样的"骨肉皮"，她们比当年那些女孩们更多样。艺术家们宠爱她们，却又不真的爱上她们。她们是艺术区的骨，艺术区的肉，艺术区的皮，骨肉皮——他们说。

酋长倒是不让女孩们讨厌。他胡子头发杂乱丛生的样子，很符合女孩心中对画家的想象。她们不喜欢于一龙这种画家，干净的衬衣、金边的眼镜，一板一眼地讲着话。如果不是于一龙手里的钱，她们谁也不会理会他的。倒是酋长，女孩们在很多次的聚会痛饮之后，都会抱住他圆乎乎的肚子。她们号称那是一个温暖柔软的肚子，像妈妈一样，适合用来当枕头。酋长倒也大方，让女孩们轮流拿自己的肚子当枕头。她们喝醉的时候睡在酋长的肚子上，醒来又依偎在于一龙的怀抱。没有一个女孩对酋长有想法，就想酋长对她们中任何一个都没想法一样。

渐渐地，人们也习惯了酋长没有女朋友的状态，不再有人费心为他介绍了。何况酋长在艺术区年头也长了起来，该认识的女孩都认识了，却从没真正有过一个女朋友。这就像长年摆在超市货架上的东西，一年卖不出去，往后便再也不会卖出去了。这样的比喻是小向说的。他说完后，大概意识到这话很不厚道——他和酋长一样，工作室里摆满了卖不出去的画，以至于天长日久，工作室越来越拥挤。偏偏两人的艺术创作成果，都是很占地方的版画和油画。于是酋长便把自己的画重重叠叠地堆到一起，小向的画仍然四平八稳地挂在墙上。酋长给小向腾出了更多的空间。酋长总是厚道的。小向于是又补充说道，"其实酋长一个人过得挺好的，他不需要骨肉皮，他部落里的女孩，可是任他挑的。"

小向说完又埋头沉思，心事万端的样子，因为他的女朋友已经离开他了，骨肉皮是需要用钱养的。他和酋长一样，都没有养骨肉皮的本钱。这样倒也好，他依然和酋长住同一间卧室，不再需要在对方不方便的时候出门回避片刻。当然，小向和酋长住在一起还有别的好处，酋长帮他交房租，很多次。

可是酋长哪里来的钱？

小向说是部落里寄来的。酋长在北京多年，部落里的家人一直在供养他。小向不无羡慕。大家却觉得小向未免无情了些。这些人二三十岁，用家里的钱这种事，只会让所有人不齿。但那是酋长啊！小向强调着。"我家很穷，三代渔民，好不容易出了我这么一个大学生。如果我家也是酋长……"小向没再说下去。人们却都开始想入非非起来——如果我家也是酋长这样的世家，生活该是会不一样的吧！

酋长依然宽和应对众人的想象。他提醒大家，他跟所有人，也没有太多区别呀！他说上大学在食堂打饭的时候，他也是要仔细看看每样菜的价格的。那时他觉得毕业之后，一切都会好起来的。现在才知道，原来有个可以算计菜价的食堂每天吃饭，才是最好的时候啊！

"你还可以回去做酋长的嘛！"于一龙说道，他不喜欢酋长诉苦。"我们都有过吃不上饭的时候。"于一龙这话倒是真的，在他拥有现在的小名气之前，他在艺术区还过得不如酋长呢！

酋长只是默默地离开了，面带佛一般的笑容。听说酋长其实是很刻苦的，只是方向不正确。他大学学油画的时候，老师让他学习列宾。现在，谁还会喜欢列宾那样的风格呢？但酋长不愿意尝试别的，他仔仔细细地画自己的画，像在部落里仔仔细细地照顾自己的子民。那些画，如今都是他的子民。面对子民，他拥有酋长的傲慢。任何意见他都是可以忽略的。所以他一直画着那些倒悬的山峰，重重叠叠、迷障重重，让那些强迫症患者总忍不住想从中画出一条通往山外的道路来。艺术需要酋长这样的自信，可是艺术市场又不需要。这真难办。

转眼就到秋天，闲处光阴易过。这个夏天烦闷炎热，所有人都提不起兴致来。月饼和大闸蟹上市的时候，大家终于打起精神来。再聚在一起的时候，不免说些"一年又要过完了"这种让人垂头丧气的话。

酋长在夏天里又胖了些、黑了些，他的创作没什么进展，这已经没什么好说的了，反正他是要离开的。秋天过去，春节之前，酋长就必须回南方了。

他们后来没去南方的部落，而是去草原了。坝上草原离北京不远，秋天正是去草原的季节。"去草原玩儿一次，给酋长送行。"这主意是小向说的，他身边现在又有了一个新的女孩，大家都没见过的，不知道该不该算是那种长年混迹艺术区的"骨肉皮"。她或许比"骨肉皮"更开放一些，身上巨大的 T 恤上写着同样巨大的字母——Fuck me。她一开口，人们听出来是东北口音。她和小向像两块扯不开的橡皮糖一般依偎在一起，她是其中更大更黏的那块橡皮糖。人们都感觉古怪。

再看酋长，他说也想去草原，去骑马。他离开部落之后，可是再也没有骑过马了。

几辆车一起出发了，就在他们这样商议之后的第二天早上。一路上，乔远和娜娜都听着小向和他的东北女孩讲草原上的事，肥美的烤羊、大碗的烧酒、奔驰的马群，他们预感这是一次极好的旅行。小向不是浙江舟山人吗？他又没有去过草原。但是，"我可以想象，我是画家啊。"小向得意地讲。这一次，他把身体蜷缩在汽车后座上，像一个问号。

酋长对这趟旅行表现得很激动，但又时不时表示出歉意。他们在高速休息站抽烟，酋长给每个人递上一支烟的时候都说，"很不好意思，让大家都陪我出来。"

乔远觉得他太客气了些，于是把话题转向小向的东北女朋友。乔远始终觉得，去草原的想法，是那个女孩的，她自己想去，然后鼓动了小向。

酋长没说是，也没说不是。他说小向也不容易。在艺术区，他们谁又容易呢？乔远说起那女孩，似乎不懂艺术，也不喜欢艺术，吃饭的时候会把烟头和用过的餐巾纸随手丢在地上，"小向这么爱干净的人，怎么忍受呢？奇怪。"乔远随口说。

酋长却说，"她也有她可爱的地方。"

娜娜悄声告诉乔远：原来先认识这女孩的，不是小向，是酋长。她姓何，姑且就叫她小何好了。酋长在给胖老头当摄影助理的工作中认识她的。小何是茶水工。

小何看上去对酋长也不错，她还帮他洗衣服呢！娜娜神秘地说。

可是，小何不是小向的女朋友吗？这三人的关系太复杂，乔远觉得这是不宜深究的事。"酋长反正是要回南方部落的呀！"娜娜这样劝着乔远。酋长是终究会离开的，所以倒不如独身一人走，干干净净。

"小何倒是挺委屈的呢！"娜娜说。

"就是啊，既然喜欢，管那么多呢！"乔远不太想讨论下去了。

去坝上的路比他们想象中要远一些。临近黄昏时分，夕阳在汽车后车窗上镀上一层暧昧的玫瑰色的光。他们隐约可以看见道路两侧相似的招牌，丑陋的红色油漆字都写着差不多的内容：骑马、住宿、烤全羊、射箭……这些简陋的招牌，就像那种太急切的妓女，招摇热情，反而让他们失了兴致。一天的路程后，大家不再如出发时一般兴奋，他们一直轮流开车，在车上讨论太空人或者冰川纪这种遥不可及的话题。

但他们总算看见草原了，还有马，多数是棕色的马，三五匹或七八匹，都静悄悄地待在一起，有时它们轻轻把马头碰在一起，进行着微妙的倾诉。夕阳让草原泛出光泽。斑驳的深浅不一的草色，犹如水彩画上晕染的色块。

车在路边停下来了。酋长坐在于一龙的别克车上，别克车一直开在最前面。

酋长说随便找一家吧，这些做旅游的地方，看上去都差不多。他们也许已经不是牧民了吧。

"兼做旅游。跟我们一样。"乔远跟在他们后面，停了车。下车的时候，他说。自从艺术区的游客多起来之后，他们都时常这样自嘲——我们画画，兼做旅游。大家疲倦地笑起来。后面还有两辆车，但现在还没到。他们往路的南方看过去，硕大的太阳让视线模糊，什么也看不清楚。

他们抽烟，又等了一会儿。后面的两辆车也到了。小砖房里走出一个黝黑的男人，也许是这些马的主人。男人穿着灰色的西服，西服大了两号，夸张地支楞在肩上。他问他们，要骑马还是吃饭？

酋长说，都要。

小何已经站在马群旁边了。马的主人吼起来，嘿，别站马屁股后面。

小何伸出的手又缩了回来。她大概是想去摸其中的一匹小白马。只有这样一匹白色的马，不是太干净，但因为是白色的，所以也显得出众。

马儿们意兴阑珊，都背对阳光站着。透亮的眼睛像晶莹的玉石。

小何要骑那匹白马，但她不敢一个人骑，要小向陪她。

"两个人骑一匹马，你们也真是够了！"于一龙阴阳怪气地说。

"有什么呢！他们还睡一张床呢！"有人说。

小向一边帮小何上马，一边又得意又不削地答，"就是啊，男人最后不都得跟女人睡一张床吗？男人不都得结婚吗？男人不都得走到这一步吗？"他两手合掌，托着小何的腿，费力地把她送上马背，"他现在是走到送自己的女人上马这一步啦！"有人嚷着。

"男人就不应该结婚！"酋长狠狠地说。

"酋长发威了！"大家嘻嘻哈哈。

"都结婚生孩子，跟死人差不多。嘿，你看呐，嘿，你看呐！"酋长指着挤在那白马背上的小何和小向。

人们都狐疑着，不知道酋长是到底是为男人都会结婚这件事生气，还是为小向两人的亲昵动怒。不过，酋长肯定是不开心的，酋长也是要回南方去结婚生孩子的。他是不是也对自己愤怒呢？

小向倒是没有生气。他坐在小何身后。小何像一个巨大的玩具熊，刚好卡在小向的两条瘦胳臂中间，羞涩又不安地笑。她没穿那件写着 Fuck me 的上衣——那肯定会让场面更古怪。

小向拉着缰绳，身体不免向一侧倾斜着，因为他的胳臂明显不够长，他大声喊着，"死人又怎么样啊！我们都是会死的！结婚也死，不结婚也死！还不如结婚了死呢！"小向的声音越来越小，他骑着马，渐渐地离众人众马远去了。他带着他的姑娘远去了。

"小崽子！"酋长忙不迭地也上了马，大概想去追小向。这让骑马这件事突然有趣起来。追逐啊，奔跑啊，总比慢悠悠沿着规定的路线亦步亦趋前进，要有意思多了。

可是有趣是需要付出代价的。酋长高估了自己骑马的本事，上马之后，不知怎么就大喊一声，从马背上摔下来了。

大家先还笑着。毕竟这算是糗事，值得一笑。后来见酋长在草地上躺着没动，又惊呼起来。有人已经骑马远去了，又不知道怎么让马调头回来，啊、哟、吁地叫了几声，马反而越跑越快、越跑越远了。

乔远和娜娜没有骑马，因为娜娜不敢。她不是胆小的女孩，只是对马这动物格外害怕。她还为自己不敢骑马这事找到一个不错的理由，因为她属鼠，而鼠和马，在十二生肖里是相克的！

酋长让大家别怕，他没事，看，还能说话。

乔远和娜娜跑过去，看见酋长平躺的身子上方，一张扁平的圆脸，胡子上沾了些泥土草根，竟然有种英雄落寞的无奈。

"天啊，吓死我了！"娜娜说，"还以为……"她又停住了，但他们都知道她后面的话是什么。

"以为我死了吗？哈哈，死不了……"酋长说。突然出现一阵奇怪的沉默，这世界变得诡异起来。

又过了会儿，乔远他们才听见酋长的声音，他说，"我三十岁，还不想死啊，哈哈哈哈……"

酋长躺在草原上，天空一半铺满霞光，另一半已完全黑沉下去。他就这样躺在阴暗交接的天空之下，细小的眼睛眯缝起来，很快又完全闭上了。这时他开始失声大笑，笑声越来越大，听起来凄厉恐怖，像是老旧的汽车刹车片发出的声音。

乔远和娜娜想扶酋长起来，但他摆手拒绝了。胖乎乎的酋长，终于不再笑了，而是两手各抓了一把草，握得紧紧的，好像那些草，是他最后拥有的东西。

娜娜紧张地问他："酋长，感觉怎么样？从马上摔下来，这可不是闹着玩儿的。"

酋长说没事，"别叫我酋长！我就是个球！连马都不会骑了！"说着，他突然起身，动作显出一种和身材很不匹配的敏捷。"在部落我是酋长，在外面我就是个球！"酋长哈哈笑着。

娜娜扭过头不解地看向乔远，乔远用眼神暗示她：没关系，酋长只是有些恼火，这样的时候，谁都会恼火。但乔远不知道娜娜能不能理解，什么是"这样的恼火"。乔远自己也会有"这样的恼火"，在怀疑自己画画的才能的时候，在等待着一件也许重要的事情即将发生的时候，在很多的时候。

酋长骑的那匹棕色小马，仿佛知道自己犯了错，仍然温顺低头，待在酋长身边。酋长一把上去拉住缰绳，抬腿打算再骑上去。

"嘿——"乔远想制止他，张了张嘴，却什么也没说出来。他想，酋长是真的想骑马呀！酋长本就应该是骑马的人啊！

酋长终于上了马，又前后调整了一下马鞍的位置。刚才摔落的时候，马鞍松动了一些。他的两腿踢了踢小马的肚子。马先是试探着前行，后来脚步越来越快，并终于轻轻地跑起来，向着小何和小向远去的方向，也去了。

从乔远和娜娜的角度看过去，酋长像个圆形的气球，迎着太阳下落的方向，随马蹄的节奏上下抖动，并越来越小，最后只剩下模糊的一块黑影。他似乎重新适应了这匹马，看上去不再让人担忧会再度跌落了。乔远看着那团黑影，他知道，那是酋长绝尘而去的背影，感到一阵没来由的难过。

那天晚上，他们在老板家的小砖房里吃烤肉。草原的秋夜很凉，他们不能在户外吃饭了。这与所有人的想象都有些不一样。这破旧又刷得雪白的小房子，像这世界遗留下的最后一叶扁舟。他们拥挤着坐在同一张圆桌前，仍然感到不可思议的寒凉。乔远以为这会是一个畅饮到天明的夜晚，但事实上，却不是的。疲倦和难以言说的情绪，让他们只是尴尬地吃着东西，偶尔自顾自地喝一口很苦的酒。大家不再像在艺术区的夜晚那样随意，彼此开着过分的玩笑。一时之间，场面竟有些难堪。睡觉前，他们均分了此行的费用。

这一切是因为什么？乔远不知道。他告诉自己，也许是因为酋长要离开了。这样的事，总是让人难过的。酋长不愿离开艺术区，哪怕他离开后会成为酋长——乔远现在对这一点竟是无比的确定。可是，"不愿"的事情那么多，谁又能顾得上呢！

在第一场雪下来前，酋长就已经回南方去了。

他的被褥、衣服都没带走。他说那还是他大学时代的东西，不能再用了。小向把那些东西卷成一大卷，扔掉了。小何住进了酋长和小向曾经的卧室。这也在所有人意料之中。

起初大家还会提起酋长，但没有一个人有酋长的消息。"他的手机都停机了。""因为是北京的号吧？他回去之后会买张新的手机卡吧？"后来人们只在某种时候才会说起酋长了。"酋长还说过，春节时要给我们寄部落的酒和腊肉呢！"没有人收到过那些东西。酋长真的消失了。

"酋长富贵了，忘了我们了。"小向说道。人们觉得他是最不应该说这话的。

"我如果回县城，就算当不了酋长，也能当个公务员吧，喝茶看报纸，结婚生孩子，三室一厅和五千的工资，嘿嘿……"有人不合时宜地这样讲。这样的话，真是让人不安啊。

又到春天的时候，娜娜给衣箱换季，看见酋长帮她追回来的那只手提包，上面隐约的血迹还在。那是酋长的血。

娜娜突然大叫，"乔远，如果有血、有DNA，是不是可以找到酋长了呀？"

"理论上，是吧！可是，酋长又没死，干嘛要用DNA找啊？"乔远答。

"不知道他现在过得怎么样？"娜娜看着手提包，小心翼翼没有去碰那些陈年的血痕。

她说，"他叫什么名字啊？酋长？"

乔远想了很久，也没有想起酋长到底叫什么名字。后来，他只好说，"他就叫酋长吧！"

八道门

1

康一西一度热衷于谈及堂宁小区的七道门——从小区大门到他家，之间竟有七道门。

"真是麻烦，不过很安全。"每逢被询问起住处，他总是这样漫不经心地说起小区的七道门。他一般会在此处停顿片刻，等着对方满怀同情地问，"怎么会呢？那么多门？"

于是便可以心安理得娓娓道来，关于那七道门。

测绘师康一西总是在这时举起他执惯铅笔的右手，每说一道门，便从外向里弯下一根圆润苍白的手指。右手用完再举左手。待七道门细细讲完，手势已像佛祖。

他有时候是在出租车上谈起那七道门的——饭局结束，食客们按居住方向分组乘出租车离场。他住的小区位于北京城中心，这让他总是有理由谦让，"我很近，不急。"他大度地让那些住在遥远的城东城北郊区的人们先离开，之后再彬彬有礼地与剩下的人一同乘车归家。新朋旧友统统照顾到。

车上说什么呢？自然要问住在哪里，问完了便会说到该走哪条路——既是闲聊，也暗示司机不要绕路。

他喜欢那些带着酒气的人们，把这问题送到他嘴边——你住哪里？

他自然会用带着同一品牌酒精的口气，轻轻说，"很近，就在堂宁小区"。"堂宁"两字，总像清口的糖果，带着浓浓的鼻音，从他的南方腔调里滚落出来，正好滴在对方的心头上，有点酸。

北京城无人不知堂宁小区。

有些话多的出租车司机，在他说完七道门，正打出佛祖手势的时候，会恰逢其时接道，"堂宁么，北京城老牌的高档小区，早些年里，您再有钱也住不进去，现在还是这样么？应该有钱就能住了吧？"

他知道人们此时在想什么，"这小子，居然住在堂宁小区？"他似乎还能看见，各种好的不好的猜测，像春分天气里杂乱的芽，在对方心头冒出来。

就让他们猜去呗！貌不惊人的康一西，凭什么住在富贾云集的堂宁小区？再一想，他又是从省城直升北京总公司的，就更觉不简单。

他暗笑，不形于色，也更不会在此刻回想起他单薄直白如同A4纸的人生——普通家庭的出生、毫无悬念的成长、几十年如一日的工作。因为人们正尽情发挥想象力，在白纸上替他涂抹不同版本的命运。

一切再合适不过，他只需适时谦虚（或者是不屑一顾）地说，"不过就那样，门倒是很多。"再适当微笑，模仿大户人家的风度。

同车人可能还在琢磨——他到底有什么背景，明明住在堂宁小区，却低调成这个样子，穿国产的七匹狼红蜻蜓，每天按时上下班？

出租车总是刚好停在堂宁小区正门。在为对方付过足够的车费后（他是周到而懂礼数的），在同车人仍疑惑的心思里，他心满意足地下车，顺便再回味一下刚刚那片刻的虚荣——味道总是好过刚刚结束的宴席。

2

他依次经过被自己谈及数次的七道门。

第一道是小区正门。一扇号称波士顿风格的红色铁栅栏门，常年开放着，门两侧有花坛，装点四时不同的花卉绿植。

第二道是正门内20米远处一扇一米多宽的小铁门，常年关闭着，进出都需用门禁卡。门上小铜牌上刻"私家花园，非请勿入"。两侧不设花坛，而常年立两位皮肤黝黑的保安。保安们带高耸的毛茸茸的帽子，穿异国军服般的紫色制服，皮带扣和皮鞋闪闪发亮。眼睛也亮，不知道怎么练的——总能在进出的人中迅速识别出非小区住户。

第三道门进 1 号楼，第四道门进 2 单元——都需用门禁卡打开，每一道都精心设计、风格统一。

第五道门进电梯间，直达所在楼层。

第六道是防火门。

第七道才是家门。家门钥匙不似普通钥匙扁平一把，而是圆滚滚像小铁棍。铁棍上有五道旋转起伏的凹槽。据说这钥匙里有芯片和电子信息，配一把得耗时一个月，花费 1000 元——房屋中介把两把钥匙交给他的时候这么交代过。

七道门和 1000 元一把的钥匙，有必要吗？他问房屋中介。

与客户打惯了心理战的房屋中介先迟疑再一笑，热情瞬息退去，露出一丝还未成型的鄙夷，"这可是堂宁小区。"

之后房屋中介便不再言辞，默默地，连价格都不再强调。

那时他刚经历人生中最大的一次变动——也不过是从省城分公司调入北京总公司。空间坐标的改变却并没有改变他乏味的人生路径。他依然从事同样的测绘工作，连电脑和铅笔的品牌都没变过。

临近四十的康一西，只在首都机场的摆渡车上有过一刻短暂的激情。虽然那激情只不过源自他同时听到了三位姑娘打电话时那截然不同的口音。在拥挤的摆渡车上，她们分别说着东北话、四川话以及完全听不懂的（也许是浙江）某地方言的声音，像绳索一圈圈缠绕着他。余音绕梁，袅袅不绝。完全不同的语言、完全不同的声色口吻、完全不同的频率，在狭小的空间中，和谐统一，像随意搭配出的调味品，陌生、混乱，却又刺激。

他想北京原来就是这样的啊，口音是多样的，姑娘是多样的，任何东西似乎都是多样的。它们就这样混在一起，像三个姑娘同时各说各话——陌生、混乱却又刺激。

他突然对新的城市和工作充满憧憬，像刚毕业的大学生一样，开始相信这座充斥着嘈杂错乱口音的城市，将成就自己的新人生。突如其来的肿胀的热情，连他自己都颇感意外。

事实上热情的退却比它的到来更为迅速——他走进北京总公司里属于他的格子间时，便知道，什么都没有改变。电脑里是永远做不完的项目，邻座仍然是一些明不争却暗里斗的姑娘。

唯一不同于省城的，是窗外属于北京的灰白不明的天色。

有一天，他看见天空更远处，漂浮着的一团颜色深重的灰色的云，他不知道那到底是对街的高楼？还是只不过是一团更浓重的阴霾？他想打开窗户，因为怀疑被那咖啡色的玻璃窗阻碍了视线，但他很快发现那窗户竟是封闭的，根本打不开。

那一团深灰色的云，后来竟出现在了他的电脑屏幕上、他的眼镜片上、他手中的笔记本上，像3D电影中的物体一样飘浮着。他怀疑自己得了眼疾。

后来他尽量不去看窗外，而专注于电脑或者手里的铅笔。这似乎管用，乌云会在眼底散去，脑海中蓝天如洗，眼前闪现出短暂的清爽。然而新的问题很快出现，他失去了天色的参照物，有时会错觉自己仍在省城办公室的格子间，从未离开。他怀疑自己对时间的感觉也错乱了，因为有好几次他都无法记起某项目是刚刚完结的？还是十年前便已经做完了？——它们都在图纸上，缺乏时间标记，看上去总觉得没什么差别。

现实的问题更迫切——他需租房，在北京城鱼龙混杂的房产中介市场里独自摸索。网上找的中介骗过中介费之后竟再无消息，他便亲自去寻。实地勘察，是测绘师的强项。

寻来寻去，偶然来到堂宁小区。

他被第二道门处的两名高个子保安眼明手快拦了下来。保安的阻拦倒是恰到好处激发了康一西想进去看一看的兴趣——他刚刚被网上的中介骗过，正急于证明自己。

他强撑起一点自信，假称自己是新入住的业主。

常年蹲守在堂宁小区七道门之外的房产中介，在此时颇有眼力地替他解了围，说是约好来看房的。只是，在得知他不过只是想租个价廉物美的房子的时候，房产中介便面露悔意，斩钉截铁地向他宣布，"堂宁小区的房子不租，只卖。"

短暂的看房之旅，让他记住了堂宁小区的七道门，以及1000元一把带芯片的钥匙。他站在小区大厅硕大的水晶灯下，竟然找不到自己的影子。

灯光太辉煌，从四面八方投射下来，阴影便看不见了。

他当然买不起堂宁小区的房子，哪怕是最便宜的户型，哪怕他其实收入尚可，但为了在这没有阴影的地方多待一刻，或许也是为了虚荣，他对中介说，"也许，有合适的，也会考虑买。"

"好眼光，堂宁小区卖的可不是房子，卖的是，一种象征，这个不说你也懂嘛！"

但他其实还不太懂。

3

康一西入住堂宁小区一段时间后，也并不认识几位邻居——因为没有太好的方式去结交。现代的小区似乎就是为了让人们避免认识而设计的。大房子装着单独使用的电梯、隔着七道门过私密的日子……所有贸然唐突的交往都是被警惕的。他不希望让自己陷入不必要的处境。毕竟他只是租户，这身份也让他担忧，让他觉得自己离那些买几千万一套房子的业主们之间，其实还隔着一层东西。

于是他时常在与他们同乘电梯时感到无所适从。他们一起站在宽阔的、四壁都是镜子的电梯里，那些男人和女人、老人和孩子，都衣着素净、发型妥帖，孩子穿着国际学校的校服，女人拎着品牌低调却价格不菲的皮包。他便无端紧张，像被揭发的卧底一样忐忑，不知该把眼光落在何处。这是唯一令他不适的时刻。

也有收获。入住堂宁小区不久，他在小区游泳池认识了20岁的游泳教练唐糖。后来唐糖主动搬来与他同住，偶尔仍兼职做游泳教练。她每天睡觉、上网淘宝、做SPA，还给康一西讲各种网上看来的冷笑话——乖巧可爱的样子让他觉得，她其实更像某种活泼伶俐的宠物。他日复一日搂着身边身材好似海豚般光滑细致的唐糖，更坚定了继续住在堂宁小区的决心——这样的宠物，是不会住到普通小区去的。

唐糖把这200平米的房子填得满满的。虽然她什么也没有做，但屋子里到处都是她存在的痕迹，就像蜗牛爬过之后留下一道道闪光的线。她随处散落那些衣服、闪亮的发夹、项链、披肩、手包、杂志、各种美容小工具；她也用各种声音填满整座房子，说话声（她明明只是一个人自言自语，听起来却好像很多人在聊天）、音乐、美剧、打电话、各种电器运转的声音；她的气味，喧闹的、热情的年轻女孩与生俱来的味道，各种化学品（香水、洗发液、粉底、爽身粉……）混杂起来的气息，充斥着他的鼻息。

她毫不客气占领了这里。

他并不反对她的占领。他任由她不断买回各种有用无用的东西把房子填满。她的占领让他感到充实，尽管这种充实平庸而物质，就像她热衷的那些节日的party。

康一西从来不去唐糖的party，他在那里找不到他需要的气场。Party的气场是向下走的，像末日来临前的样子。唐糖这样的年纪可以偶尔向下，反正还有大把青春在手，但他不行，那气氛让他不适。

有时候唐糖会花整晚的时间为party寻找一条合适的裙子，之后总是康一西，将她那些长长短短散落的裙子按长短分类挂进衣柜。

她并不满意，一边涂着黑色的指甲油，一边忧心忡忡地念叨，明天是万圣节的聚会，她还没有专门为万圣节准备的裙子。

第二天，万圣节的夜晚，他在格子间加班时突然想到，不知道她今天穿了哪条裙子去参加Party，是那条露肩的？还是粉红色超短的？这想法实在很折磨他——不能确定的事情都会折磨他。

万圣节只是唐糖名目众多的节日之一。节日对康一西而言，不过是给唐糖准备一份价格不菲的礼物（她一般会提前暗示他，倒让他省却诸多麻烦），睡前再放纵自己打两小时"豆豆"（无聊的电脑小游戏，因为强调次序与规则，让他极为热衷，甚至上瘾，但他总是克制自己，十分谨慎地每天只打半小时，毕竟玩物丧志，不过节日总是可以例外的）。这样一来，或许节日对他还是有一些意义的，那意义超越了"打豆豆"，而是只有节日，才能做些无聊之事。

他自己都没有意识到，他其实多么热爱那些冷清的节日。而这冷清都源自唐糖不在家，房子便会出现的一段短暂空寂。那空寂就如同深夜里的梦境，让他沉迷，那时他总是什么也不想，让大脑停止运转——所谓豪宅、事业、爱情还有人生规划，仿佛都不如"打豆豆"更能让他感觉到自己的存在。

多么可笑，不是吗？第二天他总是懊悔。

圣诞到春节期间，他透过窗户能看见北京城那些为节日装扮起来的越来越绚丽的霓虹。有一次他关了房屋里所有的灯——那的确是很多的灯，堂宁小区自认为它的品质都体现在这些小细节上。然而却并不觉得黑暗。他看着窗外闪烁的灯光，突然觉得前所未有的疲倦，连"打豆豆"的力气都没有。

他想，这景色佳、地段好、房子里连空气都过滤过的地方，为什么并不让他感觉舒适呢？尤其在这样的夜晚。唐糖正在某个夜店度过属于她的节日夜晚的时候，他，作为她的同居男友，第一次感到她的存在是多么重要。她是这房子的必需品，是标配。她不在，房子便像未完工的毛坯房一般粗陋。

他已无法适应没有唐糖的堂宁小区，正如唐糖也无法适应不住在堂宁小区的康一西。

他短暂地沉迷于她不在家时的安静，但他其实也害怕那种安静。就像一直在热闹的赛道上奔驰的赛车手，他一贯不问目标只管前行，尽管那赛道不过只是一圈又一圈的重复的路，然而当四周突然尘埃落定、喧闹不再，他或许会惊讶于这突如其来的安宁，或许会产生片刻的陶醉，但时间一长，他便失去了方向，不知如何是好。

他在凌晨下楼，穿过七道门，站在那扇波士顿风格的大门前等她回来。那夜突然刮起北京城标志性的风沙，堂宁小区训练有素的保安有意为他撑一把挡风沙的黑色大伞，然而狂风很快就让那伞再也无法撑开。

不知情的年轻保安也许在想，这是一个多么好的丈夫，这么大的风沙，他还站在外面，等老婆回来。

那晚唐糖从出租车上下来，喝得醉醺醺的唐糖看见他穿着单薄的衣服在风沙中努力站直的模样之后，竟然迅速清醒了——她担心他的责骂，晚归、酗酒、鬼混、不陪他过节日……无论哪一项罪名都足够让她离开堂宁小区，只要他真的想为难她。

虽然她无比热爱着堂宁小区里中餐西餐分开的厨房和 24 小时热水的名牌浴缸，但离开堂宁小区仍不是最坏的结果，她觉得最坏的，是让她离开他。

她很早就发现，他其实没那么有钱，尽管他租了堂宁小区的房子，尽管他对她总是出手大方，但他还是骗不过她这样的年轻姑娘。

他生活简单，衣着甚至寒酸，他也没有奢侈的爱好，连红酒都喝不出差别，高尔夫、滑雪、雪茄、古玩、赛车一概不懂，他朝九晚五工作，公司里都是可以指挥他的老板……他其实没钱，连富裕都算不上。他的生活总有种苦大仇深的气息。

但她却不知道为什么会喜欢他。他似乎跟她认识的男人们都不太一样。只有他会在刮风的深夜下楼等她回家，也只有他会真的以为她这样的姑娘其实只是爱有钱人。她倒是真的经历过不少有钱人，但现在想来，不知道什么原因，他们似乎都不可依赖，不像他，他是可以依赖的。

她看见他居然在哭。

他没有责骂她，而是搂着她，刷了三次门禁卡，穿过了七道门。

那真是一个亲密的夜晚。

后来她问他为什么哭，他说该死的风沙。

唐糖出去与朋友们喝酒跳舞的时候少了很多，她后来只在节日的夜晚才允许自己玩乐一下（反正北京城并不缺少节日）。平日里，她竭尽所能地让自己显得乖巧听话。从这个角度看，她可以算是成熟过早的那种女孩——这跟她很小的年纪就进了体育学校或许有关系，她在里面不只是学习游泳。

但他并没有意识到她的改变，因为他真的并不在乎她和她年轻朋友们的那些娱乐。她那些年轻的朋友们，他很少见过，但他觉得自己对他们并不陌生，因为他也年轻过。他知道那些年轻的男人们，不过是风中之旗——看起来也招展着，但其实单薄而脆弱，靠不住。

4

他终于还是租下了堂宁小区的房子，三室两厅，200平米，堂宁小区里最小的户型。

设施齐全的大房子，像出浴的姑娘在他面前横陈玉体。不知所措的康一西，拉着行李箱在三室两厅间走了一大圈，还是不知道该把箱子放在哪个房间——他从来没有住过这么大的房子、没有独自拥有过这么多的房间。

他单身多年，在省城一直和多病的母亲住在一套小房子里。信佛的母亲慈眉善目，常年点灯吃素，相信这世上存在天意与因果，每日在佛前许下一个保佑全家平安的朴素心愿。

母亲似乎并未得偿所愿。那两年康家的日子现在想起来都觉得凶险，先是姐姐康一东离婚，她被年轻的女孩篡了位，又冲动，闹了惊天动地的一出。之后是身体一直强健如牛的电工父亲出事——他在自己每天早晨都买热干面的摊位前摔倒，便再也没有醒过来。

父亲离世后，为照顾母亲方便，他搬回了自己小时候住的房间。那时他30岁，还相信自己人生的坐标正在上行阶段，目前短暂的沉寂不过是在起跑线上等待。

发令枪却始终不响，哪怕他一直保持着即将出发的紧张状态。日复一日，少年到白头，似乎比想象中简短。不知道从哪一天开始，他在早晨起床的铃声中，朦胧看着天花板上多年的水渍，觉得从他出生时就已是这样的形状了，什么都没改变。

他交往过几个女友，都莫名其妙地分开，无疾而终。他疑心问题出在自己身上。因为他无法看着她们清亮的双眼，向她们承诺出一个有大房子的春暖花开的未来，便总觉得辜负了人家。而且他总以为自己缺乏激情，他一生都未有过那种非谁不娶的热恋体验。他觉得这可能与经常随母亲吃素有关。也许青菜豆腐中缺少合成爱情荷尔蒙的必备元素。于是一段时间里他有意多吃了一些肉，但收效甚微，他仍然没有产生过食肉动物那种血脉贲张的激情。他想起很久以前在小报上见过的奇闻，说今后不长胡子的男性会越来越多。这其实是一种现代病，医学上称"须停症"，常见于工作和生活压力过大而失调的白领。康一西疑心自己本就生长缓慢的胡子，终有一天也会停止生长。他也会得上"须停症"。

调入北京总公司的消息一度振奋了他，他对年轻的同事笑言自己"不用扬鞭自奋蹄"。但他很快认清了现实，这并不是一次事业上的突飞猛进，北京的职位并没有预想中那么好。调入总公司只不过是换一处地方重复眼前的生活，什么也不会改变。

他始终不明白，为什么比赛明明还没开始，他就已经感到大势已去。于是他退缩了，一度犹豫着想要拒绝。改变总是需要勇气，他担心自己无法承受，他想留在省城至少可以为母亲养老。

他后来几乎是被母亲赶出来的。因为老太太认定儿子他多年单身完全是因为她的缘故（如今没有姑娘会嫁给快40岁了还住在母亲家里的男人——哪怕他工作稳定、人品纯正）。于是自责逐渐成为她生活中除了念经打坐之外的第三大主要内容。她相信优秀如他，完全值得更好的事业、更好的爱情以及更好的生活。

她强迫他离开，"你留下来就是折磨我"，决绝的样子像一只遗弃小兽的母兽。

什么是更好的生活？

他站在大房子里面积最小的那间卫生间，总算在狭窄的空间里稍微平息了情绪。

浴室镜子里的这个男人，已经开始明显发福，五官圆润缺少棱角，这就是他吗？他又是如何来到这陌生的城市、陌生的小区以及这陌生的浴室的？

他很久之前曾去南方出差，诸事了结后去参观当地名胜，是一座客家富商修建的大院，占地数百亩，房屋数百间。他当时对此极为鄙夷，不过一个老地主，凭什么需要这么多房间？他们测绘师相信数字，相信土地的需求与供给应达成和谐的平衡——平衡如被打破，世界岂不大乱？

但现在，他觉得自己连南方的老地主都不如。老地主建百亩庄园，因为具备那样的实力，所以，那也算是一种平衡，量入为出的平衡。

而他，租了一套他根本就负担不起的房子，昂贵的房租让他将多年积蓄几乎一天散尽，如同多年吃斋念佛的母亲在一夕破戒，晚节不保，前功尽弃。他造了孽，平衡已被打破，世界即将大乱。

5

世界并没有大乱。

入住堂宁小区的康一西如常工作，经常加班，上下班步行，偶尔参加聚会，依然不善交际，内心平稳，少有波澜。尽管存款的数字每月都在锐减，但也没有觉得末日将至。

恰恰相反，每天出入堂宁小区的七道门时，他会感到生活仍有希望，并依稀体会到房屋中介所说的"堂宁小区是一种象征"。

他住了多年的在省城的房子，只有简单的一道门一把钥匙；四壁白墙，天花板永远有深浅不一的水渍；热水器是后来新装的，占据半个卫生间的体积；所有家具与餐具都无法成套；日用品因为母亲的节俭总是难得更换，哪怕每日擦拭也总是灰蒙蒙一片；墙壁不隔音，他知道邻居家每日什么时候炒菜……现在想来，那是多么潦草的生活。

交出第一笔三个月的租金之前，他已经知道了自己被调来北京总公司的直接原因——在他现在的岗位工作数年的测绘师，此前突发脑梗英年早逝，业务岗位空缺一日都是损失，公司才在各省分公司急寻具同等资质的测绘师补位。

早逝的那位据说一生克勤克俭，还有个人生梦想是备足存款，早日退休与爱妻环游世界。康一西曾在格子间办公室的抽屉里，发现了还没来得及清理的逝者夫妻合照。相貌相近的一对中年夫妻，在照片上羞怯地笑。翻过来看，照片背面是手书的一句俗语——"愿岁月静好，现世安稳"，字体清秀。他突然觉得逝者的体温气息仍在这格子间里停留，迟迟未散，足够令作为替补者的康一西唏嘘。

岁月不静好，现世多横祸。他想起同样意外身亡的父亲。父亲一生的愿望也不过是平稳从国营工厂退休，可以每日种花打牌、看武侠电视剧，这个梦想最终终结于父亲退休前三个月。父亲从不怀疑自己卑微的退休愿望会无法实现，他当年可是连下岗这般大风大浪都躲过去了，这样好的命，还有什么灾祸会躲不过去呢？

公司同事自发为那位猝死的前人举办了追思会，在他死去正好三个月的日子里。康一西作为继任者，也在被邀请在列。康一西与他们所缅怀的对象并不熟悉，他们并没有见过面，连点头之交都算不上。

同事们聊起一些往事，那个陌生男人的轮廓竟然渐渐在康一西的脑海中清晰起来。"他总是来得很早，一坐就是一天，好像长在座位上了。""听说他有个女儿，但我们都没见过。""他好像不喜欢运动，也许多运动就不会猝死了。""他有一次劝我别买房，说买房的钱足够环游世界了，但我还是买了，现在一身债。"

现在，康一西每天坐在那人生前的座位上，处理着他遗留未竟的项目，尽管康一西相信自己至少做得不会比他坏，但那种感觉却仍然奇怪——似乎自己住在另一个人的躯体里，偶尔无法听凭自己的意志行事。

康一西有时候会匪夷所思地想，那个男人携爱妻环游世界的遗愿——这个项目，自己有没有可能替他去实现。

同事们在追思会上感慨人生，基调是人生得意须尽欢。一位年轻的姑娘很激动，她决定明天就刷暴信用卡，去报一个欧洲十国的旅行团——既然天有不测风云，必须抓紧每一天。

于是人们又纷纷谈及未了心愿，世俗人生，寻常百姓，心愿无外乎几类：有关物质的心愿说来总是容易实现，即使买不了保时捷也可买个家用两厢小汽车过瘾；有关情感的愿望似乎难一些，但亦可退而求其次，独怜眼前人；最难的心愿是那些不安分的人总是希望自我实现，这话题太复杂，说来说去也觉得别无速成法，只好归结于无奈。

康一西竟然想不出来自己有什么心愿。他曾经以为认真生活努力工作就终将得到回报，但现在他没那么乐观。

同事问他是否在北京租好房、安顿好生活的时候，他突然想起了堂宁小区。

"对自己好一点，尤其是我们这样的老男人。"喝醉的同事拍着他的肩说。

在堂宁小区那样的房子里住着，生活是否真的会好一点？他应该去试一试吗？

他觉得自己应该去印证这一想法——其迫切感远远超过他对堂宁小区的喜爱程度。

"我会的，找房子是个大事，总要挑一挑的。"他说。

"在北京买套好房子很贵，租套好房子还不行吗？租房再贵能贵过房价吗？可不要委屈了自己，钱都给谁留着呢？"同事诚恳地劝说。

他当晚便给房屋中介打了电话，认可了中介此前提出的昂贵的房租价位，因为他担心第二天酒醒，便会反悔这个唐突的决定。

这次交易对他来说更像是一次冒险，他转账出那笔巨额房租的时候甚至疑心，觉得自己的内心里其实一直都想住在一处宽敞明亮的地方——这正是他的人生心愿。

有人喜欢豪车游船，有人喜欢名表钻石，他不过喜欢住得好一点，似乎也无可厚非。毕竟他在省城的小居室里住了近40年，每日都在母亲点燃的香火里入睡，在母亲的念经声中醒来，虽然不觉得逼仄，但也始终拘束。

他在省城也考虑过买房，但被母亲阻拦，添置家业这样的事情被母亲认为是一种奢侈的罪过。还未等他说服母亲，房价就一夜之间撑破了天，他再也买不起了。

如今，在他终于可以为自己选择住处的时候，对居住环境的本能渴望便如春分时节的冬眠动物一样苏醒过来。他觉得自己其实一直渴望不被干扰的、干净整洁的生活，这样的生活必需有一处私密的房间，让他可以沉浸于自己的爱好——虽然他现在并没什么爱好，但他觉得自己也许可以培养出一些爱好，做菜、种花、品茶或者电影、音乐，随便什么，只要能让他感觉到生活并没那么粗糙。

他希望那样的生活可以在堂宁小区实现。他还觉得自己也许是幸运的，至少他有存款，没有负债，可以放心在堂宁小区住上大半年，其实是10个月，准确地说。

10个月后怎么办，他暂时不愿去想，因为人生得意须尽欢。

6

入住那天，他遇见一位穿长衫的算命先生，先生要为他算一卦。母亲相信命中注定，但他却是唯物主义者，历来认定此类算命不过当不得真的江湖把戏。但他还是听见了老先生冲他拉着箱子急匆匆离开的背影说，"凡是生门，也是死门。"

这是模棱两可的话，他们惯常说这种话，他想。

后来他穿过那七道门，并第一次用属于自己的门禁卡打开其中三道门时，却突然想起了算命先生说的话，"凡是生门，也是死门"。

为什么总是门？深秋的凉风平地而起，他刚刚打开的那道门，立刻被风刮了回来，关得紧紧的。

无事的周末，他穿过七道门，来到小区门外的北海公园，看明媚春光里的白塔。北海里，"红领巾"们依然在荡起双桨。他们的爷爷奶奶在岸边亭台间练习合唱，曲目难度大体不会超过《社会主义好》和《大中国》。那时他还没有认识唐糖，于是独自打发无聊时光。

他在北海偶遇了同事的三口之家，第一次见识了人们在得知他住在堂宁小区时，脸上复杂的表情。

同事的妻子推着婴儿车，像看护幼鸟的百灵一般神色焦虑而紧张，她直言不讳地问，"天啊，堂宁小区，那么贵的房子，你是租的还是买的？"

同事随即制止了莽撞的妻子，并对康一西略带尴尬地说到，"挺好，离北海近。"这让康一西也觉得尴尬，他差点就想告诉同事：他目前一个月的收入根本就不够交房租，而他之所以住在堂宁小区，只不过因为他对人生快要绝望了——这是绝望之人做出的绝望之事，他不奢求别人的理解，但至少也是死刑犯的最后一餐盛宴，可以吃得好一点。

但他觉得这样的道理很难用三言两语说出来，他拼命地想应该说点什么化解眼前的尴尬，也许可以开玩笑说说那不知是否必要的七道门？

康一西踟蹰于如何为自己奢侈的住所辩解，手推车里的婴儿已经开始烦躁地哭泣。同事含着歉意与康一西话别，并留下一些意味深长的眼神。

康一西在之后的饭局上，依稀觉得有些东西正在发生变化。人们似乎对他格外关注，他几乎都快成为饭局的主角了——那些冷漠的美女同事，此时都在刨根问底地想要打听他的来路和收入。

那些不明内情的人，凭着一种直觉猜测这位住在堂宁小区的新来者，要么是家世丰厚，要么是背景强大，无论哪一种，他都不是普通人。

于是人们在酒桌上抱着他的肩膀称兄道弟，佯醉的时候，说"哥们儿以后多关照小弟。"康一西说"我不过是个新来的。"

他的交际就这样一天天多了起来，连他自己也不知道是何缘故。他并不喜欢那些华而不实的饭局，他甚至不懂得在饭桌上如何与陌生人迅速建立联系。但他越是推脱、在饭桌上越是沉默，人们对他反而越发热情，大家普遍夸奖他沉稳而低调——明明是个背景复杂的大人物，却表现得像初出茅庐的青涩少年。

回想起来，其实他并没有帮助过饭桌上认识的任何一个人（虽然他也从未请求过他们的帮助），但他仍会忐忑——他吃了别人那么多饭，却无以回报，这与他多年来"先付出后收获"的人生观偏离得太远。

他起初猜想，生活在这混乱、陌生又刺激的北京城的人，也许就是比省城的百姓害怕寂寞，所以他们每一个人都忙于扩大自己在这座城市的人脉。但他很快发现事情其实没那么简单，人们不过只热爱那些值得交往的人，那些人多数都手握一些钱权资源，在内心里做着一个不可一世的伟大的梦。

而他之所以被所有人都高看一眼，只是因为他住在堂宁小区。

哪怕他有时候会不安地向人们坦诚，他其实没钱没背景，能力一般，房子也是租的，但人们只是笑一笑，也并不相信他，以为他不过是谦虚。

7

他偶然参加过一次堂宁小区的业主活动，那时他已完全适应了新生活。新生活里有活色生香的唐糖，以及需穿过七道门才能抵达的住所。

万圣节，堂宁小区的父母们组织起来，将自己的孩子打扮成各种卡通形象。孩子们在这个夜晚，拎一盏南瓜灯，敲开了邻居家的第七道门。

门铃响时，康一西刚刚加完班回到家，正打开电脑准备打"豆豆"，他花了很久才分辨出那声音原来是自家门铃——在他入住之后一次都没有响过的门铃。

孩子们穿着古怪的衣服，喊着"trick or treat"（不给糖就捣乱），像出笼的小昆虫一样飞了进来。

他立即想起来这是万圣节——唐糖昨晚试裙子时说过的，可是他不知道堂宁小区的万圣节竟然是这样度过的，他同样不知道应该如何回应那些说英文的孩子们的热情。

一位年轻的母亲在门外对他抱歉地笑，解释说，"孩子们要过万圣节，抱歉打扰了，支持一下吧？"——这是堂宁小区的邻居第一次主动跟他说话，也是第一次有人敲开他的家门。

好在唐糖的冰箱里总是不缺乏巧克力和糖果，他热情地招待了那些兴致勃勃的孩子们，他的表现比自己预料的更加自然和亲切——他不善社交，但面对孩子，他的自信游刃有余。他还喜欢他们身上那新鲜又柔弱的气息。

但他们似乎对巧克力和糖果都缺乏兴趣，只急匆匆地想去敲其他的门——本来这万圣节的游戏，又不是真的为了讨几颗别人家冰箱里的陈年糖果。

他恋恋不舍地送走孩子，关上第七道门，世界重回平静，除了地板上出现了大大小小的凌乱鞋印——他舍不得擦掉它们。

这个万圣节没有"打豆豆"，但仍是他过得最开心的一个节日，尽管他此前从来不认为万圣节居然也算一个节日。

第二天早晨的电梯里，他偶遇了昨晚门外那年轻的母亲。她戴着墨镜，胸脯高高撑起西服套装，层次分明的香水有新泡乌龙茶的味道，在电梯里经久不散。

他犹豫着要不要打招呼。这是他最窘迫的电梯时刻，他总是无法在电梯的狭窄空间里表现得自然一些——可能跟他居住多年的省城房子并没有电梯有关，他还没有适应与电梯有关的生活。他由此也理解了为什么堂宁小区 300 平米以上大户型，都使用单独入户的电梯——他们永远不会与邻居在电梯偶遇。

她似乎很认真地看了他一眼——她的墨镜，使他无法确认她的眼神——之后她的墨镜，便一直朝向电梯显示屏的方向，只给他留下一个被CHANEL 眼镜腿分割开的侧脸。他瞥见她的鼻子尖尖地翘起，脸型比她的正面要好看。

他有些沮丧地猜想，她其实认出了他——她昨晚刚跟他说过话。

走出电梯，他无意瞥见垃圾筒外，散落着不少包装得五光十色的糖果，他也很快在垃圾筒里发现了昨夜他招待孩子们的那些巧克力。这些被扔掉的糖果，塞满了整个垃圾筒。

8

在堂宁小区住到第六个月的时候，他的工作出了一些状况。

公司新规定，测绘师资质两年一审，而康一西没有通过这一年的审查考试。他始终不明白是什么缘故，他记得自己认真做完了考试的试题，其实一点也不难，按时提交了用来证明自己项目实施能力的案例。他不应该通不过这样一个形式化的考试。

邻座心高气傲的女同事刚刚升职，对康一西无缘无故的失利，她无法感同身受，于是她这样劝说康一西，"不过走走形式，不要往心里去。"隔着一层隔板以及隔板上长势喜人的绿萝，康一西无法看见她的表情。

还有同事发来有八卦意味的邮件，说"康总，你肯定不差这份差使的钱，才高风亮节地把'通过'的机会让给我们很差钱的劳苦大众，把'不过'的悲痛留给自己。"平时他们总是互称"总"。

此前很长一段时间，康一西感到人们似乎对他失去了曾有过的热情。他猜想大约人们终于意识到他不过只是个毫无用处的测绘师，并不如当初他们所想象的那么重要和神秘。他实在不值得他们浪费精力。但他也并不为此失落，即使他很快也知道了，他的职业生涯到底还是得终结于这样一个"不过走走形式"的测试。总公司对未通过测试的员工设置"观察"期，以待他们通过下一次审查考试，但因为康一西是"借调"来总公司的测绘师，本就在"观察"期，总公司不能再留他，他只能回省城。有人劝说他这并不是最后的结果，他只要打通一些重要环节上的人物，便可以继续留在北京。但他没有这么做，因为在他的存款就快要归零的时候，这其实是一个最好的结果。

堂宁小区的房子是皇帝的新衣，带给他很多的幻觉，回省城的消息终于让他感到踏实。

唯一的问题是唐糖。他想应该把实情告诉她：他远没有她以为的那么有钱，他只不过穿着皇帝的新衣，在北京招摇撞骗。现在他要回去了，回省城的小房子过节俭的日子、吃母亲的素食。他并不想骗她——虽然他不得不承认这大半年来，其实一直骗了她。

但这话该怎么说，在什么时候说？他依然茫然。他怀疑自己最终也说不出口，最终还是会不辞而别。

就这样拖延到最后不得不走的时候。

晚来无事，唐糖在上课，他便去小区的室内游泳池看了一会儿，以为可以找到机会坦白自己。唐糖那时正在教一个五六岁的男孩游泳。男孩其实已经游得不错了，他甚至还会潜下水面，在水里绕着唐糖转圈。

男孩的父亲，一个表情严肃的中年男人，穿着灰色真丝的中式对襟，在一旁的躺椅上翻看杂志。康一西适时听见男人向服务生要了两杯血腥玛丽，叮嘱其中一杯送给游泳池里的教练唐糖。

康一西突然觉得，他可能低估了唐糖，她其实总会有办法继续留在这里的。她跟他并不一样。

他还透过游泳池玻璃制的天花板，看见了那晚灰黑间杂犹如斑马纹的夜空，他此后再没有看见过这样颜色的夜空——他猜想那灰色的条纹也许是形状奇特的云朵，也许是他的幻觉（他可能真的有了眼疾），也许只是玻璃天花板折射所产生的特殊效果。

他也再没见过比那时更美丽的唐糖，她紧绷的蜜糖色肌肤与浅蓝的水色，是世界上最美丽的两种颜色。她是一个精灵，而他不能对一个精灵，说出那些残忍的事实。

他独自回到家，打豆豆，通关，才郑重其事地给当初的房产中介打电话。

"工作有变动，房子我不再租了。"他说。中介很客气地说要先跟房东联系，之后会马上回他电话。

他悲壮地想这房子里的任何东西，他都不会带走，除了他自己那几件简单的衣物，堂宁小区的东西就应该留在堂宁小区，这是一种象征。

房产中介打来电话的时候听起来声音很紧张，"康先生，出了这样的事情，我们都很……哎，怎么说呢，我也理解您的顾虑，房东那边我们沟通过，想再跟您商量商量，毕竟您的租约还没有到期……"

康一西感到困惑，不知道什么是中介口里"这样的事情。"他没想到中介会是这样的反应。退租也许比他想象中要麻烦。

"商量什么呢？"康一西诚实地说。

"我知道，我知道，但您可不可以再考虑一下，您恰巧在这个时候退租，我们可能很难找到租客了，谁会租一个刚发生这样事情的小区的房子呢？"

"刚发生这样的事情？"康一西还是不解。

中介接着说，"房东提议房租减半，因为总比房子空着强。这条件很划算的。等这个事情过去，您再退租行吗？我实话跟您说吧，本来堂宁小区的租户就少，您一个人退租，又是在这样的时候，对堂宁小区的房价影响都大。您再考虑下，房租减半，不行我还能争取再降一点。"

"你刚说，什么事情过去？"

"康先生，您别假装不知道了，有意思吗？肯定是这个事情影响了您，您不想再在堂宁小区住了，我很理解。"中介说。

唐糖突然回来了。她的头发没有吹干，滴着水就直接扑到他身上。他只得扔掉电话。却发现她已经哭得几乎气绝，泳衣之外只有一条仓促裹上的浴巾，蜜糖色的脊背在他怀里像小鱼一样动。

"怎么回事？"他问，心里盘算着如果房租减半，他到底还能多住几个月。

"有人……自杀了，刚才……游泳池，跳台跳下来……还有孩子，在水里。"唐糖说。

9

康一西是在那半年以后离开北京的，最后半年的房租只有此前的三分之一，这一切都是因为那个从游泳池的跳台上跳下来的男人。

男人当时在游泳池陪儿子学游泳。自杀前半个小时，他翻看了最新的《收藏》杂志。他是收藏家，家产殷实，专门从事偏僻冷门的古代物件的收藏，积累无数。

走上跳台之前，他镇定地喝过一杯血腥玛丽，并非常绅士地给游泳池里的美女教练也买了一杯。

后来人们传说，他在自己的血腥玛丽里，加了一些会让人产生幻觉的昂贵的小药丸。

他在幻觉中爬上了最高的一层跳台，把游泳池边意大利产的米黄色瓷砖，当成了一条奔涌的黄色的河。

据说他跳下之前，还唱了歌，不是流行歌，因为曲调古雅，目击者复述歌词，是"春风十里，不如你……"

尸体之下大摊血迹的颜色，近似他刚喝完的鸡尾酒，血腥玛丽。

他的儿子那时已学会潜水闭气，正兴致勃勃地打量水底世界。人不多的游泳池里，尖叫声让男孩探出头来，他透过游泳眼镜上隐约的水气，还是看清了父亲身下黑红的血，不知怎么就又沉入了水底。

男孩最终被游泳教练唐糖从水里捞了出来。

目击者唐糖一直不愿再提当时的情景，她在那之后再也没有去过小区游泳池。她甚至开始怕水，洗澡都不再用浴缸。

她对康一西说，从小到大第一次，眼睁睁看着人自杀，太突然。

他为什么自杀？康一西问。

唐糖说，如果不是毒品致幻，就是巨额负债被债主逼死了，邻居们都这么说。

康一西想起那晚斑马纹的夜空与夜空下蜜糖色的唐糖，突然觉得男人其实不是自杀，至少不是为了毒品和负债这样黑暗的原因自杀。

他宁愿相信，男人也许和自己一样，看见了那样的美，他不是唱"春风十里，不如你"吗？男人一定领悟到那终是转眼即逝不能长久的东西——这种领悟是会让人万念俱灰的。

康一西还是有种暂时幸免于难的庆幸。凡是生门，也是死门，说不好哪一天，跳下高台的也许正是自己。

事故让堂宁小区的房价突然就降了下来，一些拥有多套房产的业主在着手搬家。

最大的变化，是堂宁小区的第一道门与第二道门之间，又加了一道门。这第八道门，据说是为改变小区不太吉利的风水。

力学原则

1

罗霄下班回家的路线，这天有些变化。他提前两站出了城铁，以便去妻子丽丽的前同事家里，取一辆二手的婴儿车。

这不是件大事，比起丽丽和丈母娘每日操持的那些复杂工作而言——他怎么知道的？或许是因为厨房冰箱门上层层叠叠写满电话号码和备忘事项的的贴纸、客厅墙上那张巨大的预产期倒计时表。还有卧室的墙，丈母娘在这里贴着两张胖娃娃画报。一男一女两个陌生婴儿的脸，一直在透过深浅不一的窗帘进入房间的暗沉月色里对罗霄没心没肺地笑。无论如何，这套两居室如今再也不是四壁白墙、空荡荡了。

直到丽丽让罗霄去取回那辆婴儿车，罗霄都并未真正参与到她们热火朝天的事业中。因为他早出晚归，没有时间，也没有机会。所以，他认为自己乐于接受这样的任务——下班路上顺便带回一辆婴儿车——他需要这种参与感。

"其实二手婴儿车是最好的，因为没有甲醛。"丽丽在类似的事情上越来越喜欢显示出当仁不让的权威。谁会反对她的意见呢？每当罗霄想说点什么的时候，脑子里总有一幅让他惊心动魄的画面闪电般掠过——丽丽撩起裙子，露出肥胖的肉色孕妇内裤和滚圆的肚子。仿佛正是这样一幅画面，才让罗霄认可了丽丽在家中的绝对权威——他担心她会毫不客气地再撩起裙子，露出内裤和肚子。

2

罗霄三十岁这年搬到城东郊县。

"还不错。"他在电话里对两千公里外的父亲含糊其辞，假装不知道郊县的欧陆庄园小区距离天安门的直线距离，准确说是二十五公里。

他和丈母娘一起坐城铁去看房。但那不是太合适的一天——雾霾天。他们都没看清据说是"城铁沿线一道风景"的欧陆庄园小区的北门。一路上他们没什么话。丈母娘绷紧的下巴，满布层层叠叠的褶皱，里面藏的是罗霄一点都不想去揣摩的心思。

"怎么会呢？北门那个骑士和马，那怎么说，也算个建筑奇迹吧。"在楼下等着他们的房东，见面便对此表示不可思议。这个男人好像总有一种能力，能把任何事都说得半真半假。

他们会因为一个"建筑奇迹"而更认可他的房子么——二十九层的房子。罗霄不确定。"二十九层，离地一百米，跳下去可不得了！"电梯里，罗霄这样说，露出失望的表情。他真的这么想。楼群高耸，哥特式的尖顶笋尖一样从雾霾和云层中钻出来，形成这座漂浮半空的岛屿——跳下去可不得了。后半句话他没说出来，"从起跳到落地的时间，是四点五秒，按照自由落体定律。"他真正感到意外的，其实是他竟把这想法说了出来——只有孩子、老人才会不假思索说出自己真实的怨念。

房东和丈母娘都转头看他。罗霄注意到，丈母娘的下巴松动了一下，只是她终于也没说出什么来。她的表情也许是疑惑，不明白谨小慎微的公务员女婿，怎么说出了这种可怕的匪夷所思的话？房东的脸上，似乎看不出疑惑与变化——他可能真的不在意。直到三人终于站在空荡荡两居室的四壁白墙间，那种只在高原或沙漠才会出现的空旷感，仍然没有消失。连小声地说话，都足以激荡起持久的回声。

房东还是很自信，至少他是这里真正的主人——这足够他用说不出的傲慢，让罗霄和罗霄的丈母娘，在没来得及仔细考量地段与价格的盈亏关系前，便忙不迭接受了他的房子。或许是房东的傲慢让他们潜意识感觉，其实并没有太多选择在等着他们。

<h1 style="text-align:center">3</h1>

　　三个月以后，傍晚，罗霄推着一辆婴儿车走在城东郊县的公路上。城铁在他头顶上方嘶鸣，像嘹亮的号角。他本来也应该在其中某趟列车上的，如果他能把这辆复杂的婴儿车顺利收起来的话。他真的这样努力了，但仍无法改变它的形状。

　　还有那个胖乎乎的城铁安检员姑娘，也试图帮助他。胖姑娘把脸都憋红了，她说，"肯定能叠起来的。所有婴儿车都能叠起来的。"自信的口气，听起来就像她每天都在城铁入口帮乘客收婴儿车一般。不过他们都失败了。胖姑娘明显沮丧起来，似乎不愿意再看见他和他的婴儿车。他想自己现在的样子，该很像一个疲倦又一无是处的父亲，就像晚饭后的小区花园里，那些眉目稚嫩却又没精打采的年轻父亲们一样。她后来只是专心盯着安检传送带上那些大大小小的包袋。"现在是下班高峰，我不能让你推着它进去。"她说。罗霄知道她也许是对的。

　　罗霄打算走回家。他相信那不远，只有两站城铁的距离。从城铁站出来时，他花了一些力气，因为必须通过先下后上的一段曲折的楼梯。他感到吃力，不明白自己如此大费周章的缘由，他觉得这不应该仅仅是为了一辆婴儿车吧？他那时仍然相信，把这辆深蓝色的婴儿车带回家，不过是举手之劳。

　　它是被用过的。前主人是个男孩，现在四岁半，不再需要这辆车了。男孩有了一辆可以坐进去的，还能鸣笛和转方向盘的小车——忽略掉大小的话，那简直跟真正的汽车一模一样。半小时前，四岁男孩正站在这辆跟他差不多高的婴儿车前，试图对罗霄做出一个凶恶的鬼脸。男孩的妈妈是丽丽的前同事，她除了说"了了，这是罗叔叔"之外，再也没有做出任何举动去试图影响这个叫了了的男孩了。男孩对罗霄的恶意应该是可以理解的。但四岁半男孩的爆发力却让人意外。他张牙舞爪像小狮子一样弹跳，扔出手里的毛绒玩具，把小车的喇叭按个不停，后来又双手把自己吊在罗霄的脖子上——他只是在表达愤怒。因为，那是"了了的车车"，不能被一个陌生的"坏蛋罗叔叔"带走。罗霄不知道该如何安抚这只发狂的小狮子,尽管他看起来并不让人害怕。最终,他只是假装很开心地让了了继续吊在自己的脖子上,决口不提长年办公室工作造成的颈椎问题。

罗霄觉得自己推车走出来的样子,也一定十分狼狈。进电梯的时候,他差点摔倒,婴儿车于是卡在电梯门上。试图关闭的电梯门不耐烦地打在车上,一下又一下。他腾出一只手,冲电梯外的女人挥手作别。他听见那女人喊到"别夹坏了车"。

他感到愧疚,仿佛做了很坏的事情。接下来,他只好迅速挤进电梯。婴儿车发出刺耳的声音,也许是某个零部件被电梯门刷住了。他基本连慌张都顾不上,便强行把婴儿车塞进了电梯。如此才总算是让他和它都完全待在狭小的电梯里了。电梯被挤满了。婴儿车的把手抵住他微隆的肚子。罗霄长长吸气,试图收腹,这自然加剧了他的不适。但在电梯门终于合上之前,他还来得及看清女人脸上的表情——那应该是表示失望或者后悔的意思。

4

三个月以来,这是他第一次步行走过这段路。他试图说服自己这是件不错的事情——他给自己还未出生的孩子带回了人生第一辆车,亲手推回来的。

这并未让他感到宽慰。因为这也不是太合适的一天,空气里有种腐败的味道。他这时已见过欧陆庄园小区的"建筑奇迹"了。那是在某些晴好的日子里——一座骑士骑马的雕塑,通体镀成金色,竟有十层楼高。马的两只前蹄高高抬起,像是要把满身铁甲的骑士摔下去,但这个带着头盔看不出面目表情的骑士,却始终能坚挺后背、笔直端坐。骑士的右手,握一根长矛。长矛斜上四十五度,刺向上空。

他应该摔下来的——罗霄总这么想——因为,这不符合力学原则。

"这是艺术的夸张。你管它干嘛。"刚开始的时候,丽丽还会认真跟他计较。丽丽似乎很喜欢这个骑士。那时她怀孕四个月,小腹微隆。她对此时的肚子不太满意,因为她认为这不足以让人一眼看出她身为孕妇的可贵身份，反倒是让她容易被人看作是那种因为从事久坐不动的工作而终年便秘，以至于小腹突出的小职员。大概因为丽丽在怀孕并辞职之前，正是这样一名委屈的小职员，所以她对此格外敏感。这段时期，她常常会故意挺挺肚子，像是一些喜欢故意挺胸的平胸女人一样，无意识地做出些欲盖弥彰的姿势。她就这样挺着肚子，每天绕着骑士散步。绕一圈不需要太长的时间，所以她必须绕很多圈，像是不知疲倦的地球绕着太阳公转。这么类比也许不太合适。这个可笑的骑士毕竟不是太阳。丽丽坚持孕妇应该适当活动，散步当是最好的方式。"每天五公里，至少。"——她研读过某些花哨的孕妇读物，得出了许多类似的、似是而非的结论并深信不疑，就像她对很多事情的信赖一样。但丽丽并不擅长计数，她从来说不清自己转了多少圈。五十圈才够五公里——罗霄认真地想过这个问题。他是理科生，专业是物理。

他曾经相信世界上值得信赖的东西只有数字，或许现在他仍然这么想，尽管他目前从事的人事工作，无论如何也无法和数字扯上关系。

丽丽后来不再故意挺肚子了。因为她的肚子已经足够明显地膨大起来，明显到时常让她感到不堪重负。她再也没有心思来理会罗霄对骑士雕像不符合力学原则的质疑。那跟她的生活，其实没什么关系。

"力学原则？你看我现在的样子，符合力学原则么？"丽丽挺着肚子，侧过身让罗霄看自己的肚皮，她甚至故意撩起那条明黄色的孕妇裙，露出底下饱满的肉色高腰孕妇内裤。她叉开两腿站立，显得泼辣凶狠。雌性激素带给她的那些母性光辉，暂时被她撩起的裙子遮起来了。

"有点奇怪，但想不出为什么奇怪。"罗霄想，这念头于是和丽丽撩裙子的画面一起刻在他脑子里，再也挥之不去。他想她那形状古怪的身体，其实不应该归入"人类"这一物种吧？

但他什么也没说——他多数时候都谨慎沉默。"话少，但是个老实人。"他听见过丈母娘和丽丽这样悄悄谈论自己，很感到意外。他相信自己只是对丈母娘和丽丽的谈话内容不够熟悉而已，他并不是真的寡言。她们谈论的那些缺乏科学依据的养生学知识、百说不厌的亲戚们的陈年旧事、电视剧、超市促销、自制面膜、网购……女人们对世界总有深重的好感与敬意，她们谈论现象，但并不在乎现象后面那无数个折磨人的"为什么"。所以女人很难成为科学家，罗霄认定。

他拉上窗帘——两块不同深浅的灰色窗帘，暴露出不同时期居住者的痕迹——离开二十九层的卧室窗口。他的举动，像是完全领会到了丽丽的话和撩裙子的动作里，流露出的那些不安的情绪。他"是个老实人"——老实人从不申辩与自我解释。

罗霄只是告诉自己，其实他现在没有太多选择，他从来也没有太多选择。如果他继续在卧室的窗户前待下去，继续思考骑士的身体，那么被激增的激素困扰的丽丽——也许是激素原因，让她无法属于人类——一定会被他的无动于衷激怒，认为他不关心自己。她说不定还会做出一些歇斯底里的举动来，就像这些天里她经常做的那些事情一样——掉眼泪，发脾气，宣布罗霄对她正在承受和忧虑的东西"一点儿不了解，根本不关心"，那么他需要思考的问题，将会远比"骑士的身体是否符合力学原则"更加复杂。活生生的女人、活生生的孕期的女人，莫非是这个世界上最复杂的问题？显而易见，这并不是他想要的结果，自然也不是她想要的。

5

罗霄总是很早出门，也不全是因为有一段漫长的城铁在等着他。有时在微露的晨光中，他会看那骑士。多数时候，他只能看见六层楼高的地方，骑士那匹马的巨大下颚。在那之后，楼群密密麻麻的窗口零零落落亮着一些灯光。每一扇亮灯的窗户里，也许都有一个怀孕的丽丽和一个愁眉紧锁不善讲普通话的丈母娘。这想法让罗霄反感，于是他会不由自主加快脚步，以便尽快离开这些纯白的节能灯拼凑出的楼群以及楼群里那些不能细看的生活。

城铁里的光明映照着乘客脸上那些未及清洗的隔夜倦意。大概人们总是能在别人脸上看见自己的面目，所以每个人好像都在尽力避免去看身边人的表情，哪怕他们的身体此刻正紧贴着彼此。罗霄会在这样的时候感到愧疚。因为他不得不对自己承认，他其实迫不及待想要离开那里，尽管那里有他的姑娘丽丽——他们相识多年，一直彼此深爱；那里还有他即将出生的孩子——他们会在一起度过一生，至少他会陪他（或她）度过一生。

然而这种迫不及待，在黄昏的时候却成为完全相反的另一种情形。走出城铁站口之后的那段路程，他迫不及待想要看见的，正是代表他的妻子还有孩子所在方向的骑士雕塑，以及在那之后属于他的灯光惨白的二十九层的窗。他多么盼望见到她和他们的孩子啊，在从不轻松的每一个白天之后。

多数时候，二十九层的家也不会让他感觉放松。丈母娘总是试图对他热情，但她明显并不擅长于此，于是她的热情成为他的压力，让他感到自己像是一个等待主人招呼入座的客人，小心翼翼避免给主人添乱。他也从来不会在这里想起，他是这里唯一的男人，是一家之主——两千公里外的父亲是这样告诉他的。这当然是父亲的想法。父亲曾在云南掌管一个小茶叶厂。茶马古道在茶厂所在的山坡另一侧隐秘穿过。"老罗家的祖先从这里骑着马，把茶叶驮到外国去了。"这是他一生中听父亲说得最多的一句话，他年龄越大越从中感到，父亲最骄傲的东西其实是祖先，而不是后代——儿子罗霄。

6

没人会死于走路——罗霄走过了很长的一段路后，仍不能望见欧陆庄园小区的骑士雕塑。这意味着他还有更长的一段路要走。但也许只是可怜的能见度欺骗了他。

婴儿车里放着一个饭盒，用淡紫色碎花布袋装起来。布袋是丈母娘的手工杰作。不能想象干了一辈子党政工作的丈母娘，竟然拥有缝制布袋的手艺。只是这淡紫色碎花的布料，让做工精巧的布袋显得暧昧，于是有时它会令罗霄感到尴尬。他总是在进出单位大门的时候犹豫着要不要摘下它，至少得尽量不让人看见它。但这个老派的机关里，人们其实并不在乎你用什么东西装饭盒。人们在乎的东西，都在很难被看见的地方，如同饭盒里的菜，人们闻着味道，根据似是而非的东西揣摩那些被掩盖的真相。

他无法拒绝这件象征长辈关爱的礼物，就像他无法拒绝很多他不需要的东西。

他比丽丽早毕业两年，那时丽丽说，你去考公务员吧，只当一次机会去试一下，那至少是稳定的工作。他说，好。因为他很擅长考试，丽丽知道的。

丽丽研究生毕业了，她说，结婚吧。他说，好。因为他们在一起七年，总是要结婚的。

结婚第二年，丽丽打算从工作不到一年的公司辞职，他说，好。因为这毕竟是丽丽自己的人生。

辞职后丽丽说该有个孩子了，他说，好。因为丽丽已经怀孕了，其实就在她辞职之前。

后来，丽丽说要有个大房子，因为他们需要和丈母娘同住，这次他不能立刻回答说，好。因为他们都清楚，这有多么难。

丽丽是那种很好的姑娘。她按照从不让人担心的稳健节奏，走过了人生的每一步。她还承担了他们生活中几乎所有琐碎细致麻烦的事情，之后再轻巧地委托罗霄做一些象征性的努力，以便让事情看起来像是他们一起完成的一样。丽丽找到了欧陆庄园小区的两居室，才认真请求罗霄和丈母娘一起去看房；丽丽安排了所有孩子出生前的大小事宜，才也许并不必要地委托罗霄去取回一辆婴儿车。她根本就能自己搞定一个世界，就算没有罗霄。在丽丽搞定的这个世界里，罗霄被安排出演目前为止最重要的那个角色，因为她是那么在乎他，他们在一起的十年来，她无数次说起，如果没有他，她的生活一定会是"不敢想象的悲剧"。他尽力配合，像拙劣的演员在导演面前不得体地过度表现，但这并不意味着他喜欢自己的角色。他其实对整个剧本都毫无兴致。然而他已经承担了这个角色，便只能这样下去。

没有丽丽，罗霄搞不定一辆婴儿车。他其实本来还能接着走的，但这样的想法让他停了下来。他想再尝试一次，他一定要把它折叠起来。

他和丽丽一样，有硕士文凭。他是物理学硕士，这曾经让他骄傲，现在也应该让他可以应付这辆普通的婴儿车。他知道，一定有一个开关，或者按钮、把手之类的东西，巧妙地藏在某处，他只要找到那个灵敏的点，就能够改变一切——现实就这么神奇。

他学过不少机械理论，都是在本科阶段，后来他的兴趣转向更微观的领域，基础物理学的部分便很快陌生。工作六年之后，当他在空旷的郊区公路边，蹲下身察看一辆婴儿车车架的所有细节时——做工完美，毫无漏洞（如丽丽说，"原价很贵，是德国进口"）——他再也想不起来物理课上哪一部分与此相关。

何况，真的需要物理学吗？那个女人，了了的母亲，她可能一辈子都不需要亲口说出"物理"两个字，但她却能熟练操作这辆婴儿车。

罗霄为自己刚才竟没有问她如何把它叠起来而感到后悔。他随即也意识到，她竟没有主动告诉他——对她转卖的婴儿车，她未做任何说明。这不合理，所有卖方都会对自己的商品做出说明的。

那么，罗霄只能这么想，她认为所有的说明对罗霄来说都是不必要的。她会在网上（或许她已经这么做了）跟丽丽详细描述这辆价格不菲的婴儿车所有的细节、操作方法以及或许会有的小毛病("原价很高，德国进口")。买卖双方的交涉，本就不会发生在罗霄和她之间，如同丽丽在网上转给她一笔罗霄仍不知道具体数目的钱，用来购买一辆她不再需要的婴儿车——这一切与他无关。她们的网络对话，将满布着罗霄不理解的专用名词，那或许是网购用词，或许跟孕妇、主妇、婴儿们的生活有关。这些陌生的符号，如同各种女性才会用到的东西一样——罗霄不仅对它们此时陌生，而且也将永远陌生。

7

罗霄少年时代的大部分精力，简单说，其实都花在了同一件事情上——让自己逃离那片种满墨绿色茶树的、枯燥如同时间静止一般的云南南部山区。

很多个下午，他躲在茶山顶上，逃避身为茶山男人应该承担的那些劳动。这样的下午，高原地区的云朵总会从山的一侧缓缓升起，又排着队从山的另一侧落下，仿佛伸手就能抓住。云朵投下影子，在他身上落下巨大的阴影。这时便不可思议地，会有阴凉的风平地而起，就从因为强烈日照而总是灼热的空气里。这里的人都因为持久的日照而面色黝黑。他们常年都喜欢卷起裤腿，得意扬扬露出因攀爬山路而肌肉紧实鼓胀的小腿。

他们的生活毫无意义，不过是重复——这是少年罗霄在茶山顶上的想法。那时他只要一想起，将如他的父亲爷爷和祖辈们一样度过一生——看起来忙忙碌碌，实际上无所事事，就无法忍受。这些男人们总是号称自己终生劳作，实际上却都是胆小懒惰的、坏脾气的、贪婪的山民；这些女人们，几乎都不善谈吐，在男人们酩酊大醉、呼噜酣畅的每一个夜晚，她们也不会怀疑身边那个疲倦又一无是处的男人可以支撑起整个世界。这个平衡世界里的一切，看起来都是那么牢固，牢固到终年都无所变化。

罗霄是家中独子，但他并不认为自己因此而优越。在他整个少年时代，父亲都没有对他表现出格外的器重。这也不能完全怪罪于父亲，毕竟罗霄从未见过的母亲正是死于罗霄出生时的难产。

父亲是茶山男人的典范，他身材短小但结实强壮，这足够他出色完成一个茶山男人一生必须进行的劳作，也足够他长出一双厚实粗糙的巴掌用来管教儿子。罗霄一直认为自己和父亲的关系不好。在罗霄离开茶山前，他和父亲连续几年都已经无话可说。那时云南南部的旅游业已经开始兴盛，骑马穿越茶马古道的旅游项目让许多茶山人都兴奋起来。他们甚至突然都变得勤劳了。山民们早出晚归，牵着马在公路边结队，招揽那些有可能会骑他们的马穿越茶马古道的游人。

罗霄的父亲也去牵马。他在茶马古道的崎岖山道上，对马背上穿着五颜六色冲锋衣的游客，骄傲地说起罗家与茶叶之间的辉煌往事。"我们老罗家祖先，就骑马走这条路，把茶叶驮到外国去了。"尽管这也不过是他从罗霄的爷爷那里听来的并无依据的只言片语，尽管这跟老罗家几十年种茶制茶的艰辛生活完全没有关系，尽管他根本就无法确定脚下这条走过无数次的山道，是否真的就是那条传说中的古道。

罗霄憎恨那些兴冲冲来茶山的游人。正是他们的穿着、谈吐，或许还有他们身上那种说不出的绚丽、优越，对比出罗霄的处境是多么卑微苍白。这让他更迫不及待想要离开。罗霄于是拒绝参与父亲的旅游生意，就像他从小就不喜欢跟茶叶有关的一切。他的生活应该在茶山之外。罗霄的态度被父亲认定为懒惰。父亲一如既往地用巴掌表示对儿子的失望。事实上，罗霄几乎被茶山所有人都孤立或遗忘了，直到那一年他考上大学的消息在茶山迅速传开。

罗霄从来没有骑过父亲的那匹马。那匹棕色的南方矮脚马，有双很大的圆眼，体格身形就像父亲一样短小、肌肉紧实。只有这样的马才能适应陡峭的山道。在欧陆庄园小区的骑士雕塑前，罗霄曾这样想起父亲的马。他试图以此证明那座雕塑真的不符合力学原则——马背的斜度如果真的这么大，骑士不可能保持这样的坐姿，重力作用会让他摔下来。但因为罗霄并没有骑过马。的确是这样，牵马人的后代就一定骑过马吗？所以他无法证明而只能推断——推断在物理学中是合理的步骤，但只有证明它，你才会得到认可。

"你是茶马古道人的后代，哇，真的吗？太神奇了！"丽丽第一次听罗霄说起茶山时，这样表示了她的惊喜和不可思议。这让他都不好意思对她说明，根本就没有"茶马古道人"这种说法。

那时他们在一起还不到一个月，正是最好的时候。罗霄后来觉得，这才是丽丽真正爱上他的那个时刻。她那时的眼睛闪烁着异样光芒，与罗霄熟悉的那双眼睛的神色已经完全不同了。

丽丽无法理解罗霄对茶山的厌倦和鄙夷，她对那片陌生的山区无限神往——那里与她生活的都市相去太远，所以荡漾着一种童话般的因虚幻而更美好的色彩。哪怕罗霄已经尽量把茶山描述得贫瘠、恶劣，没有任何吸引力。

事到如今，丽丽也从来没有去过茶山，尽管她已经为此计划了许多年。然而他们的生活里似乎总是充满令人沮丧的障碍，在妨碍着她将计划变成现实。

那些障碍，真是既强大又接二连三：在她悠闲轻松的大学时代，罗霄正忙于公务员考试。当罗霄如愿拥有稳定可靠的公务员职位后，他的假期也就少得可怜了。后来罗霄终于可以休一次探亲假了，但丽丽正在新公司朝九晚五、尽力扮演一名优秀员工，她不能在这时请假。他们后来终于让两人的假期同步了，但随即又沮丧地发现囊中羞涩，以至于还无法支撑这样一次延宕已久的旅程。再之后，他们的闲钱差不多足够去一趟云南了，然而这一次意外的消息是，丽丽怀孕了。

于是去茶山的愿望如今看来，似乎比当年罗霄离开茶山的愿望还要难以实现。这对罗霄的影响，其实微不足道。他内心里或许并不希望回茶山去，哪怕仅仅是带妻子回家的一次短暂的旅程。那里高旷的天际、轻薄的空气、黏腻的红土地，还有彪悍的山民、喧闹的旅游服务中心、流动商贩售卖的旅游纪念品、各种口音的游人、赌石淘金的投机分子……只要一想到这些，他就会明白，他与茶山的距离，并没有他以为的那么远。他走得根本就不够远，尽管他一直在走，他也从没有让自己懈怠过。

然而这对丽丽的影响，却显而易见。大概她很少失望过，所以一旦失望便会掩饰不住地流露出来。

"为什么会这样？"她问罗霄。她明明知道这是罗霄根本无法回答的问题。是啊，为什么会这样？他们足够努力地生活，他们还年轻，他们可以跟家人住在一起、等待一个即将降临的小生命——一切看起来是那么美好、顺利，而且似乎还会一直这么美好和顺利下去。但一个小小的旅行，似乎就戳穿了这美好和顺利的表象。她无法不让自己失望，除非她真的可以实现愿望。他想，其实去不去茶山可能都不重要了，她不能经受的只是一次次相同的沮丧。

丽丽是那种很好的女人，罗霄对此深信不疑。她似乎很快便从意外怀孕带来的最初惊愕中平静下来，开始安详地等待自己做母亲的那一天。他不知道她是怎么做到的？因为事到如今，罗霄依然无法适应，也没能平静。而且，如果不是因为这辆顽固的、无法折叠的婴儿车，他还根本不会承认，也不会意识到，其实他对此有多么忐忑、慌张。

8

郊县的公路上少有行人，这并不是散步的好去处。汽车卷起漫天尘土、缺少养护的绿化带里矮小的树苗奄奄一息、等待平整的步行道上散落着地砖石块——郊县似乎永远在建设中，就像这里的生活一样，根本不会有真正完工的那一天。只有城铁两侧楼群的密集灯火，暗示出这里其实十分兴旺的人烟，而并非像罗霄在公路上所见那般荒芜。

罗霄为此庆幸，他实在不希望有人看见他这时的样子。一个穿着无趣的黑夹克的无趣男人，像所有做着无趣工作的人那样，无趣的五官上挂着无趣的表情。但这个男人，竟发疯到在这样的天气里，推着婴儿车在郊县公路上散步？那就不仅仅是无趣了，看起来还很愚蠢，至少是不负责任。

"空气这么差，他怎么能带孩子在这里散步呢？"人们将会这样指责他，一个不负责任的父亲。当然，人们可能也会发现婴儿车里其实根本没有婴儿。而只有一个饭盒——装在紫色碎花布袋里的饭盒。那情况只会更糟，"他是不是脑子有问题？受过刺激？""他的孩子怎么了？""那是个女人才会用的布袋子。"……

罗霄已经走了差不多有一站城铁远的路。他已经能看见三三两两的人，正从不远处下一站城铁的出站口里走出来。人们小心翼翼躲开路上的碎石和渣土。在为数不多抬头看路的那些瞬间，他们似乎也注意到了这个与人流相向而行的推婴儿车的男人。罗霄感到他们的眼神都表示出了费解的意思，这让他开始全身发热。但他还能安慰自己，"走了这么久，是该觉得热了。"

男人们一般都是漫不经心的，而女人们总会好奇一些。罗霄确定，已经有至少三个女人在与他擦肩而过的时候，想对他说点什么了。她们只是欲言又止，而她们没有说出来的话，他也都全部听见了。他甚至想把她们叫住，以便为自己解释一番，虽然这并不符合他一贯的沉默。

"我想问问，你知道怎么把它收起来么？"罗霄终于还是向一个穿雪地靴的女人寻求帮助。他本来是不会开口的，那太唐突，如果不是这女人盯着他看了那么久。她好像就知道，他一定有话要说。而她只不过是看着他，像是在鼓励他开口。

"哦？我看看，应该可以。"女人似乎有些意外。罗霄发现，她细看其实并不年轻，但也因此更显和善。她蹲下来查看婴儿车的时候，厚厚的雪地靴挤出了几道乱七八糟的褶皱，像是长年步行磨损成的样子。罗霄一边说着谢谢，一边意识到，其实这里离欧陆庄园小区已经不远了，只有一站城铁的距离，那么推车回去其实会更方便。如果坐城铁，他还需要带着婴儿车爬上那道长长的楼梯，那可一点儿都不会轻松。他因此希望她不要这么热心。

女人的确对此无能为力。她认真地解释说，本来应该有一个把手，就在这里的，原来都是这样的。那个把手，总是很明显。但这辆车也许太高级，反正，跟别的车都不一样。所以，她找不到那个把手。

大概他们的对话吸引了出租车司机的注意。司机倚靠着出租车前门，大声冲罗霄喊"打车吗？"但司机的语气听上去，好像并不真的希望做成这笔买卖。

这或许是一个好主意，他当然可以乘出租车回家，如果罗霄能把这辆婴儿车顺利折叠起来的话。"这车，能放进后备箱吗？"他指着婴儿车，问到。

司机没有答话，只是不慌不忙吐出一个烟圈，像是根本不相信罗霄说了什么。是啊，开什么玩笑，正常人都知道，你只能让它叠起来，然后你才能把它放进出租车后备箱。

"我不知道怎么让它收起来。"罗霄急忙补充说。

"你不知道？我更不知道。"司机似乎并不理解罗霄的困境，司机也许根本只是在说出一种实情——他们都不知道跟婴儿车有关的那些事情。他们为什么非得知道跟这该死的婴儿车有关的事情？

9

罗霄已经走过了城铁站口。"最困难的时候已经过去了。"他这样告诉自己。

从站口涌出的人流，逐渐被初冬的暗沉夜色稀释，将不会再有人注意到他。他已经走完了大半的路程，也许马上就能看见那座金色的骑士雕塑。他已经没有必要再被如何折叠婴儿车、是否该换乘出租车这样的问题困扰了，反正他现在需要的，不过是沿着一条笔直的路不停地走。这条不够可爱的路，却可以带他回家。这其实就足够了。

体型臃肿的丽丽，会在卧室那两张婴儿画报前微笑着拥抱他，就像她每天都做的那样，用隆起的肚子微微顶住他已经开始发福的肚子。而他则需要略微弯腰，才能让自己的下巴触碰到她热乎乎的脖子，闻到她怀孕后身上散发的特殊香气。他们齐心合力完成一个简单的、仪式化的拥抱。

而今天，丽丽也许还会用她的眼神不动声色地称赞他，不着痕迹地让他真的以为自己完成了一项十分艰巨的任务。如此看来，她对他真的很好。连他微不足道的成就，都会得到她过分夸大的认可。她让他自信心膨胀，以为自己真的无所不能。只是现实从不忘记提醒他，他其实不是无所不能，他根本一无所能。

好在理科男生的世界总是简单，人生和命运的问题从来也没有成为过罗霄的真正困扰。他一直让自己的生活更简单一些，就像物理学的世界那样绝对遵循某些颠扑不破的原则和公理在运行，清晰、明确。这其实非常神奇：自由落体定律、牛顿三大定律、水的浮力、电子的运动、核的裂变和聚变……你无须多想都会禁不住赞叹：一切多么不可思议！

他喜欢自己的专业，这足够说明他的求学生涯是幸运的，当然也足够对比出他眼下的不幸。罗霄在机关人事部工作，所学非用，但"天啊，你考上了公务员，那可比高考还难一百倍！"丽丽当时这样说过。于是他也真的以为，这份职业因为来之不易所以值得珍惜。他当时根本无法想象，在眨眼过去的六年后，自己还是无法获悉这份工作遵循的到底是什么原则公理。这难免令他无所适从。

表面看来，他或许也为自己总结出了一些规则，比如，那个标记着"来文"的盒子里的东西，是他应该立即查看的东西，而"归档"的盒子里的东西大可不必理会；比如尽量不要打开那些写着"秘密"的信封，如果不是被上级要求的话。因为那里总是会有一些骇人听闻的麻烦事，一定会超出他的情商所能理解的范围。比如应该尽量把自己看过的每份文件，都填上申报单递送给上级，尽管它们中的绝大多数，在一段时间后还是会被原封不动地扔进"归档"的盒子。比如尽量在走出单位大门后迅速忘记当天看过的所有东西，因为那都是些他根本不想知道的事情，那些东西会完全塞满大脑，让他再也没有办法想起别的事情……另外一些规则也许更实际些，那关乎他如何度过这样的每一天，比如他发现每天其实只需要想着"差不多该吃午饭了""差不多该下班了"，便足够愉快地熬过办公室里那些压抑沉闷的时光；比如在电梯里与同事抱怨北京的空气质量指数便总是不会出错。但这些表面的规则，其实远远不够他应付这份人人羡慕的工作。这他也是知道的。

"你肯定会做得很好，我相信，你不管做什么都能做好，只要你想。"丽丽这些鼓励的话在说得太多之后，会失去应有的分量。他有时会想，其实她根本就知道一切。她知道他每天在办公室不过是拿着签字笔填写文件

出点什么声音，以便让相对安放的办公桌上两台电脑显示器另一边的白鹏听见。要不，那会是最尴尬的时刻——一个人突然说了点什么，而另一个人毫无反应。

罗霄于是问，"那会变成什么样呢？"至少听起来，他真的很有兴趣知道。

"很简单，你想，你们家里将有一个孩子，那可是一个孩子啊！绝对够她应付的，她还从来没有应付过一个孩子吧，而且还够你们全家应付的，你的父母、她的父母。所以放心吧，那时就没人再注意你了。谁还会注意你呢？那个小家伙，这么说可能不合适，但这是真的，我可以证明，小家伙将还你自由，有时候真的想感谢他……"白鹏兴致勃勃地传授着为人父亲的经验，尽管这听起来，更像是如何避免成为父亲的经验。

白鹏是真的这么想。他二十岁时就做了父亲，为大别山地区某村庄的白家，完成了延续香火的使命。他说自己什么都来不及想的时候，就已经把一生的事做完了：结婚生子，然后继承家里的果园。

"当时我突然就想，我把自己这辈子的事做完了，我得换一换，去做另一辈子的事。"白鹏为此自豪，因为他的确做到了。他当了兵，这是大别山地区的一种传统，好男要从军。在北方军营，从来没有上过大学的白鹏，第一次过上了集体生活，他感到那新鲜又神奇。只在中秋这种团圆的节日，家乡打来电话的时候，他才会突然五味杂陈地想起，"原来我他妈的还有一个儿子！"

"这对我没什么借鉴意义。"罗霄在心里这么想，但他嘴上答到，"听起来很不错。"他和白鹏的经历，相差太远，虽然他们同样来某座偏僻的大山。白鹏把这一辈子的事情都做得很不错，至少在罗霄看来是这样的。白鹏没学位，在部队立功后转业，一直平步青云。哪怕一个不明底细的陌生人现在都能看出来，白鹏绝不可能是大别山的果农，他无疑更适合现在正处级待遇的职位。

"你快要自由了，但是你大哥我，马上就要惨了。"白鹏接着说，白鹏是罗霄的上级，这意味着白鹏总是可以让谈话围绕着自己感兴趣话题，哪怕罗霄对此一无所知。"儿子明年就出国上大学了，你嫂子没事做了，除了管我。"白鹏后来的话题便迅速转向了留学。他三十八岁，事业正在上升期，从军经历让他看起来还要年轻一些；他的儿子已经长大成人，并即将去欧洲求学；他的妻子还是当年的原配，但他在所有社交应酬场合，都能迅速让女人们在自己身上发现一些足够吸引她们的优良品质……于是他完全可以为自己自豪。在三十多岁的罗霄不堪忍受的地方，三十多岁的白鹏正洋洋得意、风生水起。

电脑显示器后面，罗霄的脸上，难免露出走神的表情。如果说从白鹏的"指点"中，他真的有什么收获的话，那其实是他明白，自己也许错了，因为"最困难的时候根本没有过去"，而到孩子出生时，"最困难的时候才刚刚开始。"

10

"看来你就快当爹了。"父亲在电话里是这样对罗霄说的，"那好好干！"罗霄十几年前离开茶山的时候，父亲也说了同样的话——"那好好学。"

那段时间罗霄是茶山的明星，人们都拿他和若干年前走出茶山的申宏伟相提并论，只有茶山人知道，这种相提并论是多么巨大的荣耀。如果没有申宏伟在省城昆明、湖广乃至长三角地区的多年经营，茶山的茶叶不会卖出后来的高价。申宏伟那些似是而非的茶叶论著，的确改善了茶山人的现实生活。尽管多年后，杳无音讯的申宏伟不过只是茶山地区一个非现实的传说，但茶山人依然感念他。他们于是也同样寄望金榜题名的罗霄。人们兴致勃勃地议论着这件事，他们还说"都是老罗的名字取得好，罗霄罗霄，果然冲上云霄了。"

那好好干。在罗霄的回忆里，那是相当好的一段时期。大学生的荣耀直接改变了罗家的父子关系，至少父亲严肃倨傲的黑脸上，难得露出和善的样子。秋高气爽的北京，罗霄要把头抬高到让脖颈的发梢刺进衣领的程度，才能看见面前那些大厦的楼顶。生活也许把对罗霄的厚爱在那几年集中挥霍掉了。在那期间，他还遇见了他的姑娘丽丽，她优雅纯净，像那些年他们的生活一样，散发着希望的气息，而她竟然也爱他——这是他少年时代连想都不敢想的事情。

事情从哪一天发生了变化？可能是那个下午，丽丽在宿舍的电话里哭，她的声音听起来像是从茶山那么远的地方传来。宿舍的姑娘们快把她折磨得发疯了。她说"她们大半夜都不睡觉，吵得人要死，我一直醒到天亮"，"太可怕了，我去上课，她带着男朋友来，然后我看见，他们就躺在我的床上……"，罗霄便是在这个时候给了丽丽那个终身的承诺，他说，一定要让她过好的生活，所以，她不会永远跟那些可怕的姑娘们住在一起。

可能也是另外一个下午。丽丽在漫长的午睡后朦朦胧胧想起，自己上一次来例假是多久以前的事了。那时她刚刚从一份令她"屈辱"的工作中脱身，此前一年工作的经历，除了几个秃顶客户的频繁骚扰之外，她再也不能回忆起什么了。疲倦的职场新人忧心忡忡地想起怀孕这件事，但她随即也释怀了，因为这看起来是她"现在应该去做的事"，"我应该有个孩子了"。罗霄没有注意到，她说的是"我应该"，而不是"我们应该"。

当然不全是因为丽丽。罗霄在这时决定，事情都是因为另外那个下午。那时他们刚刚结婚，父亲在电话里说着一些什么事情，大概是茶场将被政府卖给一个旅游地产企业，茶山人认为对方的出价太低。罗霄对这类事缺乏经验，他更想说的话其实是"我今天结婚了，有时间我会带她回去。"等到父亲问罗霄，知不知道怎么跟旅游公司要一个更高的价格时，罗霄还在等着一个适合的时机，告诉他自己结婚的消息。

"什么？我，我不知道。"罗霄说。

"你不知道？你在衙门上班，怎么会不知道？听说我们都要去旅游公司上班。"父亲的话听起来很失望。"工资不高，其实是很少，因为我们跟原来一样，还是去牵马，只是现在是给旅游公司牵马，穿着统一的背心。我也会每天上班……"

这时，"我今天结婚了。"罗霄突然说。

"什么？哦，你们不早就……住一起了吗，我说，那不早就跟结婚一样了嘛，领结婚证？我们不兴这个，不按这个算。"父亲一点都不意外或者惊喜。

11

推婴儿车的罗霄，其实是在夜色中走进欧陆庄园小区北门的。这一个小时，刚好够一座城市从白天进入夜晚，也刚好够年轻的男人明白他已经无法改变的现实——他马上就会成为一名父亲。在妻子、父亲、丈母娘之外，在工作、物理学、城铁和房子之外，他还需要做一名父亲。"那也会是一只'小狮子'！"当罗霄想起婴儿车的前主人，四岁的男孩了了时，他意识到这不会是举手之劳，不会是一件容易的事情，何况，这世上从来也没有过容易的事情。

走进小区北门后，有一段不明显的坡道。他们刚住进来时，这段坡道还没有完工。砂石的路面走上去咯吱作响，像是走在茶山的树林里。坡道直接通向不远处的骑士雕塑。雕塑在阳光晴好的日子里散发出的金色光芒，更对比出砂石路面的简陋凌乱。

但不知道从哪一天开始，砂石路面便被簇新的水泥完全盖住了。浅灰色的水泥路就像让人别扭的新衣服一样，仿佛需要一些时间，才能让人适应它。

但当你推着一辆并不轻巧的婴儿车时，平整的水泥路还是可爱的。至少它可以让罗霄顺利地走上这段坡道。

"我搞定它了，不是么？不管用什么方式，反正我把它带回来了。"他想。就像力学问题，那些相互抵消的力量，其实都将被忽略，你需要考虑的，只是它们最终的合力——因为这才是决定物体如何运动的力量。这也是罗霄在毕业六年后第一次感到，他的生活与他的专业，或许还有那么一点儿关联。

这肯定不会是罗霄最后一次推婴儿车走这段路，而且几乎可以肯定，下一次，这辆车里将出现一名真正的乘客——一只不好对付的"小狮子"。一开始那也许会很难。他推着"小狮子"散步，不能停下来。丽丽会背着硕大的雪糕颜色的妈咪包——那里装着尿布、奶瓶，安静地走在他身边。

12

二十九层的房门打开了，他看见丽丽穿着干净利落的孕妇装出现在门外，像是任何一个等待丈夫回家的体贴的妻子。

只是她没有顾上关心罗霄回来的时间竟然比预计中晚那么多，因为她得查看这辆婴儿车。

她弯腰的动作很笨拙。她其实是想蹲下来的，但她的肚子让她不得不放弃。但这些都没有妨碍她做出让罗霄惊讶的事——不知道她做了什么，反正他看见，婴儿车在她手里，被轻巧地合上了，随后她又左右看了看，好像是确认它没有什么问题，之后她才同样利落地，又把它打开了。

做完这些后，丽丽才一手推着车，一手亲昵地去挽罗霄的胳臂。他们便是这样并排着，挤进了二十九层的家门。

罗霄这晚在卧室的窗前，看见被明亮的追光灯打亮的骑士雕塑。灯光让一些白天不太容易看清的细节呈现出来。"该死，我怎么会以为它不符合力学原则呢？"他想。会骑马的人，从来不会让自己摔下来的，哪怕他胯下的马背已经斜得像滑梯。但就连那些第一次骑马的愚蠢的游客，在骑矮脚马上茶山的时候，也没被摔下来过。这才是永恒的原则，多少年都没有变过。

从罗霄的角度，他更容易看见那根被骑士高高举起的长矛。金色的武器亮闪闪指向一无所有的渺茫夜空，很像一个承诺——一切都是真的，而且永远不变。

如何通过四元桥

在地图上看，四元桥的形状就像一株幸运草——对称展开四片同样大小的圆叶片。东四环路和机场高速两条路，是从这幸运草的中心生长出来的两根长条茎蔓——它们在幸运草的中心处十字相交，再分别往四个方向伸出。只是这茎蔓并非曲折盘绕，而是笔直的，像两条拉紧的绳索。

但是从机场高速出京方向，到东四环往南方向，应该怎么走呢？

贾小西在地图上摸索着这株幸运草以及那两条缺乏想象力的笔直茎蔓，仿佛试图从这份牛皮纸地图的粗糙手感中，感觉出一些什么来——那或许是如何通过这座立交桥的行车线路，或者是它目前的拥堵程度，再或者，是她跟刘一南之间可能产生的某种心电感应之类的东西——他此时正开着那辆贾小西永远记不住车牌的黑色帕萨特，行驶在这幸运草的某一个圆形叶片上。

就在刚刚，贾小西在咖啡馆跟刘一南通了电话。他正往她所在的咖啡馆走，已经快到四元桥了，但是"从机场高速出京方向，往东四环往南方向，应该怎么走？"他像在自语，又好像在问她。

"什么？"她好像没听清一样，疑惑地说。

他从来没有问过她这样的问题。他总是胸有成竹的样子，仿佛世界上并没有他不知道的事情。教授刘一南，一个无所不知的百事通。他不仅知道明清农民起义的正史与野史，还知道古今中外各种文学名著里不为人所知的小花絮——那些好玩有趣的小花絮、小故事数《红楼梦》和《聊斋志异》里最多，当然《洛丽塔》和《在路上》里也不少；他知道象棋的 18 种棋谱、高尔夫的世界排名，知道雪茄红酒 XO 伏特加的品牌优劣、螃蟹的 8 种吃法、好吃的炒鸡蛋配方；他可以列举出北京城里最值得尝试的前五家私房咖啡，他当然还能找到附近最便宜的停车场……他包罗万象的头脑就像一个活生生的"度娘"——这是贾小西对刘一南教授的赞美：他无所不知得就像伟大的"度娘"——百度一样。

"我不'娘'。"刘一南教授曾一本正经地对这一赞美表示并不领情，他甚至还假装带着一点怒气。

"天啊，您还知道'娘'，我是说，'娘'的用法。"贾小西夸张地喊道。是的，娘，此处不是名词的"娘"，而是形容词的"娘"，用来形容具有女性化气质的男性。她觉得，以他这样大的年龄（客观说，他的确年龄很大了），自然是可以熟知《红楼梦》和雪茄红酒的，但他竟然还知道"娘"——那本来是属于她这个年龄的东西。

刘一南教授幽雅地用小勺子搅拌了一下咖啡，用的是标准的左三圈右三圈的动作。他又轻轻地把小勺子放在咖啡碟上，然后慢条斯理地说，"关于这个'娘'的用法，其实是这样……"于是之后的两个小时，贾小西第一次从刘一南教授那软绵绵的江南口音中，听到了"名词作形容词用"的漫长演化历史。

就是这样的一个刘一南，一个略呆板却无所不知的教授刘一南，今天居然问贾小西"从机场高速到东四环应该怎么走？"回过神来的贾小西顿觉受宠若惊。

她看着地图想，那自然是要通过四元桥了。但是这座立交桥——幸运草形状的立交桥——到底有多少种走法呢？其中哪一种才是"从机场高速出京到东四环往南"的走法呢？

贾小西其实也不属于她这个年龄里盛产的那种有意无意总是显出"白痴样儿"的女孩儿：她们仿佛什么都不知道，像白纸一样无知——那类女孩总是长着一双无辜的眼睛、浓浓的齐刘海下涂得黑黑的睫毛忽闪着。她们抹着透亮唇彩的嘴总会在最合适的时机里发出惊叫般的赞叹："哇——你好厉害！哇——原来是这样！哇——我都不知道耶！哇——好好玩啊！"她们什么都不需要明白。她们只需要通过这样的尖叫，便可以闯荡江湖了。但贾小西不是，贾小西希望自己什么都知道一些——就像刘一南那样。在现在的女孩儿当中，贾小西几乎可以算是博学了，她能津津有味地分析"电商的盈利模式"，也能口若悬河地讲"×××秘闻"，她熟记"美剧的编剧模式"，也能孜孜不倦地研读"植物的显性遗传"——她正经的专业。她甚至还不是路盲——天下大半的女孩儿都是路盲，她总是像侦探一样留心经过的每家商店，她靠那些花花绿绿的商店招牌来记路。

这样的一个贾小西，自然会倾心于这样的一个刘一南。

但她并不知道"从机场高速出京方向，到东四环往南方向，应该怎么走？"——她的确知道这两条路，但这两条路上都没有店铺，她无法以店铺招牌作参照物来记住它们。

刘一南教授的确也不知道"从机场高速出京应该怎么朝东四环往南"的方向走——他也是有知识盲区的。这不奇怪，每一个人都是会有知识盲区的。他所在的大学、他的房子、他的活动范围全部都在北京城西——那是另外一个方向，不，那简直就是另外一座城市，如果你真的知道北京城有多大的话。何况他来北京城，还不到两年。

那天他到北京城东，是为参加一个学术会议的。他想，既然已经来了城东，就可以顺便去一下那家咖啡馆了。于是他便和贾小西约定在东四环附近的那家咖啡馆见面。那是最近超级火爆的咖啡馆——那家咖啡馆，它的名字。它是大众点评网第一推荐的咖啡馆，贾小西总说"我们这两位咖啡控（刘一南自然也是懂得"控"的用法的）怎么可以不去视察一下呢。"她这样的姑娘，总是迷信网上那些推荐，他想，她有互联网依赖症（关于这个问题，教授刘一南也能专门开一个讲座的）。她遇到问题的第一反应，总是"搜一下"——去吃什么，搜一下大众点评网；去看什么电影，去搜一下豆瓣网；读什么书呢，搜一下亚马逊；要找路呢，搜一下 google 地图；穿什么衣服呢，搜一下天猫。她甚至连超市都不去，因为自然有快递员会把她在网上购买的那些卫生纸和洗衣粉送货上门……吃穿住行，还有什么是互联网不能为她提供的呢？

"男朋友啊。"贾小西说，男朋友还是得在现实中的。刘一南很快地想

如何通过四元桥 ⑧⑦

到，在她眼里，他不也只是一个现实版"度娘"而已吗？

何况他们的关系，其实还没有男女朋友那么明确。他们一起喝咖啡，一起看电影，一起参加各种饭局——以男女朋友的名义，他们把各自大部分的闲暇时间都放在一起打发。他们也做爱——如果有必要。但他们却从来没有明确过他们之间的关系——也许时机未到。他们一起谈论各种问题，但仿佛只是为了交换各自的知识储备，却从不谈论他们的关系，仿佛那是两人共同的知识盲区。

"还有咖啡。"贾小西想了想又补充到。"网上没有咖啡馆，但是咖啡馆却能无线上网。"

这天的会议结束之后，刘一南问了一下会议的工作人员，从会场去东四环走哪条路最快——其实不问他也能走到东四环，那一点儿也不难。那个工作人员操着一口京腔告诉他"这您老可问对人了，我给您指条道儿吧，没有红绿灯，您出门就拐上机场高速，麻溜儿地到四元桥，在四元桥盘桥就上东四环，这条道看着绕点儿，但包您一个红绿灯也不用等啊，快啊，您这样有身份的人呐，时间就是金钱，时间就是一切啊……"

啰嗦了一些，但听起来很靠谱。幸好多问了这一句，刘一南想。这才是刘一南的方式。刘一南相信这个世界上的路其实都在嘴上，只要你开口问，你总是可以找到路的。还有他那些旁门左道的庞杂的知识体系，其实也多数因为他喜欢问，他喜欢向各式各样的人问各式各样的问题，他对世界一直保持着新鲜和好奇——要不他怎么会和贾小西这个年龄的姑娘言无不尽呢？他喜欢发现问题、提出问题和解决问题，"搜一下"的方式虽然简单，却不再是这样一个过程，"搜一下"只问结果不问过程，"搜一下"没有乐趣。所以，在去一个陌生的地方之前，他只会大概问一下那个地方在哪里，应该走哪条路——他不会"搜一下"，虽然他并不落伍。他更不会用GPS，那让他感觉自己像个傻子——那都是不动脑子的人才用的东西，那东西自然还让人越来越不动脑子。他有时候也会找不着目的地，那他就停下车来问问，路在嘴上，想问总是能问出来的，而乐趣不就在这里吗？

他就这样开车上了机场高速，并很快就看见了四元桥——那个讲北京话的工作人员果然没有说错。他看了一眼路牌上立交桥的指示图。确信他还没有走过这座桥，但他也没有看懂那块密集得如同"中国联通"标志的路牌——他相信没有人可以看懂它。

但他还是没有把四元桥放在眼里。可不是吗，在他这样的年龄，已经不会轻易为什么事情而担忧了。他的世界就像他此时握在手里的方向盘一样，早就随心所欲尽在掌控了。只要给他一个目标，无论通过什么方式，他总是可以抵达它，或早或晚而已，正如两年前，他让自己如愿从南方来到了京城的大学一样——他对此暗自得意。

他开始在沿路的指示牌上寻觅"东四环"三个字，按照那个工作人员的说法，他只需要按照这三个字的指示，从那个出口出去、在立交桥上绕一下就行了。

但始终没有见到那东四环三个字，而四元桥附近唯一的一个出口明确写着是通往北四环的——那是与东四环背道而驰的方向。他就这样第一次走过了四元桥，并已经沿着机场高速公路越走越远了。

他本能地觉得那个为他热情指路的工作人员没有骗他，这的确是一条可行的路，但为什么，他竟然没有发现那个本该出现在高速公路上的通往东四环的出口呢？这让他感觉不太好。他觉得自己刚刚走神了。他不愿意承认自己错过了某个本该属于他的出口。

一种自尊心驱使着，他决定调头回去，重新走一遍。

在高速公路上调头，需要从下一个出口下高速，再从另一个方向上高速，这个过程比他以为的还要更长一些。

于是贾小西着急了，她已经在那家咖啡馆等了快一个小时了。

她是出行都坐地铁的姑娘。她头脑中的北京城是由一个又一个的地铁站连缀起来的——就像一件珍珠衫，每一个地铁站都是一颗珍珠。那天她通过地铁站的坐标，很容易就找到了那家咖啡馆。她点了拿铁，先等了半个小时，决定给刘一南打电话。

他只是暂时不知道，他相信最终还是会找出一条路来，但就在他解决这个问题的时候，接到了贾小西的电话，于是他几乎是下意识的，或者更像是喃喃自语地说出了他的疑问。或者他潜意识里觉得，他迟到了，他需要为此找一些合理的解释。

她却当真把他的托词，看成了一个很重大的托付，于是她让他等等，她要"搜一下"。他那时正专注地看着路边的指示牌，唯恐再一次错过出口，便也挂了电话。

她开始用手机"搜一下"——稍费了一些心思，才琢磨出在"起点"与"终点"处输入什么地名才更合理。一个无线的、数据的时代，生活的每一个细节都由那些看不见的信号支撑起来。她胸有成竹地按下搜索键，她的请求便被那些看不见的信号——就像看不见的精灵一样——以微秒为时间单位进行处理。她将很快在掌心接收到她需要的东西——但那东西实际上却让她更加困惑了。

地图上显出一条蓝色的线，那是精灵们告诉她的结果"应该这样走"。可是，这条蓝色的线，在四元桥的地方却开始拧巴，它丧失了方向感，蓝色的线盘绕在一起，形成三个拼接在一起的圆。

这结果让她扫兴。地图只是二维平面，它并不能显示立体的世界。而那些该死的立交桥，却是立体的。那些两层、三层和四层的立交桥，它们总是让你与你以为的方向不一致。你以为你走在正确的方向，而事实上你只是背道而驰——它们蒙骗了你的方向感。

她在搜索栏里直接输入了一行文字"从机场高速出京往东四环往南，应该怎么走？"——她很认真地在解决这个问题，因为这是刘一南的问题，无所不知的刘一南。

这时她突然醒悟到，刘一南其实知道该怎么走。他怎么会不知道呢？教授刘一南只是在考验她，像个玩笑、像个测试，他想看看她是不是真的认路，一如她自己所宣称的那样。他鄙视她那靠商店来记路的方法，他总说他有一天会找一条没有商店的路来考她。她想起他在电话里问话的语气，那并不是真正想要从她这里得到答案的语气。

她有点生气，这甚至让她暂时都顾不上去看那已经打开的搜索页面了——的确有人知道应该怎么走，网上总是高人迭出的。但那些答案，说实话，她也没有看懂：用文字来描述路线本就困难，更何况那又是一条条互相矛盾缺乏条理的表述。她把网页的搜索结果复制下来，短信发送给刘一南——她虽然看不懂那些复杂的路线表述，那不代表刘一南也看不懂——算是对他有一个交代，无论他是否真的需要。你不是要答案吗，那我就给你一个答案。贾小西愤愤地想。

周李立短篇小说选

贾小西偏巧在这个时候看见了咖啡馆门口那个书报架——她所在的位置很容易发现它。准确说，她是发现了书报架最顶端的一张牛皮纸的地图——也许是被哪位客人随手丢在架子上。也许那是一位背包客，慕名而来，在咖啡馆歇过，研究了地图，又匆匆上路，临行之前，潇洒地把地图插进了书报架，留给了有需要的人。

　　几乎是赌气，贾小西想，她这一次偏要从网络之外的地方寻找答案，他不是想考她吗？他根本不相信她的智慧，也许在他心中，她和那些白痴样儿的女孩都是一类的。是的，他一定是这样看她的。他承认她在很多事情上都不是一无所知，但他也说过，她不过是会"搜一下"。他还是不信任她！她越想越觉得，这是她证明自己的机会——她其实不仅会"搜一下"。

　　于是她打开了那张地图。

　　但那地图其实仍让她一无所获。除了这张半旧的地图散发出的那种淡淡的印刷品的气息。这气息让她意识到，她其实已经很久没有这样，在一张摊开的地图上，寻找一个很小的地方了——其实这感觉一点儿也不坏。

　　在地图上，任何地方看起来都是小的。那简直是细微——只剩下了一个点了，就像几何学里的应用题一样，把空间都简化分割成为一个点。这么一来，地图似乎带有了一些哲学意味。它那种从高高在上的某个地方俯瞰世界的角度，其实本该是属于上帝的。而现在，它让每一个人、每一个在地面上的普通人、无需上升到那个本该属于上帝的高度，也能够清清楚楚地看见——如果他的视力足够好的话——我们身处其中的这个世界。

　　贾小西还是让自己的目光回到四元桥上来，她需要集中精力解决眼下的问题。四元桥不是一个点，它是四片对称的叶片拼在一起的一颗幸运草。她其实并没有见过自然界里的幸运草，她只是在杂志、在网络、在广告、在很多地方看见它们。那些人造的幸运草，都一律规整地长着四片叶子，一律是可人的葱绿的颜色。

　　也许自然界里其实没有幸运草，她想。

　　刘一南又一次经过了四元桥。真是邪啊，这一次他仍然没有看见通往东四环的出口。他确信自己仔细留意了，但通往东四环的出口，那根本就是不存在的。那么，他应该怎么去东四环呢？

在他第二次从机场高速的下一个出口驶出的时候——他准备第二次调头，再回四元桥走一遍，他偏是不信邪的一个人——他问收费站的姑娘。那个姑娘反应好像慢了半拍，她咬着指头思考了很久，最后才用河北话告诉他："回四元桥"。

刘一南第三次回到四元桥的时候，贾小西正在地图上努力地想要规划出一条线路。她将食指放在地图上的机场高速上，沿着出京方向滑动，然后到了四元桥，食指滑入这幸运草的一个叶片，沿着这叶片的边缘滑动，北四环，再滑入第二个叶片，机场高速进京方向，最后进入第三个叶片，啊，成功进入东四环。

的确不容易。她差点在咖啡馆若有似无的爵士乐声中欢呼起来，并想要立刻告诉刘一南她的发现。刚刚那些许的怨气就这样淹没在解决问题带来的愉悦感里。但她很快意识到，在电话里她是无法向他证明她是如何通过研读地图得到了答案的——何况她已经发过一个短信了。于是她放下了手机，她更想当面告诉他，她不仅会"搜一下"，她也会自己解决问题。他应该为她骄傲。

第三次经过四元桥的刘一南，并没有收到贾小西那时已经发出的那条复制有"度娘"搜索结果的短信。短信延时了，那是常有的事。

但这一次刘一南走得很慎重，他可不想第四次回到四元桥。他甚至把车停到路边，想先找人问明白。可是高速公路上没有人，也没有一辆停下来的车。他一边徒劳地挥着手，一边想着如果此时是自己在高速公路上看见有人在路边挥手，他其实也不会踩一下刹车的。10分钟后，他几乎是愤怒地捶了自己的前车盖一拳，然后重新坐回了驾驶座。仪表盘上一个小小的转经筒摆件，因为他那一拳而一直转个不停。

别无选择的他从那唯一的一个通往北四环的出口驶了出来。他想他其实可以换一条路：比如从北四环调头，一样可以到东四环，还可以避开四元桥。

但他竟然否定了这一稳妥的办法。因为他想起，他刚刚似乎已经在电话里问过贾小西，"如何通过四元桥"。他确信他当时只是想让自己的迟到显得更合理一些，才这样问她的。他不愿意让贾小西认为他是真的不知道应该"如何通过四元桥",正如他不愿意让贾小西认为其实有很多事情他都不知道一样。他希望她心目中的刘一南,是无所不知的、博学的、全能的,是现实版的"度娘"——如果不是这样,他还能靠什么来吸引年轻的她呢?他知道,她喜欢他,那不过只是因为他是无所不知的刘一南。所以,他必须走四元桥这一条路,他让自己别无他路。就算不是因为贾小西,也是为他自己。

基于同样的原因,他也打消了自己给贾小西打电话的念头。他当然不希望由她来告诉他,应该如何通过四元桥——何况她也是不会知道的,她最多只会"搜一下"。

第四次回到四元桥的时候,他几乎要对自己苦笑了。他太明白自己性格中执拗的一面,因为他人生中所有的成功几乎都来自这种固执和坚持,他多么清楚哪里有什么天才或者幸运儿——虽然人们通常都认为他刘一南的人生就是对天才加幸运的最好诠释。只有他自己清楚,那不过只是因为他比别人多坚持了那么一会儿。

四元桥又算得了什么呢?

这一次,他从四元桥那唯一的一个通往北四环的出口驶出,他随即看见了北四环上紧紧地并排着的三个出口,并好像突然感到了一点希望。可是,他失望地发现,这三个出口也没有一个通往东四环的。

他再一次把车停在路边。

站在车外的他,的确有了更好一点的视野,但其实他看得并不远——冬天的雾霾让北京几乎隐形。他以为自己可以像桥梁工程师一样,站在立交桥上便立刻明辨方向,但雾霾遮蔽了他。

他只好给自己点燃一支烟,假装他在高速公路边停车不过只为抽支烟。他想再回到车里之前,是时候该纵容自己稍微放松一下了,无论如何,他今天都再也不想调头了。

有那么一瞬间,他还在北京城雾霾重重的下午想起了南方家乡水雾缭绕的芦苇丛。小时候他在那些被风撩拨着东倒西歪的芦苇里,总是可以找出一条回家的路来。就连芦苇那细瘦的躯干在地面上落下的细密如掌纹的阴影,他也都熟悉得如同自己的掌纹一样。

他是不会迷路的。

他选择了三个出口中最中间的那一个，因为那看起来是车最多的一个。他让帕萨特蛮横地堵住出口。他就这样拦住了紧跟在后面的一辆标致车。车里的短发女人那异常愤怒的神情，让刘一南在开口问路之前便已感到后悔。多么鲁莽，完全不是刘一南的方式。他这是怎么了。短发女人连车窗玻璃都没有摇下来，但她那明确无误的目光表示：她完全不知道他在说什么，但是他要再不把车挪开，她就报警了。

标致车后面很快堵起了更多的车，三五辆，十几辆，还在源源不断地增加——下班高峰已经快来了。他向标致车后面的尼桑跑过去，司机还是一个女人。他发誓今后再也不会向女人问路了。尼桑后面，是一辆桑塔纳。这是一个好兆头，开桑塔纳的人总是男人，而且总是些认路的男人。他向桑塔纳跑去。焦急的喇叭声已响成一片。

但桑塔纳里的男人看上去比标致里的女人还要愤怒，他几乎要冲下车揍他了。刘一南好不容易才让他相信，自己只不过是想问路。那个男人却挥舞着伸出车窗外的左手，喊道，把车挪开、挪开，别挡道。

"冷血"，终于抵不住压力的刘一南挪开自己横挡在路口的车时狠狠地说，并适时看见了从桑塔纳里伸出的一根向上的中指。

还是要靠自己。

从第二个出口退出来的刘一南因为无法倒车，于是只能从前面的第一个出口出去——那本来是一个正确的出口，他本来将在不久之后，便可以看见那块他几乎寻找了一个下午的、指向东四环的路牌了。

是的，两个小时吧，也许还更久一些，他都在四元桥周围来来往往。他不断地调头、不停地在车里伸出脑袋、眯起眼睛，只是为了在阴霾的天气中看清某块路牌，不住地质疑那些路牌上令人匪夷所思的指示——仿佛它们的存在只是为了让道路变得更加曲折而神秘。时间就是金钱、时间就是一切，他想起那个指给他这条路的工作人员正是这么说的，于是突然觉得这是一个多么讽刺的下午。

此时他几乎抱定了一种误打误撞的勇气，想要闯出一条路来——就像小时候在芦苇丛中那样——路总是有的，只是要看走路的人是否足够勇敢。

勇气可以令他走出芦苇丛，勇气却无法让他通过四元桥——堵车了。

也许因为事故、也许因为修路、也许仅仅因为高峰期的拥堵，反正，他现在只能在他盘绕了一个下午的四元桥上，在他随机选择的这第一个出口上，在通往那家咖啡馆的路上，被他前后左右的车辆们，围绕起来。

他觉得那更像是一个玩笑，堵车的空闲让他看见了贾小西的短信——不知道什么时候收到的短信，也许就在刚刚他下车问路的时候。短信的内容，是如何通过四元桥。他看着短信，差点撞上前面的车。

原来他只是需要在四元桥上绕三圈——他一直以为是一圈，却没想是三圈。大多数的立交桥都只需要转一圈，这里竟然是转三圈——难怪他一直找不到那块路牌，那路牌将只出现在最后一圈。

他觉得很沮丧，比他不知道如何通过四元桥的时候还要沮丧——那本该属于他的发现的快感被剥夺了。这是贾小西"搜一下"出来的答案——那机械的表述，不用想就知道是直接复制的百度搜索结果。她直截了当就甩过来这样一个结果，全然没想他是不是真的需要。他本来是可以自己找出这条路来的，不过是转三圈——他现在本就已经在转第二圈了。

他为此感到遗憾，叹着气，并假想如果是他自己找出了走这条路的方法，那小小的满足感，该是多么好。他几乎觉得这是唯一的一处美中不足了。

但刘一南去那家咖啡馆的路仍然坎坷。事实上，他最终也没能在那家咖啡馆跟贾小西碰上面。因为她独自在那家咖啡馆等了他三个多小时后，已经失去了耐心。她在给他的最后一个电话里暴跳如雷，她认定他是故意的。他考验她，因为他根本就不信任她。他让她等了三个多小时，她受够了，她让他别来了，因为她要走了。她还说他以后也不用来了。

现在的女孩儿，不知道为什么，火气都大得很，惹不得。刘一南一边听着电话一边想，同时他脑海里还闪过一个不可思议的念头，他想也许真的需要装一个GPS了。

他是在终于熬过堵车，在四元桥上转了两圈，并即将要进入最后一圈的时候，看见那块写着"东四环"的路牌的，然而他并不欣喜，因为他很快发现，那个出口，因为修路，被两块锥形路障，封住了。

君已老

　　老孟摔了手机，后悔不已。因为摔手机的原因太难启齿——他受够了微信朋友圈里那些"花儿"。那些"花儿"，不是比喻，是真的花儿，玉兰花、迎春花、桃花、梨花、李花、樱花……还有人发布了一些诡异的花朵的局部特写，半个花瓣、一线花蕊，让人竞猜，故弄玄虚地悬赏——谁也不知道猜中者到底有没有获得奖励。

　　这世界就是这样，微信朋友圈不是一个圈，是无数个圈，这个圈和那个圈之间有没有交集，一看便知——老孟只能看到和自己是好友的那一部分人的答案。这只会加重老孟的愤怒：他根本不知道那是些什么花。他倒是很好奇谁会看看花蕊就知道这是什么物种，好比看着婴儿就知道人家祖宗的光辉事迹。老孟本就是"脸盲症"患者，又轻度近视，丢三落四所以时常忘记戴眼镜——反正他是看不出来。他还坐坏过自己两幅眼镜，这是另一桩让他难以启齿的事。为此他在重新去配眼镜时都宣称，眼镜是摔坏的。除了眼镜，他还没有弄坏过别的物件，可见他作风老派，生活俭省。其实连坐坏眼镜这样的事，也该算是无意之过。

　　但这天，他确实是有意摔坏手机的，然后他再也不用看那些盛开的花朵了。

　　这个春天来得很迟，四月下旬仍然让人心发凉，像丢了钱包一样发凉。北方的暖气，三月就停止供应，在几个虚假的春日天气里。后来气温一降再降——老天爷有意哄你们玩儿呢。老孟把已经收在床底下几个箱子里的冬衣又翻出来穿上，哆嗦着开始疑心自己是不是真的老了，不然为什么这么怕冷，完全不像血气方刚那时候了。

　　老孟本来也不算很老，三十五岁，血气该是恰好方刚的，可是所有人都叫他老孟，这称呼从十八岁开始就再没离开过他。那年他刚上大一，入住宿舍第一天大家各报出生年月，他就成了当之无愧的"老孟"。他那时还为此得意，忽略掉了其中隐含的深意——"老"并非天成，而是后天养成的，就像谁谁谁说过，女人也是后天养成的一样——所以，在成为"老孟"的十七年后，老孟觉得自己真的是老了。为什么？因为他竟然讨厌看见朋友们发的那些花朵照片。那些朝气蓬勃的鲜花，其实还是很好看的。但他老了，越老才越害怕各种有朝气的东西，朝霞、花苞、振翅的鸟或者欲滴的青草……那些人总是发布这些东西。老孟觉得自己也可能还有些害怕，但他不愿承认。他是男人，男人就不该承认真的有害怕的东西，所以他才容忍自己用男人的方式粗暴地解决问题，具体来说就是把手机摔进了鱼缸里。不过，应该是"扔"，因为力度并不大，但我们还是说"摔"吧，因为老孟这天的确不开心。摔，这动作更适合他，毕竟他还不想老呢。

　　鱼缸里有一尾斗鱼。斗鱼实在是很酷的一种鱼，它时常拖着漂亮的紫红色长尾在鱼缸中悬浮，不动一动，像琥珀中凝结着的一只昆虫。但它只是一条鱼，一条鱼就该一天到晚游来游去，就该只有三秒钟记忆。它怎么会愿意当一只安静的琥珀里的鱼呢？每日故作深沉，眼睛都不眨一下——这当然是因为它没有眼皮。这一点老孟还是可以理解的。

　　老孟用一款红色的小米手机，当然是风骚的机型。红色小米掉进鱼缸里，斗鱼似乎受了惊吓。不过很快，它又恢复了日常状态，继续沉思。它悬停在手机上方，长长的紫红色鱼尾，轻轻扫过手机显示屏，像是人类幸灾乐祸时得意地抖着腿，又像是在手机上划出"手势密码"，老孟的"手势密码"是一条直线——它果真是一条有心机的鱼，似乎知道他的密码。但只一会儿，它停止了抖尾巴。大概连嘲笑老孟这件事，它都已经不屑于干了，有什么意思呢。

　　老孟希望它是条活泼些的鱼，那一刻他更坚定了这想法。他不是没有尝试过——在这条爱思考的、死气沉沉的斗鱼之前，鱼缸里曾经有过两条短命的金鱼。它们的命短到老孟还没有将它们完全区分开。他有"脸盲症"，对金鱼也一样。他本来还想给它们取名字呢，可是一切都发生得太快了。它们在这个世界上这家里，还没有获得自己的称谓，比如老金、老鱼、老孟之类。它们只存在了一个晚上，便将鱼身遁入马桶——这是老孟三十五岁这年做过的最不忍的事，把两条金鱼尸体，倒入马桶。他不愿想起这件事，偏偏足球大的这个圆形鱼缸，空荡荡的，在时刻提醒着他。鱼缸就像那种鸟的空巢、老人离世后的空床、女人出走后的枕头一样，让人联想起些生死和离别的事，并因此无法痛快地活着。尽管你并不是凶手——不过这也说不定，老孟到底是不是杀死两条金鱼的凶手呢？他不确定。毕竟他从来没养过鱼，也没养过狗，猫、鸡、鸭、兔子，他没养过所有这些有生命的东西，更早的时候连植物也没养过。所以，他缺乏经验，很可能是他犯了什么错，用了错误的水、错误的温度，错误的方式……最终让两条金鱼赔上性命。他不知道问题出在哪里，觉得最好把问题归结于，是它们自己太过娇贵了些，卖鱼的老板当时就是这么说的。金鱼是娇贵的、脆弱的，所以只能早夭，红颜薄命，命当如此。但这实在让人丧气，毕竟是老孟第一次尝试照顾另外两个活生生的生命。它们辜负了他，这些小东西都辜负了他。

他不信邪，于是才又有了这条斗鱼。老孟买下它的唯一理由是，它命大，很容易活。卖鱼人甚至说他"从来没有听说谁把斗鱼都养死了的事，当然，一条鱼一个缸，两条斗鱼如果在一个鱼缸里，就必须斗死。"斗鱼之乐在于"斗"，简直其乐无穷。

那当然就是它了！只能独居的鱼，信奉"一山不容二虎"的王者的鱼。他只希望它能长寿，却没想长寿意味着迟暮，比如长寿的乌龟，也不爱动。是的，就是这个词，迟暮。

老孟养金鱼，便是因为意识到这种迟暮。他那天在朝西的厨房，看见光辉的夕阳，但那只是片刻的事情，很快夕阳的光辉，就化作深棕色的天，或者云。谁知道是什么，总之，都是黑暗的先遣兵，都在告诉老孟，瞬息间便会莅临的漫长黑夜。而黑夜，是如此可怕，仿佛白天永远不会到来。老孟曾经在微信朋友圈里，看过这样一首诗，"我是黄昏的儿子，爱上了东方黎明的女儿，但只有凝望，不能倾诉，中间是黑夜巨大的尸床。"他很快发现作者是顾城，在新西兰杀妻又自杀的抑郁诗人。他对杀人狂没有好印象，对诗也是。于是他不再接着读下去。但他却真的记住了这句子"我是黄昏的儿子，爱上了东方黎明的女儿"。

"我爱上了东方黎明的女儿"，她的名字叫——算了，现在那又有什么关系呢。不过小市民的女儿，生下来就会谨慎地使用洗洁精和洗发水。她最擅长的还是在下午的花市，用五块钱买一大堆零散的减价的花枝，回家来自行组合，装在大可乐瓶子剪成的花瓶里。这种花瓶曾经在房间里到处都是。插花这件事，让她深感满足，已然超越了获得"社区节水标兵"称号的那种满足。鲜花，那毕竟是昂贵的浪漫，但她却可以化腐朽为神奇，所以她也该算"持家有道"。可那是什么"道"？鲜花又不是生活必需品。她是那种会偷藏公共洗手间卫生纸的女人，她不应该陶醉于这些不必需的东西。

"因为生活需要美。"她告诉他，无法掩饰淡淡的鄙夷。她在满是陈年油渍和果渍的睡衣上，擦干因为插花弄湿的双手，于是睡衣上又多了一重水渍，各种污渍交叠之后，倒也不那么明显了。那睡衣上的小熊图案，密密麻麻，但统统大头朝下，像往地面坠落。为什么裁剪这件睡衣的人，不让小熊头朝上？从她穿这件睡衣的第一天开始——那是哪一年了，他想不起来，但一定很多年了——他就想知道答案。那个做睡衣的人，她为什么不去告诉他，"生活需要美"——这种蠢话。

但是你总会习惯的。女人的睡衣，上面的污渍，或者坠落的小熊，老孟不可能终生都在这些问题上耗费生命。他不再跟她争辩，反正家里那些时不时更新一下的鲜花，至少还不错。

夏天曾经是鲜花频繁出入老孟居所的季节；冬天里，鲜花自然成为奢侈的东西，所以春天的时候，人们才发了疯一样地成为鲜花的崇拜者。从怀柔到门头沟，从昌平到平谷，从房山到大兴……北京各区各县的花，连日来频繁现身在老孟的微信朋友圈里。他们都用着高清摄像头的智能手机，微距拍摄，花朵毛孔毕现，像少女的皮肤，剔透、闪光。他们兴致勃勃，配图配文，都成了厉害的编辑、高超的摄影师。老孟连日来翻阅鲜花图册，春天的欣喜全无，只觉得越来越难受。

放下手机，他环顾居所，所见竟是一些快要萎落的花枝，可乐瓶子的商标已经被揭掉了，但揭得并不彻底，还留下一些白色胶印。瓶子里都有半瓶水，水面上漂浮着白毛，恰似他自己。

他已经老了，再好看的花，又有什么意思呢？

"你到底能养活什么？"她走的时候，这样问他。她大概是很认真的，人总会对什么事情认真一番。比如他，那时决定要认真地解决这一问题：他也可以养活很多东西，比如鲜花、比如绿植，比如金鱼（这不提也罢），比如斗鱼，甚至一只猫或狗这般高级宠物，比如一个女人、一个孩子，一个家庭，只不过，他需要证明。

她认为他什么也养不活。这是她走的原因。走，是一种不太准确的说法。其实是飞，她坐飞机离开他，回了老家。小市民的女儿竟然花大价钱买了飞机票，她不告诉他她如何舍得这笔大价钱。总之，因为他什么也养不活，她得自谋生路去了。她一直在自谋生路，用打折券或者秒杀买价格低得可怕的日用品，而他呢，还是"老死去吧！"她如是说。小市民的女儿并不忌讳言语上的直白暴露。她向来想说便说，想做就做，想睡觉就睡觉，所以她想走的时候，也就走了。"你能养活我的时候，我再回来！"老孟没听出来她内心到底希不希望回来。但他却很想证明，他也能养活一点什么东西。

他最先尝试的，是绿植。这是巧妙的开始，绿植总是顽强的。仙人掌大概更容易，但因为太容易所以也无法证明赡养者存在的意义。他需要一点难度。但他没有时间见证绿植的生长，那盆不知道什么种类的绿植，从开始到现在始终如一，它没有生长，无法为他作证。他每日用喷壶洒水，三日之后便心急如焚，恨不能揠苗助长。

老孟倒是有个场外援助嘉宾，就是他自己鳏居多年的老父亲。老人家应该普遍懂得养草种花，但电话打过去，老孟的父亲称自己不懂这个，或者他只是认为老孟不应该捣鼓这些事，"什么，你在养花？你干什么要养花啊？退休啦？那是我们老人家干的事儿。"反正他不想谈论养花种草的事情。父亲同样不想谈论的，还有她的离开。如此，他们所能说的话，也没剩下太多。老孟最后叮嘱父亲，注意防寒，春捂秋冻，这毕竟不是一个善意的春天。但父亲很不耐烦，说，"你怎么跟老人家一样？"

老孟意识到，自己或许真的老了。老的标识是什么？是别人都说你老了？是你开始养花种草了？是你害怕那些新鲜的东西了？是你变得啰嗦讨人嫌了？还是越发害怕黑夜，担心睡下去便再也醒不过来？或者只是每一天都只是这样过着，怀着活一天赚一天的侥幸？……无论按哪一条标准，都确定无疑的是，老孟老了。

但好歹绿植是活的，只是活得不明显，日复一日，生命应该起劲儿地成长。老孟去花市询问哪种植物长得最快，他焦躁起来——这也许是不错的预示，证明他还年轻，还可以为一些事情急躁不安。乱花渐欲迷人眼，老孟在花市迷失。他下定决心不去招惹那些五块钱一大捧的廉价打折的花枝，残缺的玫瑰、发黄的百合，这都让他想起她的插花作品，那些不忍细看的缭乱装饰，像他们婚姻一般潦草、有名无实。但那些新鲜的从云南、东南亚、新疆乃至欧陆空运来的鲜花，又标着昂贵的价码，像模特一般美得虚幻。他最终看上那些盆栽，塑料的小花盆里装着浅浅的泥土，深绿色的枝叶上隐约可见的花苞。这才是他需要的东西，价廉物美，有根有土，真实亲切，恰如生活最好的状态。他拎着两个小盆栽走出花市，心里默念着"生活需要美"的箴言。那一刻他是年轻的，含苞待放。只要他用心浇注，何愁无花可赏。

他独立经营养花大业。一盆茉莉、一盆山茶，小盆上贴着标签，上面写着它们的种属，省却他无法区分它们的烦恼。他对农桑之事所知甚少，他向来也只是小市民的儿子，城市的僻静角落里长大，一生再也没有离开过这片棚户。世界变化快，棚户四周摩天大楼顷刻落成，他只能坐井观天，疑心再也无法跳出这口深井。他的生活变化太少，大概这让他感觉到——迟暮。老父亲遗传给他的，不只是相貌，还有性格乃至生活轨迹。老孟接父亲的班，做父亲一生都在做的同样的事，他也会在父亲退休的年龄合理退休，然后无所事事，除了盘算当月退休金何时到账，就是每日对自己的儿子表达深刻的失望。他们是现实主义的父子，没有互诉苦楚的传统和必要。

茉莉和山茶，如果如愿开放，也许花朵都该是白色的，虽然也有粉红色的山茶花。老孟认为，白色的花朵是不俗的，他可能真的厌烦了她那些垂头丧气的红玫瑰。何况他的花，是他养活的，跟她投机取巧买来的便宜货，根本不一样。

但是，花没开。

白色的骨朵，眼看着一天天变黄，最后变成茶水一样的棕色。这种变化恰如她惊讶地发现自己眼角的第一条皱纹，很快，那分化为无数条细纹。她尖叫着，上身前俯后仰地晃，睡衣上大头朝下的小熊也跟着晃。她说怎么办？怎么办？她没想到这一天来得这么快。

他这时理解了她的恐惧，那些花，根本就没开好，怎么就迅速老化？但他那时没理她，觉得她既有小市民的势利，又充满女性的矫情，两种身份的缺点都被她发扬光大，他不喜欢她如此行事，他也不喜欢她，但她知道怎么让花朵长久开放，哪怕它们出生并不高贵，只是花店不要的残枝。他有些怀念她在的日子，那些清淡的芬芳，至少可以填满房间。现在这变成困难的事。这间朝西的房间只有日落时分才会被填满，被那些即逝的夕阳填满。这真是糟糕的提醒。那些夕阳穿越摩天大楼射入他低矮的住所的时刻，随着春分的过去，一天天推迟。他坚持让两盆泛黄的花，接受夕阳的照射。花朵需要阳光才能生长开放，这是孩童都知道的常识。但夕阳呢，算阳光么？它们在夕阳的光辉中泛起一层金色的浅晕，倒和花骨朵的萎黄极为协调。现在，连那些深绿色的叶片也开始变硬、脱落了。他明明谨慎地执行着浇水的任务。它们辜负了他，连这些小东西都辜负了他。它们在黯沉下来的夜色里，像疲倦的老者，厚着脸皮。他重新回到空荡荡的房间，怀着深沉的挫败感等待着"黎明的女儿"。

黎明到来，却是阴天。两盆花彻底自我放弃，它们一夜间落下大把的叶子，像当年一夜白头的伍子胥。他一手举着一个花盆，去胡同口的垃圾筒扔掉它们。花盆落进大垃圾筒，咚一下、又一下，掷地有声。他回眸一望，像送葬者亲切凝望死者的最后一眼，他惊讶地看见——它们没有根，花盆里的土松开，颓败的花枝这才显出它们真实的面目，它们没有根。虚伪的东西。

"无根花木"事件给老孟带来新的重大启示——老，也许是不断发现各种虚伪，然后安稳接受失败，不再做无益的尝试。他已然决定接受自己已经苍老的现实，就像接受她的离去。

如此日子变得迅疾，很快天气渐暖，暖气停止。春天带来一种复苏的希望，老孟暗自揣摩如何刷新自己的生活。北京城一夜之间多了花千树，他闲逛一圈，想着，花朵终究是静止的美，他需要的，可不是这个。

日落的夕阳，眼看着越来越辉煌，但空气里并没有增添多少暖意。老孟这天在朝西的厨房，试图坚持做出一个完美的"平板支撑"——这也是微信朋友圈里看来的，一种锻炼全身肌肉的方式，男女通用，两肘撑地，脚尖点地，保持全身笔直悬空的姿势。他只坚持了十秒钟。而那些健身小文章里，三十五岁正常男性，最高可以坚持两分钟。他第一次感到身体的衰败，想起"生命在于运动"的古训。他可能一直在原地静止，现在，他需要一点能带来动感的东西。

第二天，他在胡同口的小推车上看见了那两条金鱼。他放弃了晨跑的计划，为的是带这两条惊慌的小东西回家。它们果然让房间显出生机，犹如两枚石子砸入陈年的池塘里，激起短暂的水波——短到只有一天。

他把鱼缸放在电视机旁，发现它们竟然喜欢看电视，大大的鱼眼总不离开屏幕的方向。它们游来荡去，从不停息。"至少现在我不再是这里唯一的生命了"——老孟这么想着，意识到自己是否太寂寞了些。她走之后，一切都变得安静下来。

一天后，两条金鱼同时宣告死亡。鱼尸浮上来，肚皮朝上，像她睡衣上的头朝下的小熊一样，颠倒着。

那条斗鱼入住鱼缸已经十三天，仍安然无恙。有时他觉得，它已经快挂掉了，便拿手指去戳它，它懒懒地动一动，爱答不理。这样他只好自娱自乐，可是又找不出什么娱乐。生命盛大绽放的季节，他和一条懒惰的斗鱼共处一室。他该干点什么？他想，三十五岁的同龄人，他们在干什么？

老孟朋友不多，又作风老派，交际有限。但他们的行踪，都在微信朋友圈里。他们带着孩子去赏花，发照片，老孟一天之内见识了北京各大免费公园的花景。老孟没有孩子，他曾经有过孩子，准确说是有过一个细胞，可能只有米粒大小。她的小熊睡裤上留下的血迹，是那个细胞在这世界上存有的全部证据。她很伤心，去雍和宫烧香算命，回来告诉老孟，他们什么也养不活，因为两人的命加到一起后，其实还缺少一种东西。他不相信这说法，认为这不过是偶然事件。她说，缺少的那东西就是生命力，有了生命力，才能养活别的。她对他充满怨恨，开始认定，"他什么也养不活。"她是小镇上杂货铺老板的女儿，七岁时便可以独立照管整间杂货铺。她自食其力，精于算账，相信繁衍和利益交换是重要的生活准则。但在他们中间，这两条准则都显得没有意义了。她离开他，看来也不过是迟早的事。

他现在相信她的说法了。他的命里缺少生命力，所以他什么也养不活。连苟延残喘的斗鱼，看上去都死气沉沉。他从小不爱运动，胡同的方寸之地不足以让他活动身体、成为运动者。他后来听说，母亲小时候给他喂过安眠药，为的是让他持续入睡，然后她自己也才能睡个好觉。他父亲又说，"那不一定是安眠药，谁知道还有什么药呢？那就是个精神不正常的女人，她自己也要吃那些治精神病的药"。他问那些药难道没有副作用吗？父亲奇怪地看着他，说，"你不也长这么大了吗？"那是他工作的第一天，获知了自己吃安眠药长大的真相。也许是那些药片，让他迅速变老。这种说法也许更科学，跟"命里注定养不活什么东西"的说法比起来的话。

他只好玩手机，让自己跟他们一样，跟所有人一样。但他已经老了，手机里盛大的花事，磅礴的全景，精微的细节，都与他无关。他想如果有十个人都在发花朵的照片，他就……他会怎么样呢？他不知道。他好像从来没有为什么事情愤怒过，哪怕知道自己那个精神病的母亲竟然让他从小吃安眠药？他也听之任之地接受了，他告诉自己母亲也不是有意，至少她的精神状况让她无法有意去做这样的事。母亲就死在三十五岁，跟他现在同样的年龄。她倒是显得年轻，在父亲家里的照片上，正对着电视机，眼神永远单纯得像孩童。

老孟这天真的数出了十条微信，都是北京各处的花朵。那都是他们的热闹，这热闹与他无关。他摔了手机，扔进鱼缸。他想起卖鱼人的警告，斗鱼只能独居，如果混养，它们会互相残杀，直到咬死对方。可是，斗鱼对手机无动于衷，哪怕红色的小米手机，看上去比这条紫色的斗鱼更加鲜活漂亮。

老孟还得出门买手机。没有手机的日子，他坚持了整整一天，这是不是已经很不容易了？但他打定了主意，再也不要能用微信的智能手机了，那些愚蠢的花朵图片，他明明可以不用去看的。他在营业厅要求买一台最老式的手机，又担心太引人瞩目，解释说他只是想买来备用。

营业员涂着鲜红的唇彩，喜滋滋地告诉他，没问题，他们有老人机，只能发短信、打电话，字大、声音大，很多老人都用的。

"老人机？"老孟在心里咒骂。但他还是买了一台"老人机"，只花了五十九块钱。

"打个电话试一下，声音真的很大！"营业员催促他。

他补办了电话卡，装上后不知道该打给谁。她在故乡小镇的杂货铺，也许正为红火的生意沾沾自喜，她拒绝他的电话就像拒绝接触病毒携带者。老孟最终把电话打给了父亲，他至少还能背出父亲家里的电话号码。

"没事，我买了手机，打个电话试一下。"他解释说，唯恐再被父亲认为啰嗦。

"什么？买了新手机，好事啊！"父亲的声音听起来果然很大。

"是的，那没事了。"他不习惯在营业员的注视之下跟父亲通话。

"啊，我说，那你原来的手机，给我用吧，我一直想换个智能手机，就是可以装微信，打电话不花钱，还能装支付宝，超市买东西能打折的那种。"父亲说，"老头老太太他们都用这样的了。"

他没告诉父亲，那台手机现在还在鱼缸里，要解释这样的事情太麻烦。

他也不知道老父亲为什么想去看微信，想装支付宝——这世界变化太快，就像老孟自己老去的速度一样。不过他现在至少没法再看微信朋友圈了，可以省却诸多烦恼。

城市里四处鲜花盛开，市政建设像女人的裙子一般绚丽、常换常新。但那都是别人的花朵，跟他无关。

回来的路上，他在胡同口小贩的手推车上，又选了一条斗鱼。卖鱼人不记得他了，所以又一次叮嘱他，斗鱼只能独居，并暗示老孟，他还需要再买一个小鱼缸。老孟没有买鱼缸。他挑选了一条白色的斗鱼，这是最稀有的颜色，素洁、单纯，像未经污染的眼神。

两条斗鱼在鱼缸里，首尾相接，一深一浅，像太极图案。它们差别太大，无法亲密，只能拼杀。他仔细地看着它们的贴身肉搏，互相撕咬对方的鱼尾。

老孟一直看着这场没有硝烟的战争，直到鱼缸里的水变得浑浊，不明颜色的液体，从鱼身上渗出，伤痕累累，但真真切切，直抵人心。两条鱼放弃深沉的静止，沉醉于见血的攻击，这让它们看上去绚丽无比，像一枚紫色白色交错的盛开的花朵。

两条鱼尸浮上水面的时候，他用新买的手机，给她打电话。他想做的，不过是真诚地道歉，他希望她回来，继续跟他争吵、搏斗，那痛彻体肤的感觉，才是他们存在于这个世界上的唯一缘由。

更 衣

　　蒋小艾与健身房打交道的历史，倒有点像她的约会史——第一次通常也是最后一次。尽管她相信运动和爱情这两件事都有益无害，但她又总是高估了自己愿意为其付出的努力——因为舍不得孩子，自然也套不住狼。天长日久，蒋小艾就这样成为一个既缺乏运动又没有爱情的姑娘。好在这样的姑娘还不少，所以她大可不必为此烦恼。至少她还在不断尝试，运动或者爱情，虽然都仍然是一次性的——健身房去过一次后不知道为什么便再也不会去了，而那些男孩们，也总是在第一次见面之后便没了踪迹——但也足够让她以为，自己真的在努力。

　　星期三晚上，她便抱定了这样一种继续努力的心情，走进了新开张的康乃尔健身房。深秋的晚风不时吹起写着"试营业期间凭招行信用卡一折体验"的横幅。横幅下"康乃尔健身"的霓虹大字若隐若现。蒋小艾感觉甚好。她在健身房的更衣室脱下外套换上运动衣时，甚至都未如惯常那样因为偶见自己日益茁壮的腰间赘肉而感到不悦。

　　好景不太长，蒋小艾命里注定与健身房的缘分就不是太深。这是她从那扇桃木色的更衣柜小门轻轻合上时发出的一声"嘀嗒"中，听出来的。

　　健身完、洗完澡、从浴室出来的姑娘蒋小艾，在想打开更衣柜门拿浴巾的时候发现，更衣柜的钥匙，一个系着彩色塑料绳的小磁扣，可能被她锁在了更衣柜里。

蒋小艾在一家模特公司工作，你可能会误以为那是一个美女如云的地方，事实上那里除了塑料的呛鼻味道外，只有一些残缺的身体和残腿断臂——维纳斯那种的有上百个。橱窗里楚楚动人衣裙招展的风骚造型，是这些塑料模特们日后才会拥有的样子，但在这里，她们只是些还未组装好的零部件——在客户按照服装风格为她们选定身材比例、发型及肤色前，她们作为半成品只能临时凑在一起。胳臂与大腿错搭，男模与女模混在一起，头颅在脚下，小腹被涂上了欧亚非拉人种的不同肤色（为了向客户展示不同的颜色效果）。

　　蒋小艾的工作是按照客户要求为这些模特调制不同的肤色。这不是一个容易的工作。虽然蒋小艾在美术学院见识过上千种色调，但事实上，在工作中，她只能依靠其中 8 种去应付那些浙江人福建人江苏人以及深圳人东莞人——那都是服装品牌和工厂集中的地方。而那些浙江人福建人江苏人深圳人东莞人，对肤色的偏爱又各有不同。总体而言江浙人都喜欢病态的白，这种白看似简单却很难调制。通常蒋小艾要在电脑上反复尝试才能找到那种若有似无的白色，之后她还需要确认颜料在模特身上最终呈现的效果。这加深了她工作的难度。倒是福建和深圳东莞客户偏爱的深色皮肤相对容易，但其实那些深圳客户也不易打发，他们总是想要在塑料模特身上寻找什么的模样，当他们用各地口音叫喊着 honey、honey 的时候，蒋小艾想，他们可能只是想要蜜糖色。这份工作蒋小艾并不喜欢，但还好那些残肢断臂不再像她刚开始工作时那样让人恶心和难过。它们实在太像真的手臂了。所以，除了塑料、颜料散发的有毒气体，这份让蒋小艾勉力坚持的工作其实还有一些副作用：它正在改造蒋小艾作为一个正常姑娘对身体应有的认识。蒋小艾现在对身体二字的联想，除了那种灰色调的塑料胚子（灰色是模特们上色之前的颜色），就多是一只胳臂或者大腿（胳臂和大腿便于让某些神经质的客户们带回去向老板交差，如果他们认为自己还无法做主的话）。

　　大概由于工作都是跟胳臂与大腿打交道，在有限的业余时间里，蒋小艾总是有意无意地忽略掉它们，因为身体，总是让她想起那些难闻的模特，那些残肢断臂。真的很糟糕。对身体的忽略让她本来还匀称的身材，也终于离她上色的那些模特们越来越远了。但这种比较其实总是让全天下的女人丧气，现实中谁会那么幸运刚好长成塑料模特那样的黄金比例呢（那黄金比例不过是由蒋小艾的另一位同事负责的）？

湿漉漉又赤身裸体的蒋小艾独自站在健身房的更衣室，她觉得很不自在，这里到处都是镜子，她总是能看见自己。

浴巾在柜子里。柜子锁住了。钥匙不见了。

她回想起自己是怎样从跑步机上下来，又是怎样汗淋淋地回到更衣室，如何用那个小磁扣打开了更衣柜先进的电子锁，脱下运动衣，换上拖鞋，随手关上柜门，听见了嘀嗒一声。她确实隐隐觉得不祥，但又不明缘由。之后她进了浴室。

那个小磁扣，一定就在她脱衣服的时候，被随手放在了更衣柜里。

他们总是有备用钥匙的。她想。不用慌，打个电话给门外的服务台就可以了。可是，手机——手机呢。手机也在柜子里。

她不是那种容易焦虑的姑娘，但她此时却真的有一点焦虑了。她觉得自己像透视眼一样，看穿了面前这桃木色的柜门。她看见她的手机、钱包、外套、内衣、运动衣、浴巾、鞋子、手提包、门禁卡、水壶……正在狭小的柜子里挤做一团。她还看见了那把该死的钥匙，那小磁扣一样的小玩意儿。柜子里的所有东西，只有那小玩意儿不属于她，但它现在却因为她的失误，要与她的东西待在一起。她觉得它在怨恨她、惩罚她。

她下意识往门外走——那些有备用钥匙的人说不定就在门外呢。但她又停住了，因为她在门口的镜子里，看见了那陌生得如同别人的身体，这几乎让她一哆嗦，收回了手。她本来就要拉开门了。

"有人吗？"她觉得自己的声音在这安静的更衣室里听起来就像三流电视剧里被绑架的矫情女的台词。似乎不该这么喊，她想，那喊什么呢？"嘿……"她又喊了一声，她以为这会是有效且有力的一声，然而正是这一声"嘿……"，让她打定主意，下一次想好喊什么之前绝不再轻易开口，这一声听起来似乎更没穿透力，带着颤音，好像在发抖。

但好歹是喊过了呀，怎么没人应答呢？

难道外面已经没有人了么？难道健身房已经关门了么？难道她是今晚最后一位客人么？她又拍了几下门，包着隔音泡沫的门拍上去软绵绵的。

毫无声息。

现在的确已经不早了。尽管那面巨大的靠在墙角而不是挂在墙上的电子钟，还一直停在中午12点的位置——她刚进来的时候就发现了它，她想他们还在试营业（都还没来得及为电子钟装上电池）。

她是在6点下班后来健身房的，为避开与那些身强体壮年轻气盛的大学生们争跑步机，也为避开那些上完瑜伽课后挤在更衣室里一边慢条斯理换衣服一边还闲聊天的姑娘们——她们赤身裸体挤在一起的样子总让蒋小艾想起公司那些塑料模特。她吃过了晚饭，又在家磨蹭了两集电视剧的时间，才收拾东西走来健身房。如她所愿，她独自享用了那排跑步机——她可以从第一个跑到最后一个，如果她愿意；她也独自享用了浴室那排喷头——她同样可以从第一个洗到最后一个；而最幸福的其实还是独自占用更衣室——没有在模特公司上过班的人，永远不会理解这种幸福，当然，如果这幸福没有这么快就成为不幸的话。

蒋小艾站在门口，正对着一面镜子。镜子里的身体让她别扭（她想起自己一整天都拿着色卡在塑料模特的小腹上比对）。她转过身去，仍然是面镜子。她的身体就这样在两面相对的镜子里重重叠叠，看上去像是一堆塑料模特挤在一起——只是没有黄金比例，更像是被同事盖上"不合格"章的一堆残次品。

她赶紧退了一步，离开门口那堆镜子。

真的，一点声音都没有。她仿佛听见一滴还带着洗发水气味的水珠从发梢落下、砸在粉白色地砖上碎开，听见一尾紫红色斗鱼在梳妆台上的小圆鱼缸里正用鱼鳍甩出了一个漂亮的水花，她还听见了很远的地方不知是换气扇空调机箱还是跑步机正在发出像是发动机低速运转时的轰鸣。安静让她此前的呼救就像幻觉一样不真实，她开始怀疑自己是否真的喊过了。

由于一时也想不出更好的办法，她决定接着喊。她已经顾不上自己的声音听起来是不是滑稽而无力这种事了——也许因为空间太封闭，也许因为四周太安静，反正，她相信自己的声音平时听起来，并不是这样的。

她刚要开口，便听见了门外有人在说话。虽然听不清说什么，但这也是个喜讯。至少表示他们还在——工作人员、健身教练、清洁工、来锻炼的顾客……随便什么人——只要有人在，她就有救了。

她听见的是一个男人的声音。那声音似乎离得远远地、并对着更远的方向字正腔圆地吩咐着什么，听不清楚，那口气像是领班，或者老板。充满力量感的声音，虽在门外，却不知为什么让蒋小艾慌张，让她开不了口。她觉得，正是那个孔武有力的声音，把自己的衣服脱掉的，正是那个穿门而入的声音，把浴巾都锁在柜子里的，是的，正是那个陌生的声音，让更衣室与门外的世界之间，一点儿距离都没有了。

蒋小艾开始担心起来，仿佛觉得那个说话的男人也会像他的声音一样，生硬而突然地，就这么闯进来。貌似也不无道理。更衣室并不封闭，它那两扇分别通往大堂和女浴室的门，本就是没锁的。

她随即又意识到自己不过多虑了——没有男人会随便闯入女更衣室。

却不敢再呼救了，因为她不知道该怎么隔着一扇无法锁住的门向门外的男人，解释更衣室里的局面。说柜子被锁住了，那他会立即进来帮她开门吗？说自己没有穿衣服让他不要进来吗？她很怀疑自己能不能说出口（用那种发抖的声音），就算她这么说了，他会不会误以为那不过是她的某种挑逗？何况如果他真的要进来，她其实根本就无法阻止。

当务之急是找个东西（随便什么东西）裹住自己。她相信，只要裹住了自己，她便能应付之后或好或坏的局面：可能会有工作人员来帮她开门，那最好不过；可能那位工作人员并没有备用钥匙，她还要去找有备用钥匙的主管，也不是没有可能；可能最后一个下班的临时工以为更衣室已经没人，就冒冒失失闯进来，那就不那么好了。

更衣室有种过度装修的乡土气息。这与它"康乃尔"的名字以及号称的法国宫廷风格都毫无关系。蒋小艾几乎翻过了每一个她能打开的柜子和抽屉，然而她只看到一些重重叠叠的镜子，繁复得毫无道理的天花板、鱼缸、几盆绿植以及玩偶之类毫无必要的装饰，还有那排安装着电子锁的更衣柜……它们统统毫无用处。而她需要的不过是一块浴巾。她相信，除了她带来的那条被锁在柜子里的浴巾，这里不会再有第二条浴巾了。"怎么会有浴巾呢？那只不过增加健身房的清洗成本。"在出发之前她就这么想。只是那时她还不知道，其实她根本就用不上浴巾。她身上那些水珠早已迫不及待地在干燥的空气中蒸发掉了。但她那时还真是什么都想到了——拖鞋、水壶乃至香皂——之后便必有一失。

还是先想想怎么找备用钥匙吧。要是有人帮她传个话就好了。但现在已经太晚了，既没有从外面进来换上运动衣去健身房的人，也没有从浴室进来穿衣服然后离开的人。这间女更衣室，此刻只属于蒋小艾一个人。那些练瑜伽的姑娘们都走了吗？那些在跑步机上走个不停地中年妇女们也都离开了吗？那些打扫浴室和更衣室的阿姨们也都下班了吗？蒋小艾突然为此困惑，完全忘记就在刚刚，她还在为独享更衣室而得意。现在她多么希望能与一位同性（当然是一位善良的乐于助人的同性）来分享更衣室。

十点、也许十点半，也许十一点……蒋小艾想不起来健身房标注在大门牌子上的营业时间。但四周太安静了，安静得让她总忍不住去想现在几点了。

那个陌生的男人的声音也听不见了。

她又一次回到门口，并避开不去看那碍眼的镜子，小心翼翼把门拉开一条铅笔般窄小的缝，让身体侧在门后，歪过脑袋去看外面。

什么也看不见。刚刚还灯火辉煌的大堂此刻漆黑一片。黑暗让她受了惊吓，她不自觉地松开了门把手。那扇并不轻巧的木门，吱呀一声，便弹了回去。窄小的门缝也随即不见了。

她突然听见一阵熟悉的、喧闹的音乐——被锁在柜子里的手机在响。而她几乎在听见铃声的同时做出决定，拿到手机的第一件事，要换掉这吓人的铃声，仿佛那铃声以前听起来并不是这样的。

蒋小艾的手机，其实更像一个游戏机，因为给她打电话的人从来就不是太多，除了家人亲戚外，几乎只有那些挑剔难缠的客户。在这个时间会给她打电话的，除了父母，便只有那个王一东了。

一想到将错过王一东的来电，蒋小艾便再也无法沉着。虽然她只见过王一东一次——在光棍节悠唐商场举行的相亲会上。那是5分钟轮换一次相亲对象的快速相亲会，实在让她疲惫，又不堪，而她最终收获的只不过一堆写着联系方式的卡片。事后她无论如何也无法将那些卡片上的名字与现场所见的男孩们一一对应起来，所以她其实至今也不能确定王一东到底是那个矮胖的山西人还是那个高大的陕西人。

不过，王一东和蒋小艾在后来的电话里聊得还不错——至少比现场那5分钟要好。这让她有了勇气小心翼翼地问他是哪里人——她其实不过想确认他的体型。但最终，她也没有从他的口音中分辨出那是山西还是陕西。

客观说，蒋小艾的大龄单身有些冤枉。她各项条件一般，又性格保守，经济适用，应属快销品，但又的确滞销了，毫无道理。如此一想，她也就不好放弃自己，以至于到如今她还在努力。也可能仅仅姻缘未到，总之在京城庞大的相亲队伍中，蒋小艾终于熬成了一名老将。如果不是王一东的出现，她可能还在接着续写自己那本已相当漫长的"一次性约会"的历史。而蒋小艾改写历史的希望，正来自王一东在快速相亲会后主动打给她的两次电话。尽管在那两次深夜11点打来的电话里，他不过说了些天气或交通那种废话，但却让几乎没在深夜接过同龄男人来电的她，觉得一切都还未完待续，因为他似乎也不经意提起，和她聊天很开心。但他也好像怕她误会，一直解释说这么晚打电话，是因为他刚下班压力大想找个人聊天。他在某个报社上班，平常总是得忙到这个时候。

两次电话分别在周五和周一打来，她由此推断王一东每周一三五上夜班。如果一切如她所愿，星期三，今天，将是王一东给她打第三个电话的日子。她本想在这个美好的深秋夜晚，重新开启自己的运动与爱情，但这两份希望，现在都被那更衣柜锁起来了。

来电铃声没有带来希望，却强化了绝望。她好像被那铃声引领，毫无必要地一下就冲到更衣柜前，并像失控的电视剧女主角一样拍打柜门。但她也随即意识到，对于一扇锁闭的柜门来说，她的举动，多么徒劳。

但铃声还是给了她一些勇气，让她像将上战场的士兵一样准备破釜沉舟。她突然有种"为什么不冲动一点干脆豁出去"的想法，总不能一晚上都待在更衣室里，总是要出去的，而这无疑才是重要的。她想其实有什么呢？声音是否在发抖、举止是否可笑、陌生的男人或者黑暗的大堂，其实想通了，都没什么不是吗？（大不了她再也不来这家健身房了，反正她也没打算再来。）

她又跑回门口。在更衣室地来回跑动让她想起某种关在笼子里徒劳跑动任人观赏的宠物，兔子或者仓鼠。她再一次轻轻拉开更衣室通往大堂的那扇门，这一次她的动作熟练多了。她从门缝里朝外喊了几声，"有人吗？有没有人啊——"。希望这一次，喊声可以传得远一些。

仍然没有回应。

倒是看清了，其实大堂并非全黑了。只不过因为更衣室的门正对着一面墙，所以大堂的光线无法直射进来。但还是有光亮的，尽管已经不那么辉煌了。那光亮微黄，宛如台灯发出的光。

她一点点探出去，头、脖子、肩膀、上身……想要看清外面情形的愿望驱使着她。既然没有人回答，那外面也许并没有人——这样的想法为她壮了胆。

于是她整个人，都站在更衣室外的走廊了。只是她并不敢远离那扇门，这样一旦有动静，她还可以立刻回去，回更衣室去。

她的拖鞋（那也是她自带的）踩在走廊新铺的松软地毯上，像踩在沙滩上一样无法用力，她屏住呼吸，挪步，一小寸一小寸地。

如果大堂也没有人，她该去哪里拿备用钥匙呢？如果大堂有人，她这样一丝不挂地走出来，又算怎么回事呢？她突然意识到，走出更衣室是一个多么不明智的举动，她无论如何不应该离开更衣室的——只有在更衣室里，不穿衣服才是合理的。

她又跑了回去——仿佛用了很长时间才走出去的那段距离，不过一秒钟就回去了。

她惊魂未定地靠在更衣室的镜子上的时候，一个念头出现并再也挥之不去了："走廊里有摄像头吗？"

不用怀疑，肯定有摄像头了。一家会在更衣柜上装电子锁的健身房，怎么可能不在走廊装摄像头呢？那么她刚才那段裸体秀，会被摄像头拍下来吗？会有好事者把它发到网上去吗？她会成为这家健身房用来炒作的八卦吗？她会被同事还有家人在网上认出来吗？她会成为一个被网络围攻的"暴露狂"吗……再不敢往下想了，快喘不过气了。

怀着一些侥幸，她又拉开门，仍然是条铅笔一样细的门缝。她看不清走廊的天花板上是否有摄像头，但她似乎真的在墙角处看见了一两处若隐若现的红色光点。也许只是烟雾探测器，她想，尽管她很快明白这其实是在自欺。不过无论那是探测器还是摄像头，现在，她都打定主意再也不要离开更衣室了——在穿上衣服之前。

她其实根本就不是那种豁得出去的姑娘。她很想尖声喊出来，或者砸

更衣 113

点什么东西，或者把那些丑陋的健身玩偶之类的东西扔到外面去，他们不是有摄像头吗？他们会从监控里看见的，然后就会派人过来查看了。哪怕只是大哭也好啊。但是她知道，根本都做不到，一种近似恐惧的东西攫住了她，让她只能无奈地保持现状，就像在很多事情上一样。只要需要去争取的事情，统统令她感到恐惧。不只是因为害怕失败。她只是无法像其他姑娘那样付出全力。恐惧就像勒在她脖子上的一条橡皮筋，她越想挣脱它，它就勒得越紧。她其实一直都戴着这样一道橡皮筋。她被那可能是与生俱来的恐惧控制了，尽管她有时候也并不能明确，到底怕什么。

北方 11 月的夜晚，寒冷其实是在一瞬间降临的。而一旦寒冷来临，它很快变得无处不在。那一直在低沉轰鸣的似乎是发动机的声音，现在却没有了，难道他们关了空调？

她回到浴室，把热水拧到最大，一开始只是冷水，但终于还是慢慢变热了。热水化开冻僵的身体，让她暂时平静了一些。她站在喷头下，恍惚听见手机在响，关水再听，原来那铃声不过是一种幻觉。她想，他其实只打了一个电话，便放弃了。

热水渐渐变凉，终于也没有了。热水也关上了。他们难道都不来确认一下更衣室还有没有顾客吗？她再一次湿漉漉地回到更衣室，瑟瑟缩缩地等着身上的水都晾干。现在她是真的在发抖了，牙齿不由自主地碰到一起咯咯作响。她精疲力竭地用手拍着门，指望那软弱的声音有人能听见。现在她想，哪怕是一个陌生的男人。也行啊。她不想就这样被遗忘在一个连窗户都没有的更衣室。

她的身体，依然在门口那些重重叠叠的镜子里颠来倒去，她根本无法避开她们。从她的角度看过去，四肢在镜子里统统错了位，像那些塑料模特们的胳臂大腿一样，它们只是临时拼凑在一起。她习惯性地拿着一本厚厚的印着色卡的画册，就像她每天做的那样，在小腹和大腿上来回比画。她讨好似地看着某个深圳客户，希望他能满意。但他并不满意，他大声喊着 honey。她解释说，这就是蜜糖色，honey。那个光头客户说，绝对不可能，这简直是牛皮纸，又干又涩。他一边继续嘲弄着那皮肤，一边又向她牛皮纸一样的皮肤伸出手去。就像人们经常对她做的那样，那些人，他们看不见她的努力，还加倍嘲弄她蔑视她，仿佛她是不存在的。只有那些光鲜的模特们才是值得尊重的，她只不过因为没有那黄金比例和蜜糖肤色，所以她是被遗忘的，她被客户遗忘、也被相亲的男孩们遗忘、被健身房遗忘、最终被她自己遗忘。她本能地用双手挡着自己，想躲开他，于是镜子里所有的模特都学着她用双手抱着自己。每一个模特身边，都有一个光头。每一个光头，看上去都充满怒气，很不满意。他们叹着气、摇着头、偶尔发出一两声轻蔑地笑。蒋小艾很想从这模特堆中抽身而出，她想说她不是塑料模特，她是人，需要尊重和爱的人，但她喊不出来，她什么也喊不出来。那些塑料模特们包围着她，那些光头们也包围着她。她徒劳地转着圈，已快绝望，但无论哪个方向，都是塑料模特，都是光头男人。她几乎是在哀求，请他们放过她。她真的已经努力了，却从来无法改变什么。她对着一个虚无的方向，喃喃地说着她的恳求。她看见，面前出现了一条秘密通道，黑暗而隐秘，她一点也不惊讶，她想也许该朝这个方向逃出去，只要逃出去了，她会从这个世界上消失。她对这世上所有的一切都厌倦得要死，那只不过是些让她疲惫、让她难过、让她无可奈何的事情。

康乃尔健身房洪老板的人生，用几次灾难性的投资失败就可以概括。当洪老板人到中年决定加盟连锁康乃尔健身房事业时，他摸着自己已经快秃顶的头，暗自发誓得好好干一票。他也的确相当认真。他不仅通过在招商银行上班的小姨子得到了贷款，还搞起了招行信用卡体验促销活动，他精心操持了健身房的装修，那是绝对高档的装修。他坚持每天早晚召集康乃尔的全体员工开会，给那些已经在各个健身房熬成了人精的、长着圆滚滚肌肉的教练们训话，给那些刚来城里打工的瘦弱的保安孩子们鼓劲，他让他们大声喊那种充满正能量的话。最近他还在琢磨要不要让他们早晚都各做一次广播体操，或者随便什么集体操，据说这能让他们看起来不那么懒散。

洪老板对星期三晚上的会议非常满意，那些保安孩子们喊口号喊得格外卖力，简直欲罢不能，以至于隔音效果良好的会议室里，没有人听到就在同一层楼另一端的女更衣室里，一个叫蒋小艾的姑娘发出的微弱呼救，尽管她自以为她的声音已经很响亮了。

事实上洪老板整个晚上都满脸红光，莫名兴奋，据说是因为招行的体验活动成效显著。他滔滔不绝又讲了半个小时的成功学才宣布散会。老板临场发挥，保安们很配合，个个像是被挑逗起来的鱼一样眼冒光亮，只是那些保洁女工们却始终心不在焉，因为她们打扫健身房的工作其实在散会以后才开始。她们多是些40多岁的外地女人，带着女儿来北京打工，有的年纪轻轻就当了外婆，她们白天带孩子，晚上做清洁，几乎都不用睡觉。夜晚的健身房是属于她们的，因为她们可以一边拖地一边大声嚷着别人都听不懂的方言，就像在老家的四方街上一样说个不停。她们共同拥有一个小磁扣，可以打开所有更衣柜的万能小磁扣。清理更衣柜是她们工作的一部分。虽然健身房开业时间不长，但大家都知道清理更衣柜是个美差，不仅轻松，而且你总能在柜子里发现宝贝，忘记带走的洗发水、项链、耳环、手表，那都是最常见的，运气好的话，还能发现钱和手机！每打开一个更衣柜就像打开一个藏宝盒，尽管多数时候都失望，但总还是有惊喜的。她们可不会私吞这些东西，她们只是把这些东西集中收在一起，等失主回来找。她们喜欢的是发现这些宝贝时的那种惊喜，就好像那些东西真的是属于她们的一样。

　　星期三晚上是保洁女工龙姨清理更衣柜的日子。她们已将这个轻松又讨巧的活计排了次序，大伙儿轮流干。本分老实的龙姨如每个星期三那样，用小磁扣一间间打开更衣柜，没有惊喜，还是没有惊喜。她一间间擦着它们。那晚保洁女工们的话题是洪老板脸上的红晕，她们带着诡异的笑容说起红光满脸的老板。龙姨很少插话，她想着自己的心事，烦闷不已，直到她打开了62号柜子，被柜子里的姑娘，吓得尖叫起来。

　　柜子里有个姑娘。没穿衣服的姑娘。

　　龙姨的尖叫声，瞬间就集合了更衣室里的另外三个女工。那姑娘像胎儿一样蜷缩成一团，挤在狭小的更衣柜里。一个胆大的保洁女工用手去戳她，她蜷缩得更紧了。但她们却都放心了一些，集体吐出一口气。刚刚她们其实都害怕地猜想，这不会是一具尸体吧，但她们谁也没说出来。

　　她只是在发烧。她半眯着眼睛，好像怕光。

　　四个保洁女工轮流发问，她好像都没听见。她倒是手到擒来地抓住了龙姨的手，确切说，是抓住了龙姨手上的小磁扣。被猝不及防抢走小磁扣的龙姨喊了起来，另外三个女工一时不知如何是好，忙做一团。但那姑娘并不理睬她们，她就像梦游者一样，从 62 号更衣柜里钻了出来，用那个小磁扣，打开了旁边的 61 号柜子，把里面的东西一件一件地拿出来。

她们看着她做这一切，一时没回过神来，谁也不知道应该如何应付这局面，她们只是怀着一丝细微的同情、一点点的疑惑以及更多的茫然。她们甚至有种强烈的直觉，觉得她不属于这个世界上，她是从那藏宝箱一样的更衣柜里变出来的一个姑娘。

姑娘穿好了衣服，系上了鞋带，围上了围巾，窸窸窣窣地把一堆零碎的东西装进手提包，就像什么事情都没有发生过那样，向门外走去。

刚走到门口，她又转了身回来。

她把手上那个万能的小磁扣，以及那个带着彩色塑料绳的小磁扣，都放在了 61 号更衣柜里，然后用毫无必要的力量，甩上门，那小门弹了一下，随即就闭合了，并配合地发出嘀嗒一声。

这声音似乎让她很满意，她就这样在四个女工仍惊愕的神情中，心满意足地走了出去。

而她们，要过一阵儿才会意识到——她把它们都锁住了。现在，再也没有小磁扣可以打开 61 号更衣柜了。

东海，东海

　　灰扑扑的天，几乎快掉下来，和大地连成一片了。我们在笔直的国道上，吞吞吐吐前行——这都是因为她开车的技术太糟，或者只是一种习惯，一脚油门一脚刹车，哪怕前方并没有车辆、行人以及那种让我们咯噔一下从座位上弹起来的公路减速带。她习惯性地犹豫，在任何事情上，总是无法痛快决断。这次出行，国庆长假的第三天，我们才终于从北京出发。之前两天，她并不知道我们终究会一路南下，从河北至山东，现在已经抵达江苏境内。

　　我们有时会遇上堵车，高速公路在假期很像个喜庆的带状游乐场，堵车的人们从各种颜色的车里钻出来，穿各种颜色的防水运动服，表情却一律地诡异——交杂着骄傲、欣喜又无奈的复杂情绪，过一阵子，骄傲变成焦躁，欣喜转而麻木，仍只是无奈。

　　我们在三个小时的堵车后不约而同看见了一个高速公路出口，并相互从对方的眼神里领悟到，这或许是我们并不愉悦几天旅行之后终于迎来的转机。

　　她慢慢地往右侧并线，依然迟疑，数次激起后方车辆愤怒的鸣笛。她并不为此怀抱歉意，一门心思盯着那个出口的方向。我们都不知道这个出口通往何方。那时，我们都不再为目的地这样的问题困扰了，这本就是一次莫名其妙的行程，像她和我，我们在北京的生活一样，不过是在遭遇一次次堵车的时候调转方向盘一次次逃离，很少有那种一路畅通的幸运，因而我们都习惯了等待和失望，以及他人的愤怒指责。

她是我的姐姐，表姐，比我大五岁。两年前，她比我大六岁，她的年龄很像是个不会变化的秘密。明年，她就只比我年长四岁了。我们间的时间差距，在漫长的时间里被消弭，通过她精心修饰的发型，还有无数次美容积累出的美容院 VIP 资格。

我对她身上的一切，都所知不多，也不是那么想去了解。在北京生活的这几年里，我们交往很少，除非是某些敏感的节日，她打电话给我，并犹犹豫豫地问我是否可以从学校出来，"一起过节。"

我害怕她的电话，总是在她拖沓的言辞里试图分辨，这一次的电话里，她对我是否有了不一样的需求——我希望她不只是把我作为一个随叫随到的表妹。在情人节、七夕、圣诞，这种容易让她意识到自己有多么孤独的时节，唤我出场，似乎只为令她暂时忽略掉那种满布在这座城市的孤独。

总是这样，包括这一年国庆节的旅行。漫长的七天假期似乎让她无所适从，也让我没有了拒绝的理由。何况，我在北京那所因美女如云而显赫的大学里的生存，同样不被任何人关注，我其实也很孤独。但至少我住在学校，每天可以看见无数同龄人如何花枝招展地让校园热气腾腾，我可以假装自己也是他们中的一分子，假装自己拥有和表姐不一样的青春——这几乎是我面对她的时候，拥有的全部本钱了，只是，这本钱我也会很快失去的，在几年后，在我的表姐终于成为我的同龄人的时候——总会有一天，她会比我更年轻的。

她终于驶出那个出口，像是穿越一个巨大的黑洞。高速公路上密密匝匝的车辆是这世界的繁华一面，而出口之外，另一个时空里，只剩下寥若晨星的一些汽车，都挂着本地车牌，不时疲倦地驶过。

她望着出口处那块路牌，在路边停了车，动作依然不熟练。我想这不是一个太好的兆头，她会在这个分岔的路口，长久地思考选择哪一条路，然后消耗掉一部分宝贵的假期时光。我们的假期，就这样，在她一次次的迟疑中，变得很容易打发。现在，是七天假期的第六天，汽车仪表盘的时间显示，十四点零五分。

我们这天在途中的高速休息站吃过早饭，馒头和豆浆。她咬了一口馒头，满脸怨气地丢在油腻的餐桌上。我为自己迅速吃掉的整个馒头而感到不安。没有吃午饭，因为堵车。而她，似乎是不需要吃饭也能活下去的那种女人。那种女人在我们那所著名的学校里有很多。她们在白天的课堂上涂指甲油，或者用各种颜色指甲盖的手指劈劈啪啪发短信。黄昏时分，她们穿上高跟鞋和亮闪闪的裙子，坐进在校门外停泊已久、专为她们而来的某辆豪华轿车里。

表姐不需要吃饭，我只好强忍着，幻想我也能成为那种不需要吃饭的女生。我对那些豪华轿车的品牌一无所知，但我也想过有一天，或许，自己也可以看看那些车的内部，到底有没有传说中精致的小冰箱和香槟酒杯。

现在这辆汽车，并不是她的，尽管她对这辆车的所有权一直含糊其辞，但我知道，我并不揭穿她，我不在乎她在很多事情上的含糊其辞。每个人都有自己不愿面对的现状，也有自己不愿撒的谎，倒不如大家都含糊一些，让有些事永远停留在一个懵懂的灰暗地带里。我大概就是依赖着这种浑浑噩噩的生活哲学，熬过了我的大学的。我这一年大三了，毕业，或者说解脱的时刻，已经并不遥远。我没有想过"解脱"后怎么办，这样的问题太伤神，也许到时候我自然会知道答案的，我只是不想面对大学里那种与我无干的热闹处境。

她说，"要不我们去海边吧？"

我顺着她的目光看过去，那块复杂的路牌上倒真有个"海"字。我有轻微的近视，又不戴眼镜，为的是让我所见的这个世界和我的处事方式一样朦胧。在这天不知是雾还是霾的混沌天色中，我费力辨认出了那路牌指向的右边岔路通往的地方，是"东海"。

我对去哪里都无所谓，我也正是这样的无所谓着，跟随她从北京来到眼下这块陌生之地。我想她也是无所谓的。她所需要的，不过是离开北京，以及有人陪伴。陪她的人是不是我，我想她可能并不在意。她选择我作为旅行的伴侣只有两个简而易见的原因。首先当然是她生活中最重要的那个人，那个男人，总是无法在最重要的节日里出现，所以她对节日才会有这样深重的恐惧和怨恨。她没有明确表达过这种恐惧，其实她的所有表达也都不明确，但我足够知道，就像我凭直觉就能明白，那个男人，才是我们现在开的这辆白色轿车的真正主人一样。然后，才是因为我是她在北京唯一有血缘关系的亲人，而且我和她现实的生活并无牵涉——我们都很珍惜这种了无干涉的隔阂状态，避免去知晓对方世界里那些让人心痛的不堪。她从不问我在学校的学习和生活，是否如意和快乐。我对她的一切，也缄口沉默。既然血缘关系让我们永远无法相互摆脱，那么我相信，人为的疏远并不会造成我们的失散。

我疲倦地点头，只想着一顿美味的午餐，或者是晚餐。东海是什么海？我全无概念。似乎从前学过的地理课上讲过，东海是一片辽阔的水域。我们会去往这片水域与大陆交接的哪一个点？我试图从行驶的方向辨认出来，但对方向、地图这些东西，我始终缺乏判断力。所以最终，我不过是让自己意识到，这是一种多么无用的努力。

国道上不时闪过标志着距离"东海"还有多少公里的绿色路牌。那上面的数字一点点地变小，倒计时一般，提醒着即将到来的未来，仿佛分秒可待。我在百无聊赖中期待着下一块倒计时路牌的出现，在那个数字越来越小的过程中，享受到一种久违的紧迫感——那的确为我带来一些快乐，并且也几乎是行程至今为止，我所体验到的唯一幸事了——我们终于有了一个目的地，而且与大海有关。

她似乎越来越紧张，在路牌上显示距离东海还有两公里的时候，便开始频频探头张望——当然是看不见大海的，也看不见与大海有关的一切，比如售卖海鲜的餐馆，卖游泳衣、沙滩椅的便利店。我曾参加班级活动，去过离北京最近的海边——北戴河。印象中，海岸边几乎都是那样的餐馆和商店。我发现她开始只用右手把着方向盘，左手死死捏住胸前项链的挂坠，嘴里呢喃着一些没有意义的语气词，她那时的感觉一定糟糕透了。

但她没有说出内心那些困扰她的点滴，她无意与我分享，我便也不过问，其实我已经对此感同身受。我们都没有走过这条路，没有来过这个省份。年轻的姑娘们在举国欢庆的假期里，开着一辆不属于她们的车，就这样一路忐忑前行，享受不到任何旅行的乐趣。这已经足够荒唐并让我们各自神伤的了。

她紧紧捏在左手心的那个挂坠，是为数不多她明确告诉过我的事物——硕大一块水滴状的淡蓝色水晶，出自"施华洛世奇"。她曾迅速轻巧地把这五个字一带而过，再慢慢强调着这品牌出自奥地利。她熟谙各种品牌，从皮包、首饰到汽车。我常猜想她是否把大部分闲暇的时光都用来研究那些复杂的字母所象征的价值上了。我是从她每次见我时绝不重样的皮包，才得知了那几个校园里人尽皆知的奢侈品牌的。施华洛世奇是奥地利的水晶品牌，价格远远在那些透明的小石头所承载的价值之上。她喜欢的东西似乎都有这样的特点，在我看来便是——并不值得。她没有上过大学，却比我提早多年来到北京。她白天在一家古怪的公司做前台，夜晚的生活则在我的了解之外。那些名称复杂的皮包和首饰，都是她免费受赠并心爱的礼物——这是她向我暗示的。

她擅长在这样的事情上打击我，比如穿着，或者品位。我并不在意，只是以"我还是学生呢"回复她口中那些尖刻的讽刺。我希望她也能从我这样的话里，听出我的嘲讽之意。是的，无论如何，我身处北京的缘由与她是截然不同的，说到底就是，我跟她不一样。我承认我生活的拮据。我需要费尽心思地申请助学金，以及算计哪一项奖学金拥有最高的性价比。哪怕如此，哪怕我并没有一个施华洛世奇或者其他更便宜一些的品牌首饰，我也没羡慕过她在物质上的优越。我觉得我们就像动物世界里的两个物种，你有长鼻子，但是我的脖子长。我们的骄傲大相径庭，因而相安无事。

远处的田野，已经没有作物生长。我猜想大概已经过了收割的季节。人们会把粮食与果实尽数归仓，喜滋滋地等待即将降临的寒冬。那些不被需要的残余物，比如秸秆，人们会怎么处置呢？我听说过焚烧的作法，一度非常盛行，后来因为污染，又被禁止。我不过也是这世界里的残余物，倒不如焚烧掉，化灰化烟，总都好过光天化日下任由那些不解的目光扫视。我对这些事情缺了解，而我对大城市的一切也缺了解，我感到自己对这个世界统统一无所知，不免颓丧。我忍住没有问她，关于田野或者城市如何处置废弃物的常识，因为凭直觉我相信，她同样不关心这些。她关心的是亮闪闪的汽车与首饰——所有光鲜的东西。

她穿着与季节并不相符的轻薄纱衣，上面同样有闪烁的装饰，晃来晃去的光线扰乱着我的视线，还有思绪。她对我的紧身裤表示不满，认为那未免太凸显我身材上的缺陷。可是有时候，我又觉得她的表述自相矛盾——好比她一边希望我振作一些，让自己和北京城里窈窕的姑娘们一样引人注目；一边又暗自希望我继续保持住目前的老气与丑陋，尤其是和她同时出现的时候，不要抢了她的风头。所以她才会在之后又补充说，"不过，紧身裤也好，适合你。"——我根本就不在乎她的这些小心思，因为我明白，美丽需要代价，金钱的或者其他的代价，而我，拿不出钱或者别的东西来支付这些代价。我知道，她的鼻子，那里面的填充物价格超过黄金，还有她的内衣尺寸，和她永远不变的年龄不一样，那个数字每年都会增大一些——同样价格不菲。这些折磨自己的手段，她还有很多，比如脱毛或者磨掉一部分面部两侧的骨头——为一张完美的瓜子脸。就算我有钱去折磨自己，我也无法像她那样对自己狠心。我没什么勇气，所以也从不敢期待。在我看来，希望这种无用的东西，总是需要很多勇气去交换的。

我们终于看见了东海。跟预想中完全不一样，没有大海的气息传入车窗，眼前只是一座普通县城城乡接合部的景象。不时优哉横穿公路的狗。路两边的汽修店都竖立着潦草的广告牌。吃饭、住宿之类的店家间杂在汽修店之间。老板娘睡眼惺忪地站在门口，向外泼出一满盆的水。人们总是在这样的景象中，进入中国大部分县城。

我在商店的招牌上，辨认出了"东海"——它并不渤大宽阔，只是一座县城，而已。我感到这里有一种足够自嘲的幽默，猜想县城另一边是否紧贴着海岸线。她与我有同样的发现，未免嘀咕出一些抱怨。我没有响应她，毕竟，这次行程注定是漫无目的地消耗。

公路上方的路牌写着"东海欢迎你"。那时，我们并不知道，东海，一座县城，它盛产水晶——一种透明又璀璨的光华之物，直到后来看见另一条横幅——中国水晶之乡。

她似乎长长松了一口气，在扭头看我的时刻已经显得释然，左手也不再紧握住胸前那块水滴状的施华洛世奇。

她问我，"现在怎么办？"

我不知道。我对自己的去向从来缺少规划，对他人的也是。何况我的生活里，并没有太多人出现，我多数时候都是一个人。我拒绝老师和同学们的善意，在他们试图进入我的世界的时候，表示坚定地拒绝——没有什么是不需要付出代价的。我宁愿继续贫寒，吃食堂最便宜的菜，独自去超市买面包和咸菜，把一件打底衫穿到变形松动又毫无保暖效果，我也不要付出一丝代价。我告诉所有人，我这样挺好的，你们不要理我。但心里却很为自己的不近人情而感到不堪。我只是懒得生活，懒得应付，懒得费尽心机去维持自尊，倒不如安于现状，继续做个让所有人叹息又同情的人。

我还是摇头，并没有说出"我现在很饿"的真心话。下午三点，这并不是吃饭的建议适合被提出来的时刻。我想很多时候，我都可以依赖忍耐忘记掉自己真正的诉求，那没什么，真的。

她鄙夷地恨了我一眼，是我熟悉的眼神，在早上我狼吞虎咽地啃馒头的时候，在我坚持要把我的饭钱付给她的时候。她用漂亮的眼睛恨恨地瞪我半天，才终于说出，"放心，一个馒头，也不至于把你卖了。"我不会真的跟她计较，她支付了此行的大部分费用，我对这样的安排也以自己习惯性的糊涂来应对。

我们都知道这话中隐含的深意。她曾经想给我介绍一些男人——我有很大的把握，其中还有一个是她自己的男人。她说，"你的底子还是不错的，只是需要再收拾一下，还看得过去。"——多么委婉，以至于我很久之后才反应过来，这并不是夸奖，而我是应该为她的刻薄发怒的。但是我没有，因为如她所说，她"毕竟是想帮我。"

"我这样挺好，真的，不要操心我。"那时，我含含混混地说着这样的话，拼命不让自己真的为此生气，然后，我竟然也渐渐相信了自己真的过得不错。

"好什么呀？"她惊讶地说，"不知道怎么说你才好，你毕竟是我表妹，你说，我又不图你什么。"她叹着气，"我们这样，小地方来北京的人，不容易，等你毕业，进入社会，你就会知道。"

我保持住了自己一贯的沉默，以为这样便足以解决掉许多难题。我默认自己是她的表妹，对她言听计从，但我并不需要跟她一样——开汽车，在最好的写字楼里当打杂小妹，穿着最妖媚的裙子，看上去，多不错。但，也会很累。

我的沉默似乎让她感到一丝歉意。因为那些久远的事，让她觉得对我负有一种责任。我妈妈在我很小的时候发了一场高烧，之后便神智不太清楚。有一阵子，我记得家里的地板总是血淋淋的。我妈妈得了一种见鸡杀鸡见狗杀狗的精神病。后来家里的亲友们决定送她去精神病院。那天我妈妈竟然用鸡血涂了嘴唇，格外明艳动人。我表姐说自己在看见我妈妈的嘴唇的时刻，就明白了自己要如何度过一生，"无论如何，也要让自己漂亮。这世道上只有漂亮的女人才能活下去。"

"你为什么没有遗传你妈妈？"她总是这样叹气。昨晚，她在快捷酒店的卫生间忙碌的时候，也这样问我。我在房间里，猜想她看着卫生间那面大镜子里完美的面庞，心里千思万绪。

"可是她是个疯子啊。"我想，一边百无聊赖地摆弄着电视遥控器，我始终没法打开那台电视。

"我去医院看过她，好多次，我觉得我很像她。"她为此得意。

"可是她是个疯子啊。"我想，并放弃了开电视机的努力。

"虽然我和你妈妈没有血缘关系，但是这没什么，现在她死了，"她说，"我觉得她不会喜欢你这样子的。"我听见一些声音，知道她正在嫌弃地替我收拾装洗漱用品的塑料袋——里面只有一支简陋的洗面奶和褪色的牙刷。

"可是她是个疯子啊。"我只有这一个想法。

我不得不承认，她的确继承了我妈妈的一些特质，比如永远弄不清自己的年龄，任何时候都红艳的嘴唇，还有永远和季节不协调的衣服。她爱那个男人，爱得死去活来，数度分分合合。我怀疑她自己也闹不清应该如何对待感情。这也像我妈妈，我妈妈的疯狂和死亡，他们告诉我，都是因为男人——对男人的满足与不满，想想是会让人发疯的。尽管如此，我也并不希望表姐像我妈妈一样死去。她倒是对此无所谓，因为她说，"老是很可怕的，还不如最好的时候死掉呢。"

这天，她开车的时候说这样的话，让我感到恐惧。我并不想死，我只想得过且过地活着。我看着前方空旷宽阔的路面，意识到刚刚我们已经进入了这座看上去很新的县城，东海。

路面干净，行道树葱郁又齐整，仿佛前一天它们刚刚被精心布置过。绿化道后面的高楼，每一幢前面都有巨大的广场。平原地带的人们，奢侈地规划着他们的城市——真让人羡慕。这世界上总有人、有城市，是格外受眷顾的，他们可以随心所欲。

"你要不要停下来，休息一下？"我委婉地暗示她。她犹豫了片刻，没有理会我的请求，然后又开了很长一段的路。

我领会到她的打算，是她终于在路边看见一家还在营业的商店的时候。她停下车，摇下车窗，隔着远远的距离朝商店里喊，"去海边怎么走？"而我觉得那商店里根本就没有人。

但竟然出来一个妇女，黝黑的面庞，高高的发髻顶在头顶。她扭动腰肢走出商店，看不出是老板还是顾客。她爽快地笑声在我们听来异常诡异，"海边？远着呢？东海不靠海。"表姐还要问些什么，但妇女只是从商店门口搬起一只纸箱，转身回去了，留下面面相觑的我们。

她摇着头接着开车。我们经历了一段漫长的寂静。道路逐渐热闹起来，行人和各色车辆把我们从刚刚梦境般的经历中带回现实——我们大概进入了东海县城的老城区，路也越来越狭窄、凌乱，楼群显得拥挤，不安地被处置在一起。车速减缓，我可以看清道路两侧那些商店的招牌，水晶、原石、加工……一些字眼频繁出现。很多县城都是如此，光鲜美好的新区、古旧却活泼的老城，就像她和我，并排坐在同一辆汽车里，却怀有孑然不同的向往和心事，彼此相安无事。

"嘿，要不要去看看水晶。"她说。那时我们的车已经因为拥堵完全无法前行。我发现道路左侧的灰色楼群，中间红色的招牌写着"东海水晶大世界"。

我对水晶不感兴趣，只看见她又握住了胸前的施华洛世奇，并在我开口之前，她已经拐进了停车场，难得地果断。

"我不喜欢这些东西。"我说。但她表示，既然来了，为什么不看看呢。我便问她记不记得，很久以前那首矫情的歌，《水晶》，是任贤齐和徐怀钰唱的，"我和你的爱情，就像水晶，没有孤单秘密，干净又透明……"现在想来，"真是甜腻得吓人"。我带着恶意笑起来。哪里有什么干净又透明的爱情？我不相信。

她在水晶大世界里闲逛，不时发出惊叹。我没精打采地跟在她身后，心里想着要不要出去买一碗方便面——那会招来她对我更多的厌恶。我终究是她上不了台面的一个表妹。

这里的人们，像售卖任何一种普通的商品一样，兜售着"干净又透明"的水晶。每一个柜台，都有明亮的灯光，照射出各色不一的璀璨。那些体积更大的水晶摆着柜台后面的货架上——佛头、观音以及我无法辨认的复杂雕刻，都有充满吉祥寓意的名字。柜台前方，是一些小巧的挂件、摆件，整齐排列在丝绒布面上，折射出的光线再相互交叠，远远看去，竟像起伏的汪洋。我们本是去海边的，后来误打误撞进入另一片奢华的海。我对这种不真实的美景总怀有本能的拒绝，美丽的东西总是危险的——我妈妈和表姐的人生让我对此深信不疑。我有时会想自己是否因此失去了本应享有的一些东西，我是否也可以像妈妈和表姐她们一样，追逐与挥霍。但我给自己的结论是，我可能真的不配，"大多数的石头都是丑的，这世上哪有那么多水晶玉石？"我想。

　　后来我真的看见一些很丑的石头，有的有一些小小的切口，店家的标签上写着"原石"，未精雕刻的水晶原石。我没有想到自己会被它们打动——那些光鲜亮丽的水晶也没有给我这么大的触动。我因此认定，自己与那些美丽的东西确实不配。但我并没有露出我的惊喜，像我的表姐一样。她在每个柜台之间停留，让店家拿出一个又一个精致的水晶，像真正的专家一样把它们高高举起来，透过明亮的光线仔细凝视。

　　"原来这世上真的有这么多水晶。"我说。

　　她没有理我，继续自己专注的凝视。

　　"当然，全世界的水晶，都到东海集散。"穿着紧身衣的女老板说。她的语气不无得意，起伏的胸脯和肚腩让她显得和善，"马上就是东海水晶节了，你们来得真是时候。"

　　可是，我们只是偶然到来，怀着并不一致的心事，希望打发掉在北京难熬的日子。生活中是否真有意外的惊喜，我从前都是不相信的。意外总是"惊"的，哪会给我带来什么"喜"。

　　她并没有要买一块水晶的表示，全然不顾中年女老板极力地示好，"小姑娘长这么漂亮，还不买几块？自己戴或者送人，都是好的，又不贵。东海的水晶都是天然的，没有人造的。"

　　"我不知道水晶还可以人造？"老板似乎对我的提问很不满意，却不厌其烦地解释，"人造水晶很多啊，有的是天然水晶熔铸，有的就是合成，合成水晶跟玻璃成分一样。不过，我们这里可是没有人造水晶的，绝对放心。"我发现她全身上下，没有一件首饰，却并不朴素，大约是柜台里那些水晶的光彩辉映在她的脸庞上，仍然夺目。她接着说，"施华洛世奇，那么贵的，其实都是人造水晶。"

表姐翻捡着那些小挂件的手突然停顿了，我想她其实并不意外，她早知道自己钟爱的并不是水晶本身，不过是施华洛世奇这个名字。毕竟，"没人在乎你是谁，从哪里来，人们只在乎他们看到的你的样子。"她这样劝我改头换面，告别那些在她看来不免是堕落的潦草生活，可是，在我看来，她才是堕落啊。在北京，没人知道她从哪里来，只知道她单独居住在名称很好听的公寓；没人知道她如何寂寥地打发节日，只知道她年轻漂亮又积极，活得有滋有味；当然，更没人知道她如何折磨自己的鼻梁、颧骨、胸部和腿毛。昨晚，我们住在徐州一家快捷酒店，她不厌其烦地在自己脸上涂抹各种护肤品，之后再龇牙咧嘴地撕掉用来给小腿脱毛的贴纸。她坚持要我也贴上那种恐怖的褪毛贴纸。我说没必要吧，我没有露出小腿的时候。她指责我不懂事，说出的话现在我终于明白其实是惊心动魄的，"你以为我只是为了漂亮，其实我是为了生存。"但当时我只认为她在为自己狡辩，她的生活在我看来毕竟是遥不可及的——只有我这样的穷学生，才可以说"为生存"这种话。她真的是为了生存吗？

我突然感到自己在水晶大世界的闲逛充满荒谬，我看见老板把一块通体透明的水晶石——也是水滴的形状——丢进一小盆清水里，她得意地卖弄，"看，真的天然水晶，在水里是看不见的！"

我的表姐终究没有买下一块水晶，我相信她还是喜欢那些东西的，她只是感到为难，因为它们毕竟都不是施华洛世奇，如她向老板解释的，"是好东西，但不是我要的。"她要的是让她在北京的人群里可以被辨识出来的那种东西——也许并不真实，却是她赖以生活的必需，就像她那个男人，我从来都没有见过的神秘男人，是她生活的来源，以及，出处。哪有什么干净又透明的爱情呢。我有时会把自己的悲观怪罪于我的妈妈和表姐，她们的经历让我幻灭——这世上最美好的亲情与爱情，最美丽的青春和年华，都是虚假的。

我们从水晶大世界走出来，已经不堵车了。路两侧有售卖各种小吃的商贩，我们在其中一家吃炒面，有洋葱和大蒜。腥辣的气息在初秋转凉的空气里凝结。如果在北京，她绝对不会在这种地方吃一盘炒面。但这天她没有计较。也许是因为她也会饿——这样的想法让我感到轻松。但后来我明白，这里没有人认识她——她和所有人一样，只在乎自己在熟人眼里的形象。

路边，也有不少卖水晶的小地摊。那些精致的小东西，在黄昏时分昏暗的天色中，没有堂皇的店堂和灯光衬托，朴实却也动人。这座县城如此让人意外，在不动声色间孕育产出着干净又透明、在水里会隐身不见的水晶。

我快速吃完自己的一份炒面，看她在一盘面里挑挑拣拣着那些菜叶。她把菜叶齐崭崭摆成好看的一堆，再慢慢吃掉。我妈妈也是这样，小时候她给我做的炒油菜，永远摆着很好看的造型。后来她死了，表姐时常照顾我吃饭，她的炒油菜和我妈妈做的几乎没有分别。那时我完全没有意识到，表姐也没有妈妈。她妈妈，也是我的姑姑，我不知道去哪里了，反正我从来没见过，亲属们也从来不说。我的忽略并不是出于有意，毕竟，她活得那么蓬勃，从来没人把同情两个字跟她联系起来。

表姐后来去北京了，她不知道我此后再也懒得把油菜在盘子里整齐码放——反正都是会被吃掉的。而她现在依然计较，计较美丽的装饰与食物，哪怕我们在路边摊吃着完全不精美的东西。我看着她摆弄那些炒面，觉得很累。美丽总是让人累。那些水晶原石，粗糙到不堪，人们辛苦地加以打磨和雕刻，也同样是累的。谁不爱美呢？只是不是所有人都有那样的决心，去咽下那不一般的苦。

后来我起身去小卖部买水，为避免继续尴尬地看她吃慢悠悠吃东西。或许我只是突然感到一丝惭愧，我试图回忆起自己从何时开始不在意盘子里的菜叶是否排列整齐了？小时候我似乎很喜欢那样的菜，然后是意外发生。我妈妈像杀她养的那些鸡一样，杀掉了我对未来的期盼。我安于让表姐和其他亲属打理我的生活，我安于做一个疯子的女儿。我觉得既然我妈妈都疯了，我还有什么可在乎的呢？

我悄悄把那块透明的、水滴状的水晶放进纯净水的瓶子里。是的，我在表姐去洗手间的时候，偷偷买下了这小块的水晶。

　　老板急于关店，直接把标价减去一半卖给我。我知道自己在做一件很反常的事，以至于在吃炒面的过程中，我一直把它紧握在手心，担心被表姐发现。直到它渐渐被我的手心温暖，我才想起她也有这样惯性的动作，把那块淡蓝色的施华洛世奇紧握在手心，感受它逐渐变暖的过程。现在，我有了自己的水晶，我用自己的体温在温润它，它不是施华洛世奇，但它天然。

　　它在我们回北京的路上，一直藏身在那瓶水里，只有摇晃瓶子，我才能感知到它的存在。它让我感到踏实，就像我隐匿在人群中的生活一样。我意外地买下它，我想这也许并不是意外，我妈妈或许还是遗传给了我一些决绝的勇气，没有人的命运是容易的，人们只得各自承担。

　　我告诉自己这并不是什么了不得的大事，不是我对待自己的转机，不要太在意，但是我也的确感到，自己身上的某一部分，正在被唤醒。

　　我想，回到学校，我也许会高调地宣布我如何度过了自己的黄金周假期——我和表姐开车自驾，去了很多地方，我买了水晶，你看，它不仅漂亮，还会隐形在水里，多么神奇。

　　而其间那些不堪的部分——不属于我们的汽车，和表姐尴尬的对话，她糟糕的车技，堵车，还有终究没有看见的大海——我会小心藏匿，就像我的表姐一样，像北京城的所有人一样，含混地忽略掉那些必然体验的苦楚，仿佛那都不值一提。人们不在乎你是谁，从哪里来，到哪里去，他们只在意那些显而易见的东西。

　　七天假期的最后一天里，我们沉默地开往北京，为必然遭遇的堵车提心吊胆。我们竟又途经一些"水晶大世界"。新建中的水晶商场，有抽象的建筑外形和无比宽阔的停车场。人们努力地建设与扩充，从未停止。她突然悲伤地说着，"想起来好没意思啊，原来跟玻璃成分是一样的。"

　　我不知如何回答。她和我，在漫长的路上，各自陷入幻灭。

　　本是去海边的，但现实与目的从来都不会一致。

　　人生。

沉 沙

很多年以前的一个朋友说过，湖镇没有好风光。让我诧异。

这也难怪，她就是湖镇人，从小生长在湖岸边，朝朝暮暮所见，都是沿岸的好景致，她以为这就是惯常，可是好像天下人不这么看，认为湖镇风光扬名世界。湖镇别致偏狭，小到有些局促，苗壮侗瑶，少数民族混居，难得一见的喀斯特地貌，山长水远，城小景多，景色不能说不妙，不然我也不会来的。

只是抵达湖镇的第一天，我就被骑摩托车的南方女人撞倒在地。

事情发生得突然，我半躺在地上的时候突然悲哀地意识到，小莫并不在身边。于是就疑心自己并不能站起来，我所有的坚强好像都来自小莫。

撞到我的摩托车就停在前面，骑车的是一个女人，后座上还坐着一个，两个女人怎么也会生产那么大的力量，足以让我毫无准备的倒在地上？我面前有一只白色平底的皮鞋，该是摩托车后座上那个女人掉的。

果然是的。

女人踮着一只脚跑过来，叽里咕噜说着我听不懂的湖镇话，语气还算温和，听起来还有些胆怯，见我没有太多强烈的反应，就试探性的来拿那只遗落的鞋，一只仿制的 LV 提包从她的肩头滑落到手腕，突兀的挡在我的面前。

我的感觉并不好。

近来我一直相信自己在衰老，这念头让我有些病态，但衰老仍然在时时刻刻的发生，面颊、神经、心脏、血管、肌肉……都出现症候，围剿我的信心。

女人穿上鞋，想搀我起来，我坐在地上，听见众多毛细血管正在排兵布阵般撕裂、纠结，我扭头，瞥见街边烟酒店的女老板一张面无表情的脸，好像这样的事情她每天都能看见。

我对女人说，"怎么骑车的？"语气细微并无责备，我只是对自己的身体缺乏信心。

女人见我讲普通话，马上反应过来，也连声用普通话说"对不起"。

这时骑摩托的另一个女人也走过来了，看上去当是面貌强悍的，或许是少数民族，长着突兀的脸和额头，她见我还坐在地上，想必是以为我要赖上她了，很是愤怒，用带着浓重南方口音的普通话说，"这是单车道，你走到单车道来了，我都来不及刹车，以后不要走单车道了……"

我还能怎么办呢？

在湖镇我并没有认识的人，很多年以前的那个女友现在已经离开了湖镇，在北京工作。我也在北京工作，来到湖镇只是因为她的名气，或许还有一些理由，但是并不明确。在旅馆住下之后，我来到街上，在经过旅馆门口的公交车站牌时，突然被强大的力量撞倒在地，然后，我就想起了小莫。

两个女人蛮横的把我从地上拉起来，温和一点的那个女人仔细察看了一下我的手和脚，发现各有一点擦伤，丝袜在脚踝处破了一道口，红色的伤口在灰色丝袜里隐隐可见。她好像放了一点心，连声跟骑摩托的女人说，"没事的，只是擦破了一点皮。"

我问她们"附近有药店吗？"我只是想买张创可贴。

她们却面露惊恐神色，看我像看某种怪物，不知道她们是以何种想法来推测我的，但是在我说了这句话之后，两个女人就匆匆忙忙的骑上了摩托车，我只看见她们骑坐在摩托车上摇摇晃晃的离开。

我刚刚经过一劫，可是在这个地方有谁会知道？对湖镇的绝望就是从这个时候开始的。

来湖镇之前，有一天我在浴室里突然头晕，想要摔倒，我想我的身体一定是出了一些问题。对每个人来说，自己的身体都是最熟悉却神秘的，心脏的每一次跳动，肌肉的每一次痉挛，你都可以如此清晰地感觉到，却无法追究其成因，尤其是病痛，其成因总是有很多种解释，然而却都只是猜测。身体这架庞大复杂的仪器，本质上却如此脆弱，那些微小的成因最后总是累积成致命的后果。

那天在浴室，我直觉自己将倒地不再起来，眼前的时刻也许就是最后的时刻，我将在若干天后被发现猝死于浴室，人们会挖空心思揣摩我临别时刻的内心活动，亲友间会流传有关我的各种版本，而我所要做的，只是倒下去，就可以了。

我还在有些庆幸地想，如果我就此晕倒，甚至死去，小莫会不会遗憾，会不会后悔他当初的离开，会不会在他睡完懒觉的周末上午，因为想起我而流下眼泪。

也许，对于一个尚有牵挂的人来说，倒下去也是一件艰难的事情，我的本能告诉我，此时应当竭力保持清醒，于是只好蹲下，在浴室的地上，看见那粉色地砖的格子在眼前清晰起来。就这样，保持着蜷曲的姿态，渐渐的，浓重的黑暗散去，大脑开始供血，我试着扶着墙面慢慢站起来，试探着迈出脚走几步，好像症状开始消失。当我如历经生死一般地躺在床上的时候，心里却异常平静，我只是坚定地相信，我的身体一定出了某种问题，也许归期不远。

两个南方女人骑着摩托走远，这时正是湖镇的正午天气，日光强烈，空气潮湿，皮肤和衬衣不知是被空气中的水汽还是被汗水黏结在一起，显得不清不楚。

我扶着公交车的站牌，试探着迈出脚走几步，好像并没有明显的疼痛，但我却相信撕裂也许就发生在肌肉骨骼的某一处，伤害在内，不能看见，我却知道。

还好湖镇并没有人认识我，我缓慢狼狈的样子并不伤及自尊。

回到旅店，还是踏实了许多。真是奇怪，旅店只是我短暂的栖息地，却仍然能给予我庇护，让我放松，在这短短的一天内，我已经把旅店当作家一样的地方，我受伤之后最想要回来的地方。

这也只是一家很小的旅店，矮矮的两层，建在湖镇的一处不知名的湖边，这就是废话了，湖镇多湖，几乎所有房子都在湖边，湖与湖之间的陆地通过各式各样的桥来连接，桥上行人、汽车，当然，还有湖镇人使用最多的交通工具——摩托车，并行不悖，互不干扰，就好像海底世界里的大小生物，看似拥挤不堪却有他们自己的次序。而我在湖镇的出现，也许就是违背这种次序的，所以我才会受伤。

　　旅店的一层往往比较喧闹，会有迎来送往的旅客和他们的行李，是真正的驿站，驴友们全副武装好像外星人，也有金发碧眼的，高高大大的几个人三五成群，挤坐在一层大厅的木桌子旁，湖镇常见的竹椅在他们的身躯之下发出吱吱唧唧的响声，他们手里拿着可口可乐的罐子或者星巴克的纸杯，我并不惊诧，我知道湖镇在世界的名声，知道它表面的狭小陈旧并不能掩盖它实际上的富庶与繁华，星巴克、比萨店，都张扬而突兀的出现在湖边，还有那些毫不起眼的烟摊上摆放的各式进口香烟，都在向我证明湖镇旅游业的兴旺发达。而旅游繁荣的地方往往民风狡黠，这意味着他们见过了太多人和事，早已修炼出处变不惊的功夫来。

　　旅店的二层就比较安静了。楼道没有灯光，通道尽头处仅有一扇木窗，古典风范，是现代仿制品。木窗前是一个清瘦的男人的背影，弓着背，一动不动，一定是我上楼时笃笃的脚步声惊扰了他，他转过身来，原来手里举着一台夸张的单反相机，这一切几乎在同时发生，我是说，我上楼发现他、他转身发现我、快门响起，好像是在同一刻发生的事情。

　　中午的光线并不能照进木窗，但我却相信，虽然我只能模糊的看见他的轮廓，他却能清晰地看见我，我窘迫地对他笑笑，就回了房间，我的房间就在上楼第一间，这让我还来不及看清他的表情。

　　房间的窗外便是湖，若愿意，还能看见远山，这样的房间应当是令人愉快的，但在炎热与潮湿的湖镇，我还是会不经意地想起杜拉斯在《情人》里，所描写的男女主人公幽会时那临街阴暗的房间，想起通过木板门的缝隙透进房间里来的市井气息，那些空气中浮游的微尘，以及夹杂着门外叫卖声的喘息声，不知疲倦搅乱光影的电风扇。我一直觉得，这样的男欢女爱有颓唐的美，像是对末日来临的预言。

　　把划破的丝袜脱下，扔掉，光脚去卫生间清洗伤口，但发觉已经没必要了，脚踝处的血迹就这样浅浅淡淡的凝结住，远看像那里有一团失败的文身。地上有水，脚底很滑，想起不久以前，我的好朋友也是在卫生间光脚，结果滑倒了，留下长久的隐痛，这时我想人生无常，应当及时行乐。

这也是我来到湖镇的原因，自从头晕的毛病第一次出现之后，它总是隔三岔五的频频造访，苦难来临之前的茫然也许比苦难本身更为恐怖，因为不知道各种反常的现象预示着怎样一场浩大的灾难，而你对此，除了等待那随时可能来临的未来，根本无可奈何。

在等待中，我敏感多疑，焦躁幽怨，连夜的失眠，然后惊醒，不经意地抽搐也让我心如刀割，我知道自己这样的一惊一乍定然会令身边的人讨厌，可是疑心大过天，明明知道不讨人喜欢，却依然不能改变。

小莫一定是忍受不了我的变化，才离开我的，他知道我开始头晕之后，就敦促我去医院做检查，然而医院检查的结论却是没有任何问题，医生也只说是生活压力过大造成的，平时注意睡眠，多做运动就好，这不仅没有让我放松，反而更加让我确信，我的苦难是如此神秘而独特，它将只对我一个人展开，而旁人却终无法理解，就连最亲密的小莫，也会耐心耗尽。

果然有一天，他在漫天飘飞的柳絮中离开，我记得小莫对我无奈地抿了抿嘴，然后习惯性地摸摸我的头，要我照顾好自己，他说他要离开了。他走的时候背着硕大的黑色背包，压得他直不起腰来，一米八的男儿怎么也会显得这样孱弱，对他的怜惜第一次涌上心头，让我无地自容。

小莫的离开让我难过，难过无疑也会加重我的疑虑，我像无法停止的火车一样，终有一天会撞上不知在何处等我的山崖。

我就是在这样失恋又失意的时候，在网上遇见了来自湖镇的女友的，我们同在北京，经常在网上聊天，却已经多年未见，她在一家国字头的媒体工作，喜欢吃鸭脖子、逛宜家，生活总是很忙碌。我习惯叫她宗桂。

这次说起北京，她觉得不如她的家乡湖镇好，北京地盘大，根本不适宜居住和生活，然后就又说起了湖镇，她觉得也不怎么好，说湖镇没有好风光，反而像个江湖码头，各色人等来了又走了，显得杂乱不安。她就是这样，一个喜欢否定的人，我们还在大学念书的时候，她就有着否定主义者的光环。对此我已经习惯，并不觉得北京或者湖镇就真如她所说的那样糟糕。

她说，你去旅游吧，可以去湖镇，散散心。

我仍然担心，担心我这副皮囊，是否经得起车马劳顿。

她说，那也比等待强。

客观地说，自从离开北京，我的头晕已经减弱了很多，当我在北京上空从飞机的小窗口往下眺望的时候，我看见的是一团黑色的云，那黑云正好把我们的北京城罩住，严严实实。而我也记起，每当我头晕的时候，这团云也会出现在我的脑海中。从那时起，我怀疑我是不是已经把病痛都留在了北京，而我，已经乘风驾鹤而去，就像无牵无挂的古人。

同样客观地说，湖镇的风光是美妙的，不说其他，单是那些大小的湖泊，就足以让一座小城灵动起来。

此时，从房间的窗户望出去，烟灰色的湖镇就像整个飘在烟灰色的湖上一般，湖边是例行会出现的柳树，也有一些榕树，湖岸的怪石充当着天然的座椅，仔细一点，还能看见一些孤独的人坐在浓密的树荫下。

给女友宗桂打了一个电话，告诉她我已经到了湖镇，一切安好，除了被摩托车撞了一下之外，其他都比我想象中要好。

"什么，被撞了一下，严不严重？唉，忘了告诉你，湖镇人骑摩托，都是不按章法来的。"宗桂是一个直接的人，却让我感动。和刚才撞倒我的那两个湖镇女人比起来，她明显可爱得多。

"没事，放心吧，我要出去了，再给你电话。"其实这句话我说得不够自信，但是我知道自己必须这么说，有些破罐破摔的自虐感觉。更重要的是，宗桂不是小莫，在小莫面前我可以有的那些娇纵，在其他人面前却统统不能有，也正因为这样，小莫的离开让我失去了唯一一个可以袒露内心的人，我因此难过。

我定然是自私的。

楼下一层餐厅的自助餐一直持续到两点半，三点以后还有下午茶。本来想在湖镇的路边小馆吃东西的，湖镇的双皮奶和龟苓膏都有顶好的口碑，双皮奶是什么我至今没见过，听宗桂讲还有一种姜汁撞奶，更是让人匪夷所思。

在被摩托撞倒之后，我已经对这些美食没有兴致了，我是一个对食物寡欲的人，听说美食家都是热爱生命的，我对食物的淡漠或许也是因为对生命的绝望。眼下，对我来说，仿佛对走出旅馆这样简单的事，都缺乏勇气了。豁不出去是我的性格。

这是一间很小的自助餐厅，兼做咖啡厅用，餐点不多，都做得粗犷激烈，放很多辣椒，我想这就是湖镇的独特之处了，它有看上去拥有南方小镇全部的温婉柔和，但内在的它却如同这些菜品一样——粗犷、激烈，而湖镇人也如北方人一般刚烈，喜吃辣，宗桂吃起辣来更是技压群雄、叹为观止。

那个男人，刚才在楼上拍照的男人此时也坐在餐厅里，仿佛已经吃过饭了，正懒懒的喝茶，那硕大的相机就在他的桌上放着。准确地说，我是凭借这个相机才把他辨认出来，毕竟刚才在楼上的光照中，他只是一个轮廓。但仅此一会儿，我发现他已经不一样了，仔细一看，才发现是换了衣服，刚才还穿着运动的绒衣，现在已经变成了亚麻布的衬衣，咖啡色，这使他得以混入餐厅里那些敦实厚重的木质餐桌椅之间，很难被人发现。

可是我还是看见他，这只是一间很小的餐厅，相机泄露了他的踪迹。

他也同样看见我，对我点头，算作招呼，完了指指我，我也换掉了摔倒时弄脏的衣服，穿上绿色亚麻的长衫，他朝我竖了竖大拇指，我知道这意味着刚刚遇见的时候，我形为狼狈。

湿润闷热的湖镇，亚麻也许是唯一适合穿着的质地，它与皮肤不贴合，总是保持一段若远若近的距离。

也算见过一面了，所以我朝他笑了笑。这是一个长相普通的男人，看不出什么特别。

扫视了一下餐厅，我才发现在这个地方，想识别一个人的身份有多么困难，大家有一个共同的身份——游客。在成为游客之前，他或她有着怎样的传奇与故事，过着幸福还是不幸的生活，全都无从得知。或许，人的神态、举止、穿着、气质，会无意间将其以往的岁月泄露，然而，这泄露的却只是一个人全部过去中极微小的一部分，就算这一小部分，也还需要有十分的敏感才能知晓。

多么不安全。

草草取些食物，也是花红艳绿的一盘，喝的茶水有奇怪的大米味道，胳臂处的新伤一来一回都蹭在亚麻布粗糙的纹路上，心里惦记着一会一定要出门买创可贴，创可贴每次远行都会带上一张，刚刚已经贴在脚上了，才知道只带一张是根本不够的。一边想一边找地方坐，却并没有发现一个可以远离人群、舒服合适的座位。看看这里的人，都是成群结队，转眼间又呼啦啦进来一队人，小餐厅顿时局促喧嚣起来。一个人挤在别人的队列中，总是生分和奇怪了，于是只想快快吃完走。

端着盘子从一群花花绿绿的登山服中间挤出来，那男人示意我过去坐，于是就过去。

炒河粉因为放了辣椒的缘故，呈现出粉红色，心里着急吃得快，便辣到有些烧心了，皮肤的灼痛还在，肺腑又开始燃烧，吃不下去了。

男人也不说话，大概也是嫌吵，悠闲不在，反倒有些焦躁，手里的茶一口气喝掉，像是要走了。果然起身背上相机，我像找着很好的机会，也站起来表示要走，男人便对我笑笑，于是一起走出去。

"来湖镇做什么？旅游？"他这样问我。我承认，男人声音的品质远超过他的相貌给人的印象。

"算是吧！"我答到。

男人笑笑，说，"我来出差。"

走出餐厅，男人要上楼回房间，我要出门去买创可贴，于是各走各的。

夜晚的湖镇和白天呈现出完全不同的装扮，所有水岸边的灯光都亮起来，倒映在湖水中，想想也该是秦淮一般艳丽的景色，然而却不，湖镇毕竟偏远，见不到太多声色犬马的场景，霓虹下的夜色也清亮了许多，欲望溶解在水里，也就减退了热度。

湖镇的大小湖泊其实都是相通的，乘游船可以一一经过，于是，乘船夜游湖镇便成了经典的旅游项目。晚上在湖镇闲走，总有当地的年轻人上前招揽生意，姐姐游湖吗，游湖吗，票价三十，马上开船，不要错过……

还有当地的妇女，在湖边卖一种叫"酸"的小吃，应当是一种泡菜，名字却相当诗意。

还有不知是当地的或者外来的孩童，追着成双成对的游客，兜售手中的玫瑰花或者康乃馨，都是怏怏的，看不出漂亮来。

宗桂告诉我，白天可以租自行车游湖镇，晚上还是坐船吧。

于是照着地图走到号称是湖镇最大的码头，排队买票，却遇见了那男人，和很多人一起支愣地站在售票窗口旁边，这些人想来当是他的同伴了，每个人身上都挂着一个小牌子，大多数都穿白色的衬衣，那男人的咖啡色亚麻衣在中间就相当显眼。他冲我挥了挥手，就走了过来。我说这么巧。他说是啊，这么巧。然后就闲聊。他说他们公司来湖镇开年会，也算是旅游休假的福利。我说这还算出差呀？他说当然是出差，因为不来也就没有假期了。我还在想这句话怎么理解的时候，他的同伴们开始招呼他上船，于是他便离开。

待我买票的时候，票价就不是三十元了，窗口的小姐说，这里是正规游船，普通票价五十元，三十元的都是私营的小船，而最近的一班普通游船要二十分钟后才发船，如果不想等，可以跟着豪华游船，马上就可以走了，票价八十元。

于是买了豪华游船票，进码头的时候，检票的小姐告诉我是蓉湖1号船。

在码头很容易就看见这艘被称作蓉湖1号的豪华游船，它其实只是比普通游船多出一层船舱而已。底层的船舱已经快满座了，仔细一看正是那男人公司的那些人。这才明白为什么售票的小姐那么急切的要卖出豪华游船的票，原来只是为这团队的游船补齐空位而已。

我的座位在船尾，靠窗，旁边的座位空着，想必是没人来了。刚坐下来，船便开动了，马达声盖过周围所有的声响。

我没有看见那男人，竟然有些失落。

我在北京也坐过船，是在后海，两人乘一只船，没有马达，要用脚踩着自行车踏板一样的桨前行。那是后海开满荷花的初夏，我和小莫把小船滑到后海中央，那只有桌子大小的鸭岛就近在眼前，鸭子们也不怕人，扑棱扑棱的在岛与水的边缘振翅待飞。沿岸酒吧传出的音乐此起彼伏，错落没有章法，小莫摆着舒服的姿势，喝着大罐的百威，直感叹夜色良好。那夜我们都聊了些什么已经想不起来了，只记得那是北京最好的季节，也是我与小莫最好的时光。

与小莫分手之后，我仔细计算我们的爱情有多长，却始终失败。所以我知道了，不是所有的爱情都像旅行一样有起点与终点，爱情是交错复杂的立体图形，有时爱情已经开始了，你却毫无知觉，有时爱情已经离开了，也并不通知你。但尽管如此，还是有些时刻、场景、味道、声音……会帮助你记忆爱情的历程，这也是爱情独有的计时方式——有些瞬间就是爱情的永恒，也有些永恒只是爱情里的片断。

不记得与小莫在一起多久，只记得好像四季都过完了，而那个初夏，就是我们的永恒。

后来我也与一些不同的男人、以不同的名义去过后海，却不再坐后海的船。

眼下在船上，想念小莫，我才明白旅行并不在风景，而在人。周围的人都是陌生的，湖光山色也只是平淡场景，并不惊心。想起刚去世的阿桑这样唱"我一个人看书写字，到处走走停停"。

突然感到周围的人开始骚动，纷纷起身，原来是船上的导游建议大家去甲板上看一处具有当地特色的风景，于是大部分人都去了甲板，船舱空了许多，游船仍兀自前行，没多久，人们又三三两两地回到了船舱，我决定也去甲板上看看。

出船舱便撞见了那男人，身边跟着一位艳丽的女人，我们相视一笑，久有默契的样子，那女人也并不理会我，直接进了船舱，男人停了下来，跟我上了甲板。

若不见他身边的女人也还好，见了心里就有了变化，明明知道这只是短暂的旅程，连萍水相逢都算不上，却还是有些酸酸的，像要争风吃醋的样子，自己都觉得好笑。

船已经开过了刚才那处风景。

男人问怎么一直见你一个人。

我说我本来就是一个人出来的。说完又觉得后悔，女人孤身旅行，本来就不安全，还明明白白地告诉人家，怕有引狼入室的嫌疑。于是就懊恼自己的幼稚。

男人说要不跟着我们公司的旅行团吧，省事。他指的也许是排队买票这样的事情。

我心里迟疑，本来是出来散心的，和大群的陌生人一起不是我希望的，然而又不愿意直接拒绝这男人。

没等我回答，男人好像觉出这建议提得实在唐突，于是又说，"当然，跟着旅行团也不自由。"

我笑笑，算作同意他的话了。

然后又扯了些关于湖镇风光的闲话，但看得出来，男人并不健谈。

正说着，游船突然停下来了，我们站在船尾马达附近，明显听出来马达的声音突突突的不正常了。

船坏了！我说。好久没有的焦虑感又出现了，我明白自己是缺乏安全感的人，旅游本身已经耗费我太多的勇气，我再也经受不起途中的任何变故。

男人说，好像是坏了，没事，会修好的。

而周围的人，好像并没有受到抛锚的影响，依然三三两两站在甲板上说话，沿岸的霓虹打在他们脸上，呈现出鬼魅的变化。

男人笑我怎么看起来这么紧张。我反问他你怎么不紧张。他说，出门在外，这是常有的事，何必这么紧张。然后他很悠闲的点支烟，问我要不要也来一支。

我摇头，却不自觉地抓住他的胳臂，那团被我留在北京上空的黑云又出现了，我觉得眼前发黑，想要晕倒，我感到我把自身的重量全都押在了男人的胳臂上，头在往下沉，男人胸前挂着的小牌子就到了我眼前，我恍惚的看见了小牌子上写着的名字——"蓝竹"。

男人应该是被我吓住了，伸手搂过我的腰让我站起来，动作凶猛，该是很着急了。

但他凶猛的动作却是起作用的，我眼前的黑云仿佛被他驱逐了。

他问，你没事吧，别吓我。

我说，没事，晕船，刚才太紧张了。

他说，开玩笑吧，晕船不是这样晕过去的，我们去船舱坐吧。

然后依然伸手搂过我，往船舱走。我瞥了一眼甲板，看见两个船员已经打开甲板上的门，探身去查看马达，但好像并不起作用，船依然不动。

另一个船员在用对讲机喊话。

蓝竹。我叫到。

他怔了一下，随即一笑，说是，然后问我叫什么名字，我也就告诉他了。

在船舱坐下，他给同事介绍我，只说是在北京的时候就认识，这次偶遇上了。他的同事们看上去并无恶意，也不追究我的来路，只是说些笔记本电脑、手机型号的话题，我插不上话，也无心聊天，在一条抛锚的船上，看隔岸人们的市井生活，都是那样的可望而不可即。

后来另外一条船出现了，游客都被安排上了另外一条船，继续游湖。我依然心有余悸，但其他人好像并未受到影响，在另外一条船上继续之前的谈笑。

蓝竹是个怎么样的人呢？我在想，他身形瘦弱，连一张脸也是狭长而单薄，也许人并不年轻了，但气息还是清澈的。我固执的认为男人是有清浊之分的，这与年岁无关，有些人虽已年老，气息却依然清爽，有些还年轻，神色却已经浑浊了，蓝竹当是清爽那一类的，他衣着干净、素雅，举止之间有些儒雅的气质，雅致的人容易让人觉得高傲不可亲近，然而蓝竹却没有，由于他习惯弓着背，他的人看起来是谦逊的，有些时候甚至有些卑微。

他会做什么样的工作呢？在公司里，他自己是这样说的。也许是做手机或者电脑的公司？他定然是已婚的，未婚的男人没有这样的从容平静，他们更多焦躁不安，不喜欢暧昧，妄图把任何事情都搞得清清楚楚。他有小孩吗？是儿子还是女儿？……

这些我都不知道，也没有太多的兴趣，这是他在北京的日常生活，而眼前的他，只是湖镇的一名游客。

然后就一直听导游讲解，蓝竹也没有再多说什么话。

那晚从码头走回旅店，是十点钟，由于船的故障，比预计的时间迟了半个小时，一直和蓝竹待在一起，路上遇见小孩向蓝竹兜售单支的玫瑰花，小孩巧舌如簧，"先生买一支吧，送给女朋友，姐姐这么漂亮，买一支吧"，这样的场景大概我们在北京都见过不少，我慌忙说"不要不要"，蓝竹看看我，然后指着前面他的同事对小孩说，"你去找他买，他有钱。"说完还诚恳地对小孩点点头，小孩疑惑地看看蓝竹，又看看前面漫步的一对，是蓝竹的同事和刚才在甲板上与蓝竹待在一起的艳丽女人，便奔跑过去了。

回到旅馆，这才知道原来他的房间就在我旁边。各自回房间之后，我想起这一天之内发生的太多巧合，想起把我当成蓝竹女朋友的卖花小孩，已经不能不让我把自己与这个男人联系起来了，然而我又仿佛少了些热情，只是想想，然后就过去了，并不明确。

给宗桂打电话，没有应答，就准备睡觉。睡着之后电话却响了，正是宗桂，她说你还好吧，刚才在KTV，没听见电话响。

我就告诉宗桂，我与湖镇这地方水土不合，中午被车撞，晚上坐船遇上抛锚。宗桂咯咯地笑，说人算不如天算呢，你听天由命吧。我说谁来拯救我啊。宗桂说，你这个怨妇，只有爱情可以拯救你。我呵呵一笑不作答。宗桂就又说，怎么了？难道有艳遇了？我说你真是八卦，我要睡了。宗桂说，不说算了，明天怎么安排？我说还没想好。她就说，常规线路是该游桃花江了。我说知道了，明天看情况。

其实我当然知道明天该去桃花江，承接蓝竹公司湖镇旅游业务的旅行团导游，刚才已经通知过明天乘船畅游桃花江。这与我当然是没有关系的，但是我还是想去，是因为蓝竹吗？不知道，也许只是因为不想一个人。

躺着床上才想起刚刚在船上的那次头晕，这是来湖镇之后的第一次头晕，会不会与中午被撞那一下有关？我越想越觉得后怕。人在经过撞击之后，有时候症状要一两天之后才能显示出来。我之所以知道，因为我是出过一次车祸的。

那个时候，小莫刚刚开上一辆二手的白色捷达，我们给车取名小白。有一天晚上从酒吧出来后，没开多远就遇上了夜查酒后驾车的警察，小莫年轻气盛，小白嗖的一下就擦着警察飞驰而过，没有停下来。我心里紧张，却不敢说，我知道小莫一定也同样紧张，但是他一边加速一边安慰我，说这个时候只有逃跑才是最好的选择。不知道是不是一种报应，慌不择路的小莫遇上了连续转弯，小白一定是来不及减速，当小白对直撞上了路边的电线杆时，我连安全带都没来得及系好。

我只记得我是趴在米色的安全气囊上醒过来的，小莫拼命地把我从车里往外拉，他在说什么我已经听不清了，只记得嗓音带着些哭腔。而从撞车到我醒来的这段时间到底有多长，我已经想不起来了，也许是五秒钟？也许是五分钟或者更长？我看见小白委屈的杵在电线杆上的样子，知道小莫肯定心疼坏了，我们蹲在地上一言不发肯定有一分钟，这是绝望的一分钟。一分钟后，小莫站起来说，不能这样，警察来了查出酒后驾车就完蛋了，然后就打车让我走，说剩下的事情他来处理。

我就傻乎乎的打车走了，还好后来警察并没有追上来，小莫把事故处理得还算妥帖，只是短命的小白，再也不能回复当初的模样了。

本以为这件事情就过去了，但两天后我和小莫都开始恶心呕吐，去医院都被查出有轻微的脑震荡，需要休息。

接下来的一个月里，我和小莫再也没有坐过汽车，只是每天待在家里休息、吃药，连需要稍微动一下脑筋的事情也都不做了，我们变得嗜睡，整天整天的睡不醒，有时候在梦里，撞车的瞬间会突然出现，清清楚楚地就在眼前，我时常惊醒，再看身边的小莫，虽然睡着，眼皮却还在跳动，知道他睡得多么不安稳。这样的时候我会在心里说，这是上天的考验，只要我们坚持过去，便再也没有什么力量能把我们分开。

那是在我和小莫去后海划船之前，车祸之前并不觉得小莫比我以前那些男朋友更特别，但正是那次车祸让我认定，小莫与我命中注定会有一段长久的、难解的、相爱的历程，小莫与别人不一样——上天通过特别的方式把这一点告诉了我。

然而分开我们的，不是别的力量，正是我们自己。

想起小莫，还有小白，便再也睡不着了。

于是起床拿出IPOD，里面有一些电影，挑出一部《美梦成真》来看，是讲跨越阴阳两界的爱情故事，主角死亡的原因又都是车祸。才觉得有时候生活与电影有着惊人的相似，甚至生活比电影更像电影，电影还会顾及情节的逻辑，而现实的生活却完全不管不顾。比如如果没有头晕症，我会不会这样焦虑多疑，小莫会不会离开我，我会不会去抓蓝竹的胳臂，而如果没有小莫，我会不会有头晕症？现实何尝考虑过其间有着怎样的逻辑？

第二天醒来已经是正午，湖镇没有北京那样的艳阳，日光像隔着一层纱一般倾洒下来，我躺在床上，确认自己没有头晕，才慢慢地坐起来。想起今天是去不了桃花江了，暗暗嘲笑自己，也许我根本就不想去坐船游桃花江的，也许我是害怕在船上再一次出现头晕，也许我还害怕被摩托车撞倒会留下什么后遗症。

我习惯纵容自己，尤其在头晕的症状出现之后，尤其在小莫离开我之后，我知道此前有小莫纵容我，此后就只有自己才能纵容自己了。而小莫对我的纵容，也许也与那次车祸有关，他始终相信我的头晕是那次车祸的后遗症，认为对我负有责任，才会对我给予了百般的耐心，只是，我连小莫这百般的耐心都消磨掉了。

我却以为头晕与车祸没有必然的联系，车祸已经过去了很长时间了，而头晕才出现。我以为头晕代表着我正在老去，再也不是年少轻狂了，身体率先向我发出了衰老的信号。

我像个老年人一样缓缓地起床、洗脸、沏茶、看电视，连服务员来打扫房间的敲门声都让我的神经绷紧。我真是无药可救了。

直到下楼吃饭，才知道原来蓝竹也没有去游桃花江。

我在他身边坐下，问他怎么还在这里。他说，"吃早饭没看到你，想你今天肯定不出去了，就一直在等你。"

我心里又颤了颤，问是吗？等我做什么。

蓝竹却没有回答我的话，而是问"今天觉得怎么样，有没有好一些？"

于是我告诉他昨天被摩托车撞倒的事情，却没有说一段时间以来的头晕症，我想这已经足够解释我在船上的不适了。

蓝竹淡淡地说原来如此，也没有表现出过多的惊讶。他说，应该没有大碍，今天休息一天，明天我们去桃花江，不跟旅行团了，我们自己去。

我疑惑地看着他，目光显然是不信任的，我以为他并没有解释清楚，为什么是我们两个人去游桃花江。

蓝竹却有些不好意思了，说，我也不想跟着旅行团走，但是没办法，后天我就要回北京了，明天可以自由活动，我想既然我们都没有去桃花江，明天还是可以去看看的。

如果在北京，以我的性格肯定是不会答应一个还不熟悉的男人这样的要求的，但是这是在湖镇，也许有什么东西就和北京不一样了，听蓝竹这么一说，我不自觉地就应承了他，说，那好。也不再提头晕的事。

其实，"一江两湖"就可以将湖镇的水景大致归纳起来，两湖指的是晚上夜游的大小湖泊中较大的两个——蓉湖与枫湖，一江便是白天乘船游的桃花江了。

桃花江并不在湖镇内，而是绕镇而过，像一把勺子，把湖镇乘起来。

去桃花江的渡口叫作桃花渡，比游湖的码头要小一些，我和蓝竹一早乘出租车赶到这里的时候，开船的时间尚早，我们买好船票，便趴在渡口的护栏边无所事事地等着。买船票时，我瞥见蓝竹钱夹里一张照片，像是三口之家的合影。

江面上像落着一层烟雨，青灰色的长练款款流动，远处喀斯特地貌造就的山峦，像顽皮孩子散落的积木，我们迎着风站着，这种感觉实在太奇妙了，空气中的味道都是特别的，人仿佛置身在不属于自己的另外一个世界。

蓝竹嬉笑地说，"桃花江，桃花渡，看来该有桃花运了！"我斜睬着眼睛看看他，他咧嘴一笑，有些调皮的样子，我说，"看不出来呀蓝竹。"后半句话我没说出来——你也该是成过家的人了，他笑笑说，"这么好的景色，像是为爱情准备的一样。"这就很直白了，我不知道该怎么作答，于是就不说话了。

说实话，我并不讨厌蓝竹，甚至还有些喜欢他，这个总是彬彬有礼的男人暗地里却有些小顽皮，让人怜爱。然而我以为自己还没有多余的心思来感受这为着爱情准备的景色，我还时常想起小莫，和蓝竹待在一起的时候也不例外，我还时常纠结在自己的头晕症里，仍犹豫着不敢觊觎一段艳遇。

大概是气氛太过沉闷了，蓝竹又说，"好像有一首诗，就是桃花什么桃花又什么桃花的，想不起来了。"

我说"我知道，是唐伯虎写的，桃花坞里桃花庵，桃花庵下桃花仙；桃花仙人种桃树，又摘桃花卖酒钱。"

蓝竹兴奋地说，"对，对，就是这首，啧，桃花仙人种桃树，又摘桃花卖酒钱。这样的生活多好啊！"

"看不出来你还这么诗意。"

"我大学的时候写过诗，还想过要当诗人，我们那个年代诗人是很受欢迎的。"

"现在呢？还写诗吗？"

"不写了，哪里有时间啊，要上班，正事都忙不过来，每天像个陀螺一样转，又不知道是为了什么。"

我想这大概是每个写过诗的人都会问自己的问题吧，于是说，"是啊，现在太现实了。"

蓝竹只嗯嗯地说是，大概也是觉得这是一个太虚无的话题，就没再继续下去。

该上船了，顺流走三个小时的水路之后，我们会到达桃花江上的另外一个渡口，那里有一个类似于湖镇的小镇，我们计划下午从那里坐汽车回到湖镇。

桃花江有着诗意的名字，惹人浮想，只是江边并没有桃树，而是杨柳居多，都是绿色的，沿岸有些矮小的山坡，也是绿色的，在船上还能远远的看见绿色中掩映起来的各种小房子，该是当地居民的住所。

又想起刚才的话题，便问蓝竹，"如果让你在这样的青山绿水间住下，你愿意吗？"

蓝竹想都没想，就说，"当然，太好了，你不愿意吗？"

我说我不愿意，"太隔绝，不能上网，不能看电视，不能逛商场。"

蓝竹又想了想，说"也对，我们已经不能改变自己的生活方式了。"

我又说，"不过偶尔住两天还是可以的。"

"是，还是可以偶尔为之的，而且，我们也很需要这种偶尔的事情。"

我暗暗觉得他的话有所指，心里又对这样打暗语一般的对话充满兴趣，就说，"如果这种'偶尔为之'还可以帮助我们的话，当我们回到以前的生活方式中，不会那么焦躁了。"

蓝竹若有所思了一下，不自然的理了理格子衬衣的尖领，面对我说，"那就该是好事，对吧？"

我坦诚地对他笑笑，然后去握住他的手，他指尖冰凉，有虚汗。

然后他的手翻转上来，握住我的手，说，"这是好的桃花运，不是坏的桃花运。"神情仍然严肃得像个孩子。

我装作没有听懂，问，"你在说什么啊？"心里有些属于爱情的东西就开始漫溢出来。这种感觉很奇怪，小莫仍然在心底发酵，散发出酸酸的味道，而蓝竹的气息，又有些甜蜜。难怪说爱情是复杂的立体图形。

我想起宗桂说的，只有爱情可以拯救我，也许我只是在用蓝竹拯救自己？这样一想又有些惭愧，但只是一瞬间的事情，继而我又觉得在这样的地方，用爱情来拯救自己，其实也不是不可以。

想来想去也没把自己想明白，然后就看蓝竹，仿佛他能给我答案一般。

他看上去像沉了沉心情，用一种讲故事的口吻说，"我其实是中规中矩的人，从小就很听话，上学，工作，结婚，生子，按部就班的。"轻叹一口气。

我清淡的说，"说这些干嘛？"

他说，"你不觉得奇怪吗？我们？"

我点点头。

他说，"你比我年轻，我还不了解你们是怎么回事，但是我们，就说我吧，如果在北京，肯定不是这样的。"

我大概明白了他的意思，我又何尝不是呢，只是现在我们没有在北京，我们在我们的生活之外。我和小莫的爱情就是从北京开始的，认识很久之后才相约一起吃饭，又许久之后才开始约会，有一段漫长的互相喜欢却都不表白的时期，才终于走到了一起，宗桂说，我和小莫这种近似于古典主义的爱情故事已经不适合如今的快节奏了，但我此前却依然固执地认为，这是爱情唯一正常和正确的萌芽方式。这么看来，蓝竹与我就是不正常的，奇怪的，或者，轻率的。

但是我没有说出来，我只是说，"我也是。"

他说，"那让我多了解你一点吧。"

我明白他是想让我多说说自己的事情，但我却总以为没有太多必要，如果我们把手握在一起只是因为这条桃花江，只是因为我们都需要这种"偶尔"的话，那要何必太过真实呢？

我只是狡黠的答了句，"好啊。"

船外这条桃花江并没有多少特别之处，江上烟雨慢慢化作细丝，敲打窗户，当地的孩子两人一组，划着纸条一般的竹筏，敲打游船的窗户向游客售卖各式工艺品，斗笠、佛像，甚至还有小型的兵马俑，有些破坏气氛，但还真的有一些穿着短袖、身形肥大的外国妇人打开窗户买来斗笠，一顶二十元，看上去像是义乌制造。

午饭也是在船上吃的，自助餐，炒粉、炒饭之类的，还有免费的可乐和啤酒，蓝竹取来啤酒，靠着窗户喝起来，我认真地看着他，想起在后海的船上喝百威的小莫，不知道他现在过得怎么样，没有了我的依赖，是否会生活得更自由和轻松，再也不用在熟睡的深夜被失眠的我吵醒，再也不会因为要陪我而推掉同事的聚会，更不用听我唠叨那些在他看来其实是莫须有的头晕症。

如果真是这样，那我其实并不怨恨他的离开。

头晕症，希望今天不要再出现。我并不奢求一次旅行就能治愈我不知是心理还是生理的头晕，但只是祈求桃花江上片刻的美满不要被头晕症破坏掉。

蓝竹并不曾知道我的隐忧，如果他知道，那也会破坏掉眼下的场面。至少在船上的每个人看来，我们都很像一对旅行的情侣，而不是萍水相逢、各怀心事的两个人。我们十指紧扣、眉目传情，旁若无人的亲吻，悄声的说话，或是幸福的大笑。蓝竹带着相机，却一直没顾上照相。

但蓝竹也一定是有自己的心事的，我看得出来，从他的眼睛里。

在蓝竹身后，窗外雨丝依旧，雨丝之后，便是天空。

他说他的工作，关于某种电子设备的公司，在西直门，他试图向我解释清楚他所做的事情，但是失败了，不过看着他费力的样子，我还是装作听懂了。

他说他的大学，在北京郊区，他上大学那时三环路才刚刚建好，从学校只有一趟公交车可以进城，周末上公交车一看，全是认识的同学。

他说他的成长，小时候随父母从江苏迁到湖南，刚到湖南的时候，有两年时间不能上学，因为湖南话一句都听不懂，到现在也不会讲。

我说我的工作，四平八稳的差事，于是就觉得时间过得很快，转眼毕业就若干年了，想起来就好像只过了一天一样。

我说我的大学，电视专业的学生上课就是看看电视，然后讨论讨论，没觉得怎么样也读完了。

我说我的成长，来北京之前一直待在一个地方，一直讲那个地方的方

沉 沙 149

言，但这些年过去之后，再要讲当地方言之前，还要想一想，才知道该怎么说了，有时候想一想，也想不起来该怎么说。

也不知道为什么，就是不说小莫。

三个小时的水程因为蓝竹，好像也并不漫长，快到终点的时候，仿佛永远在下的细雨居然停了，有白晃晃的阳光出来。

在渡口两侧，捕鱼的鸬鹚成双地站在渔民的竹筏上，还未上渡口，便听见小镇里姑娘们拉开嗓子的吆喝声，沿着桃花江传得很远，清脆极了，仿佛太阳也是被她们喊出来的一般。

下船时，我是有些恋恋不舍的，我不知道刚才的一些感觉是否只存在于这条船和这条江上，我不知道当我们上了岸，回到人群中，一切会不会就立刻回到从前了？就像《海上钢琴师》里名叫 1900 的主人公，一旦回到陆地，便失去所有灵感。

蓝竹却很高兴的样子，他说，终于到了！

从渡口走一段人字形的石阶，便看到了这个远比湖镇小的镇子，我们甚至都忽略掉了它的名字，它只有一横一竖两条小街，街边盖着两层的小房子，一楼多是商铺，卖各种东西的都有，二楼应该就是用来居住的地方了。

两条小街没什么特色，不过十分钟就走完了。

蓝竹看上去有些失望，说，走了三个小时到这里，结果不到十分钟就看完了。

我说，我们本来就是游桃花江的啊，又不是来看这个镇子的。

蓝竹说，也对，但是现在怎么办，立刻回去吗？好像又不甘心。

我说，是啊，好像白来一趟一样。

蓝竹说，有了，我们拍张照片吧。

然后就找个路人要和我拍张合影，路人还不太适应蓝竹过于复杂的照相机，蓝竹又给她解释了半天，然后又试拍了几张，我们才成功的合完影。

蓝竹说，好了，现在不是白来一趟了，照片作证。

我说，那我们可以回去了。

蓝竹说，给我留个电话吧，回去把照片给你。

我说，等一会吧，找张纸写给你。

然后我们就揣着找纸和笔的愿望，在镇子里的两条街上又转悠了一圈，这次看见一个店面正在开门做生意，把木板门一扇一扇拆下来，又摆出桌子椅子来的店老板，居然是个金黄头发白色皮肤的外国男人，这是一家咖啡馆，馆里还有一只懒狗在睡觉。

我们好奇地进去了，老板用很好的中文给我们打招呼，还问我们吃了吗。

我们说吃了，你是老板吗？

外国人说，是的，我开这家咖啡馆已经两年了。

我们问，一直住在这个镇子吗？

外国人说，NO,觉得好就住下来了，以后还会去别的国家的。然后就问我们要点什么。

我们说，来杯咖啡就好。

老板就去做咖啡。蓝竹感慨说，还是人家能够适应这世外桃源的生活。

我说，是阿，他们还没有被城市宠坏。

镇子再小，也是桃花江上仅有的两个渡口之一，来湖镇必游桃花江，游桃花江必来这个镇子，人来人往，咖啡馆的生意应该还是不错的吧！

咖啡上来之后，蓝竹说，就把电话写在杯垫上吧，电影里都是这么做的。

我说好，找老板要了一支笔，想了想，最后只写了一个邮箱地址。

蓝竹奇怪地看着我，说，不把电话告诉我吗？

我张皇的说，不是要给我照片吗？发邮箱就可以了。

我之前并没有想过电话号码要对蓝竹保密，但是就在我下笔的一瞬间，却十分的紧张，手机号码就像通往现实的一条通道，仿佛只要我打开这条通道，眼前的一切都将被现实淹没。我并不是生来就如此封闭，我只是一个人在疑虑与不安中待得太久了。我只是习惯了自己这样，并不是喜欢这样。

蓝竹也许并不能理解。因为他看起来好像有些气愤，但是没怎么表现出来，只是再说话就有些淡淡的，漫不经心的样子。

蓝竹淡淡的，我就觉得待下去也不是很有趣，喝完咖啡就提议回去吧，蓝竹顿了顿，说好。

到这个时候，与蓝竹的对话反而变得冷了。仿佛彼此之间越熟悉，表情上就越是不动声色、若有似无，我隐约觉得这竟然像和小莫最后的时光了，那时我已经太适应小莫的存在了，几乎认为他就是应该这样待在我身边，从来没有想过有一天小莫也会离开我，以至于在小莫离开之后很久，我依然回不过神来，某些时刻里突然明白，原来小莫已经不在这里了，就知道爱情离开之后，还留下了记忆，但记忆是永远都不会离开的。就算身在异乡，还是会陷入回忆。

三个小时的水路，乘公共汽车一个多小时也就到了，下午回到湖镇，看见天气已经不再阴沉，空气中的水雾已经散去。仅离开了半天，感觉却像很久了。

在旅店门口，遇见了蓝竹的同事，那个漂亮艳丽的女人，像在北京国贸或者金融街随处可见的那种女人，精致得不真实，仿佛是一个模型里做出来的，女人依然不看我，径直去叫蓝竹"你去哪里了，大家要去买些土特产，你也一起去吧！"语气柔和却不容质疑。

蓝竹看看我，我说"我累了，想回房间休息，你去吧！"

蓝竹就对女人说，"行，什么时候去？"

说这话时，他带着些许北京的味道，表面的、假装快乐的。

女人说，"别的人已经先走了，我回来拿太阳伞，你跟我走，还能追上她们的。"

女人说话时，我没有停下来，而是直接上楼，回了我的房间。

这是下午的湖镇，湖面反射的阳光让房间的光线动荡不安，恰似杜拉斯在《情人》里描述的房间，《情人》里还写到"时间若水消失于沙"，流水很快就逝去了，但沙粒却固执的沉淀下来，鲜活的保留住关于时间的记忆。

我无法让自己平静。旅行就像生命中被切除掉的那一块，再被强行安插进另外一种生活之中，待你刚要适应的时候，又被抽走。这样的过程，并不能拯救什么，也不能改变什么，人们终将要回到习惯的地方。我们无法过漂泊的生活，像那个咖啡店的外国老板一样。

胳臂处的伤口已经开始发炎，我却没那么在意了，也许是以为这样的一道伤疤反倒可以让我确信，我的确来过这里，有过这段经历。但是，伤疤也总有愈合的那一天，就像我和小莫在撞车之后四肢留下的瘀青，不过三个月就再也不见了踪影，那些当初看似不可能逾越的困难处境，现在想来也不过如此，在时间的流逝中我们都渐渐康复过来，渐渐的再也察觉不到车祸遗留下来的任何痕迹，这个过程也许很缓慢，但结局总是一样的。小莫在一个月之后就又可以开车上路了，他好像轻松的就消灭了心中那些余悸，我坐在副驾驶的位置上，也不会再有什么担心。有时候我觉得很困惑，人到底是健忘多一些，还是难忘多一些，我以为自己会刻骨铭心的事情，却轻易忘记了，而我以为自己会很快忘掉的东西，却始终忘不了。

在这一点上，我理解不了自己，就像理解不了自己为什么会头晕。

我相信我的头晕和当初的车祸没有关系，这完全是两种不一样的感觉，头晕是眼前发黑，是每次都觉得自己将就此晕过去再也不会醒来，是绝望的感觉；而车祸带来的反应，被医生称做作微脑震荡的，是像吃了恶心的东西那样的难受，甚至反应的部位也不一样，前者是在头部的周围，像头被绳子勒住一样，后者是在头顶正上方，像头被重物压住。

晚上，蓝竹回来了，敲门，还举着一小瓶湖镇特产的米酒，他说明天就要走了，飞机又不能带，还是今天都喝掉吧。

把一小瓶米酒分成两杯，我们碰杯，我祝他一路顺风，他说谢谢。我说，关于碰杯，我也写过一首诗。

他惊讶地说，念来听听。

"深夜喝酒，
还是深夜喝酒
拒绝碰杯
你说那
是白天才做的事情。"

蓝竹就笑了，说你是现编的吧。

被你猜中了。

你们这样年轻的女孩，怎么会喜欢诗呢？

为什么不喜欢呢。

你们可以做的好玩的事情那么多。

他小口地抿着酒，却很用力，像要把什么东西给咽下去，他一直把我归结为"年轻的"，把自己视为"年老的"，让我们就这样隔着时间对立起来。

蓝竹说他回北京的飞机是明天早上，然后问我什么时候走。

我说很快，也许就这两天了。

我本来还想说回北京再联系吧，却终于没有说出口。

于是就不知道该说什么了，两个人都瞪着电视机，各自喝酒，电视上正播着其他城市的天气预报，场面有些荒诞。

蓝竹突然喝完杯中剩下的酒，站起来吻了吻我的额头，然后说，那就这样吧，我走了。

我仰起脸看他，他像要说什么，却又忍住了。

我想说，就这样走了吗。却也没说。只是看着他收拾好酒杯与酒瓶，把烟灰缸里的烟头熄灭倒进垃圾桶，然后转身去开门。

这时，我突然说，回去把照片发给我吧。

他走过来抱住我，没说好，也没说不好。

现在回想那天晚上的一切，正如桃花江水一般，款款流动，在阴晴的变化中，出现不同的反射角度，我想，如果非要给记忆寻找到一个具体的形象，也许最合适的就是那一江春水了吧。

回北京的当天，我的邮箱里就有了蓝竹发过来的两张照片。

第一张，是第一天在旅店二楼的走廊偶遇蓝竹的时候，我被摩托车撞过之后回旅店，正遇上他，拍得很慌乱，对焦也不准，画面模糊，但能看见我紧张和狼狈的样子。

第二张，是我和蓝竹在桃花江边小镇的合影，对焦也不准，可能因为是请路人拍的缘故。我的样子看上去依然紧张，蓝竹则是谦逊和羞涩的。

我在电脑上轮番看这两张都很模糊的照片，就又想起了在湖镇的时光。

那天蓝竹抱住我，却不说话，很久之后，我说，如果晚上没事，就陪我吧？

蓝竹松开我，叹了一口气，然后说要先回房间。

也许是因为刚喝过了米酒，一天没有出现的头晕又来了，我支撑着不表现出来，斜靠着墙壁，眼前发黑，我尽力使自己看起来像在微笑，对蓝竹说，好吧。

蓝竹好像没有发现我的异常，只是爱抚的帮我理了理头发，吻吻额头，仿佛还拍了拍我的头，说了一些话，就离开了。

蓝竹走后，我终于可以蹲下来，经验告诉我，在头晕的时候，这样的姿势可以让头晕在最短的时间内缓解。我努力在想蓝竹最后都说了些什么，却始终想不起来。我不知道他说要先回房间是不是意味着他还会再过来，于是我就觉得自己不能晕倒，我要等着他有可能再回来。

待头晕终于过去的时候，我想起来自己刚才说，想让蓝竹留下来陪我。

而事实上，蓝竹也终于没有再来。

蓝竹在发来照片的同时，附有一封非常简短的信，只写了一句话：常在念中。

我想起那夜在湖镇的最后一次头晕，觉得已经过去了很久，回北京的飞机上我的感觉还不错，起飞降落都没有头晕，回到北京，甚至感到欣喜若狂，仿佛那空气中浮尘的味道都是为我的归来而特意准备的一样。

下飞机先接到宗桂的电话，还未等我说话，宗桂便先把她供职的那家国字头的媒体咒骂了一番，这是她最正常的开场白，泄愤之后，才问我，回来啦？

我说是啊，回来了！

她说，听上去气色不错。

我纠正她，气色是只能看的，听是听不出来的。

她说，不管了，旅游还是很有用的吧！

我说，是的，托你的福！

宗桂就很幸福的在电话那头夸张地笑，让我很羡慕。

那一刻，我知道自己终于回到了北京城，回到了我努力逃离却终于还是回来的地方，那些高速公路和地铁站，像忠厚的朋友守望着我的检阅，打开家门，闻到久不住人的房间才会散发出的气息，我的富贵竹又黄了两片叶子，其他陈设如故。这就是家了，不离开不知道它的好，就算家里没有人等着你回来，也是你最后的一块温柔阵地。

看到蓝竹发来的照片和信之后，我也给他回了一句话：我也是。

第二天起床先打开电脑，要从网络开始，慢慢适应在北京的城市生活，依次打开 MSN、QQ，打开博客，打开新浪首页，我像老园丁一样把它们依次照看一遍，最后，才打开了邮件。

两封邮件，一封是淘宝网的广告，另一封是蓝竹。

直接删除广告，看蓝竹的邮件，蓝竹说，今天或者明天晚上，都在东直门银座办事，如果可以，让我去找他。

我立刻就回了信，说没问题，我今天就去。

蓝竹在西直门上班，我在东直门。我们在城市的两端，各自守望。

我还是很想要见他的。

于是这一天就过得很漫长，我依然在年假之中，不用上班，无所事事，偶尔想想湖镇的时光，总觉得快乐，偶尔又觉得不应该和蓝竹在北京见面，是不敢，怕在这个城市华丽的背景之下，我们显得太贫乏。

事实证明我的担忧是对的。

那天突然变得很热，在天气问题上，北京从来不会含混犹豫。

黄昏的时候，我坐地铁到东直门银座，天空中有黄沙，下班的白领们疾走或打望，都像从黄沙里出来的一样。想起那出老话剧《恋爱的犀牛》的开场，主人公站在舞台聚光灯打亮的地方，神色迷离，他说，"黄昏，是我一天中视力最差的时候，一眼望去，大街上全是美女。"便觉得他面对的，也该是这样一种场面。

黄沙和美女一样多，裹挟着头发飞舞，它们仿佛从未想过要沉落。

按照约定的时间到达约定的地点，银座一层大厅，风卷黄沙的景象就被留在了外面。不到一分钟，就看见蓝竹从正对着我的电梯里走出来，他穿得很正式，衬衣领带，在明晃晃的灯光下神采奕奕，用北京的方式跟我微笑、打招呼。于是我就知道了，蓝竹再也不是那个穿着绒衣，趴在走廊尽头的木窗前，用照相机镜头观察世界的旅行者。

在上岛咖啡坐下来后，两个人都显得有些无所适从，不知道该说什么该做什么，我环顾四周，几乎已经坐满了人，也难怪，眼下正是在楼上写字间上班的员工们下班吃饭聚会谈事情的时间，灯光黯淡，有人在笔记本电脑上敲敲打打，也有人很谨慎地在交谈，好像没有我和蓝竹这样只是面对面坐着却无所事事的人。

我说，"你这样我还有些不习惯。"

蓝竹在我对面，坐姿很标准，两手交叉放在膝盖上，这让他如此持重老成，仿佛随时准备睡去一般，他问"我怎样你不习惯？"。

我说，"不知道，也许是换了地方，换了衣服吧。"

蓝竹笑笑说，"在楼上的公司办事，所以……"

说这话时，我发现，当他笑起来的时候，那些熟悉的气息会从眼角唇边泄露出来，而当他不笑的时候，我就不再认识他了。而或许，我本来也不认识他。眼前这个人仿佛跟我并不相干，我们之间隔着黄沙漫漫。

蓝竹问了问我的身体，又聊了聊北京与湖镇不同的天气，尤其抱怨了一下今天的沙尘，他本来也不是一个健谈的人，没多久，便又陷入了沉默。

我也不知道该说什么，也的确没有什么话可以说。那些关于诗歌、风景及旅行的话题在这里说起来好像都不合时宜，蓝竹还问起我的工作，那是一份闲差，进行起来总是四平八稳、不徐不疾，我三言两语就可以解释清楚，而他说起他的工作，那又在我所能理解的范围之外，只知道是一种生意。

我觉得我好像面对着一个远房的长辈，很陌生，对彼此的状况都不了解，我表现出了必需的礼节及尊重，却感觉不到什么亲切。

我终于把我的感觉说了出来，"在桃花江的时候，我们好像不是这样的。"

蓝竹说，"我也觉得。"

我问，"这是为什么呢？"

我想知道的其实是，我们有时候会离开习惯的地方，经过机场和旅店，听混杂的口音，带着复杂的行李，就算明明知道最后还是会回来，这到底是什么原因？

还是要许久以后，才能明白这理由是什么。

蓝竹说，"我想，总是有一些原因的吧。"

然后我们就决定各自离开，走出银座大楼的时候，我以为蓝竹会拥抱我跟我告别，但是他没有。

此时，天色已经黑下来了，黑暗盖住了所有的沙尘，显出一种别样的安静，这安静是表面的，其下，喧哗依然如白天。

我执意不要他送，让他先走，最后蓝竹就说了再见，然后上了他的黑色帕萨特，这是我最讨厌的车型——中规中矩的、平稳的、笨重的、压抑的，我看着他离开，他的举动统统显出一副让我厌恶的平庸模样，在北京有太多这样的男人，过着舒适的生活，却有着无趣的脸孔、沉闷的身体。

我不知道蓝竹对我是否也会有这样的厌恶，但是我终于知道了，回到北京，我们将永远是路人，有些感情将只属于一些特别的地方。

我和蓝竹的故事，其实早就结束了。

还有我和小莫的故事，其实也结束了。

天 下 无 敌

  彭坦十三岁生日快到了，刘爽想送他九十九枚游戏币。游戏币是让小娄去买的。五毛钱一枚的币，小娄给了游戏厅老板八张伍元的人民币。八张钞票捏在手心，像是小娄在课桌底下偷偷揉刘爽雪纺的烟灰色裙子——他希望可以一直这么揉下去。直到他把八张钞票揉成八个纸团，被光头老板丢进抽屉，小娄瞥见抽屉里黑乎乎的一层钞票上星星点点的几枚硬币，不屑地想，四十元钞票，该把这抽屉砸出八个窟窿来了吧？

  小娄自己，每次最多只买两块五的币，自然没有折扣。五枚币足够小娄玩一个下午。运气好，还能留下两枚，在晚自习的时候在课桌上转起来，让刘爽猜正反。她是个没什么运气的女人，极少猜中。于是这游戏便比魂斗罗还有趣。反正她输了也不会像其他女孩生闷气，而是爽快答应小娄的条件——愿赌服输，他们从《古惑仔》里都学来这道理——有时她会给小娄两块五，第二天小娄用来买五个币。

  后来她竟赢过一次，这关键的一次小娄掉以轻心了，在按下旋转的游戏币时，没悄悄瞥一眼正反，或者在手心里让它偷偷换个方向。小娄来不及后悔，因为刘爽已经开出了胜利者的条件——她要小娄去帮她买九十九个游戏币，因为彭坦要过生日了。她觉得，游戏币是有创意的礼物，比起女人们喜欢送的那些纸鹤和幸运星来说。而且九十九个币，该是沉甸甸一袋子，丁玲当郎，浪漫实用。她为这想法得意。

  "他是双鱼座！"小娄不知道为什么自己第一反应竟是彭坦的星座。他因为星座看不起彭坦，所有人都知道，双鱼座的男人像女人一样软弱，他们多数还会大段背诵《情深深雨蒙蒙》的台词。尤其彭坦，身上还有鱼腥味。

彭坦家在菜市场卖鱼，彭家鱼铺是菜市场里门面最小的一家。小娄见过彭坦穿黑色雨衣样的围裙在门口捞鱼。他怯生生两手横握捞鱼的网兜，好像那是重得不得了的什么东西。小娄高喊"又起风了、又起风了"，从彭家鱼铺前跑过，在菜市场永远湿漉漉的地面上，啪嗒啪嗒踩出几朵爽快的水花。不锈钢的方形大鱼盆里，密密麻麻的黑鲤鱼受到惊吓，制造出一场小规模动乱。彭坦总是惊叫着后退，大了几号的黑色橡胶雨鞋，摩擦地面发出刺啦啦的声音。网兜已掉进鱼盆，小汪洋里的动乱开始升级。小娄在菜市场继续正步前行，心里想的，是坦克大战的第一百二十五关，难度为八级，那绝对是真正的男人，才能抵达的高峰。

"九十九啊，九十九啊，又起风了，又起风了……"小娄整个晚上念叨。"我不买，要买你自己去。"他说，想象着刘爽也许会温柔一些，然后请求他帮忙。

"你去不去？"刘爽凶起来，就算瞪大了眼睛，她也依然可爱。她轮流捏着两手骨节，像要挥拳前的预备动作。小娄感到无奈，为自己遇上刘爽这样不柔情不善解人意的女人。她当然不会自己去买，谁都知道，在县城从没女人去游戏厅的事，何况还要一次买九十九个币。

"除非，你求我！"小娄说完又觉得，其实没必要这么说出来，那倒像是小娄在求她了。

"好，你求我啊！"刘爽总是知道怎么对付小娄。

小娄当然会去游戏厅买九十九个游戏币。

老板是个光头男人，一枚一枚数游戏币的时候，微翘兰花指。小娄不可避免又想起彭坦，他颤巍巍握网兜的时候、往黑板上写代数证明题的时候，也这样翘小拇指。于是小娄很不高兴地吼，"快点，快点，我还有事呢！"

老板的声音跟兰花指一点儿也不协调，他粗着嗓子说，"你有鬼事，坦克大战的一百二十六关还没过么，都给你了，我还做生意呢，怎么周转……"说着，老板又停下数币的动作，想去搂一把小娄的头，尽管怒火中烧，小娄还是能敏捷躲过这个男人汗津津的巴掌。小娄的魂斗罗已经通关了，这种反应能力，实话说没几个人有。

小娄烦躁起来，催老板，九十九个嘛，先讲了半小时价钱，现在又数这么半天，至于么？何况，真少几枚币小娄又不在乎，这堆深浅不一的币，终究又不是小娄的。小娄想着一会儿还得去菜市场，把游戏币拿给卖鱼的彭坦——刘爽这么要求的，"我不能去，他妈在那里，我怎么去？"刘爽说，她对付小娄的凶悍，在说到彭坦的时候，就像那些被消灭的坦克，轰地一闪，没了。所以，买游戏币的是小娄，送游戏币的还是小娄。

从游戏厅出来去菜市场的路上，小娄思考着坦克大战第一百二十六关的战局。他已经在这一关浪费一星期了，比通过前面一百二十关总共花费的时间还要长。这是不可忍受的失败，必须重视。他一星期没跟刘爽炫耀战绩，这已经影响到小娄的自信。刘爽这女人其实非常势力，除非小娄勇往直前像魂斗罗一样把坦克大战通关，那一共是一百三十关，她不会对他真正服气。刘爽跟初一二班那些总凑在一起搞地下工作的女人们不太一样，她从不参与她们的"妇女工作"。"八婆们又开始搞妇女工作了。"她是这样说她们的。刘爽只独来独往，因为小娄这些男人们的事，其实跟她也没什么关系。但至少她懂，她知道魂斗罗和坦克大战需要智慧，里面有深奥的技术问题。如此小娄才能跟她讨论战况，不像那些搞妇女工作的女人，提到游戏厅的时候，她们只会尖着嗓子威胁要告诉老师，那大概是她们妇女工作的一项重要内容。

刘爽在语文作文本的最后一页，画了表格，用来记录小娄的重要数据——坦克大战每一关的得分和用时。这是小娄的光荣榜。他会在一百三十关后，把它保存珍藏。就像半年前，那张魂斗罗的表格那样，贴在床边，紧靠枕头的位置。每天醒来，小娄都能看见刘爽细细的字。她写的9特别好看，就像她自己，拖根细短的小马尾，马上要飞起来的小马尾。小娄枕头边的墙上，现在还空着一个位置，那是为坦克大战预留的。他本来以为不需要留太久，可现实比计划要艰难得多。他越来越感到道远任重，于是连脚步也沉甸甸了。

彭坦这天没有在彭家鱼铺门口站着——小娄看来那完全没有必要，他反正也不会捞鱼，站在那里算什么？"算个招牌，他是他妈的招牌。"小娄这样对刘爽说过。彭坦这样的男人其实就是个招牌，用来放在广播体操的队首、升旗仪式的旗杆底下，放在期末考排名的前面几个位置上，放在他妈的鱼铺门口……

"你才是他妈的招牌！"刘爽的拳头突然捶在小娄背上，像魂斗罗里的一记空拳，软绵绵的。她以为他在骂彭坦。

小娄只好解释，"我是说，他是他们家鱼铺的一个招牌，是他妈的一个招牌……"又觉得没必要解释，因为彭坦的确是他妈的招牌。

"你想当招牌，还没地方要去呢。"刘爽答，她为什么从来不好好跟他说话？她对初一二班的男人们女人们都不厉害，偏偏在小娄面前变成魂斗罗里那个女战警。小娄想不通，只觉得这可能也算一种特别的关系。有时想想，好男不跟女斗，心里就不再委屈了。有时又觉得好男不跟女斗，只是因为好男太好了，而女人太恶。你不穿防护、赤手空拳面对她，她铁甲钢拳、全副武装地跟你打。这不是恶是什么？

可是，刘爽再恶，小娄也不能以恶对恶，这才是真正可恶的地方。她其实也有对小娄不那么厉害的时候，比如她埋在语文作业本上画表格的时候。按两人的数学成绩，要快速画出小娄的得分曲线，不太可能。彭坦倒是擅长画双曲线，他曾因为在几何课上添加过几条匪夷所思的辅助线，被老罗大赞为天才。天才？小娄觉得老罗肯定没见过彭坦捞鱼的样子。天才应该会知道，怎么在网兜和鲤鱼之间找到那条最省力的"辅助线"。

小娄本来想告诉刘爽，彭坦不打游戏，至少下午放学到晚自习前那三四个小时的空闲时间，小娄没在游戏厅见过彭坦。小娄不明白刘爽为什么非要送游戏币给彭坦？游戏币明明是小娄最需要的东西。上个月小娄过生日，刘爽问他要什么礼物，他就是这么说的，那时他就已经在坦克大战的第一百二十三关了。最后刘爽只送给他半块橡皮，她说，同桌的你以后不要找我借半块橡皮。

彭坦需要的，也许是一柄轻省的网兜。彭家鱼铺那副黑漆漆的生铁网兜，对彭坦瘦小白皙的胳臂来说，明显太大了。但小娄没有告诉刘爽这些，刘爽其实一点也不了解彭坦。小娄也不希望她了解彭坦。其实，没有人了解彭坦。

彭坦家的鱼铺这天看起来也生意兴隆。小娄挤在菜市场各种颜色塑料布搭建的摊位中，先窥探了一番。魂斗罗取胜的关键，不在一击即溃，而在看准时机出击。小娄举着胳臂，挡住半侧脸，默念着小神通出拳的动作。校服左边的口袋被九十九个币坠住，像戴着什么沉甸甸的凶器。

　　彭坦在鱼铺里面，坐在很低的小凳子上。十几个大大小小的不锈钢盆，围绕着他，都像是等待发动的坦克。彭坦就这么被坦克包围着，两手举一本书。看那书封面的颜色，小娄认为那是英语课本。彭坦看一眼书，再看一眼天花板。他在背单词。

　　鱼铺外面，捞鱼、称鱼、装袋、收钱，正忙个不停的是彭坦的妈妈。小娄认识她，她不认识小娄。其实县城所有人都认识她。但从没人见过彭坦的爸爸。现在她身边那个白白胖胖的矮男人，听说是彭坦的舅舅。彭坦妈妈是县城最胖的女人，又一直在这里卖鱼。小娄还听说，她其实吃得很少，但因为某种激素低下，所以才像被水泡过一样，但她又总是显得有气无力，软绵绵，像沙包。小娄两年前曾疯狂想要一个沙袋，挂在家门口每天练拳。现在每次看见她，小娄都会想起自己没有实现的沙袋梦，觉得时光飞逝、又起风了。

　　"又起风了"是彭坦的外号。他把这句话写在初一的第一篇作文里，被教语文的唐疯子三番五次引用，表扬了大半学期。小娄这些男人们觉得，"又起风了"，的确是不错的句子，武侠小说里大侠出场前，都会起风，但这不该是彭坦写出来，彭坦看上去太像那种受了欺负会把妈妈叫来解决问题的男人。彭坦可以添加辅助线，可以用英文回答"我很好，谢谢！"，但彭坦怎么能写"又起风了"呢？

　　现在，又起风了。彭坦的妈妈颤巍巍拎着两只水桶，走进鱼铺的木板门。两条湿淋淋看不出颜色的深色门帘，挤在两边，还是被呼啦啦掀开，一阵让人打冷战的凉风。

　　彭坦胆怯地看着他妈妈，小娄觉得他也许马上就会用英文对她说，"我很好，谢谢"。但她只是把两只桶同时墩在地上，又指着外面说了些什么。彭坦就站起来了。他走到鱼铺外，摆出横握网兜的招牌动作。

　　"又起风了。"小娄嬉皮笑脸走过去，对彭坦说。

"你别笑我好不好？"彭坦看了小娄一眼，又低头去看鱼，认真地说。

小娄想了想，说，"什么话，我什么时候笑过你？"一边把两手插进口袋，装作这是一次很轻松的男人间的谈话。口袋里的游戏币在发烫，小娄一枚一枚在手里捻过。

彭坦没答，腾出一只手，从口袋里摸出一袋跳跳糖，递给小娄，一脸期待的模样。

小娄说，不客气。便一把把跳跳糖拿来，又撕开，全倒进嘴里。一阵酥麻，让小娄说不出话来。他想，彭坦是想用跳跳糖堵他的嘴么？这么想着的时候，小娄突然有了个想法。

"你是去游戏厅么？"只有彭坦才会问这么无聊的问题，就像他在晚自习上把老罗问住的那些问题一样，但小娄不明白，老罗为什么不对彭坦生气？小娄只问过老罗一次问题，被老罗扇了一巴掌。老罗说，这么简单的问题，自己想。

这大概是下午五点。小娄刚刚离开游戏厅的时候，光头老板正在看《鉴证实录》第三十集片头的广告。下午五点，当然是一天中最好的时间，小娄既不是刚放学，也不是去上学，从下午四点放学到七点上晚自习，这三个小时是小娄一天中最忙的时候，尤其坦克大战没什么进展后，他需要更多的时间磨炼战术。小娄浪费了这一天的黄金时间，都是为帮刘爽给她的彭坦送生日礼物。小娄开始觉得这事很不划算，刚好跳跳糖都咽下去了，于是他忍着舌头的麻意，说，"我，刚放学，顺路。"小娄如果穿过菜市场回家，可以少走很长一段路。

"明天我生日。"彭坦说。

"我知道，刘爽说了。"

"她说了？她还说什么了？"彭坦又问，小娄才觉得说漏嘴了。

"没说什么。"小娄答。

彭坦又拿出一袋跳跳糖，像是调教宠物一样递给小娄，小娄这次没接，虽然一袋跳跳糖三块五，是奢侈品。彭坦说，"我十块钱买了三袋，我过生日，请你吃。"彭坦自己撕开跳跳糖，小心翼翼舔了一小口，显得心满意足。小娄第一次见彭坦这种吃跳跳糖的方法，觉得怪怪的。彭坦又把半袋跳跳糖装进校服口袋，校服上深一块浅一块的水印，好像永远也干不了的样子。

彭坦可以买十块钱的跳跳糖，在小娄看来这是不可想象的事情。彭坦的早饭从来都是五毛钱的素烧饼，连五毛钱的火腿肠都舍不得加。但不知道彭坦为什么能长这么一张又白又饱满的脸。只是，彭坦的白不是他妈妈那种透明的白，他跟他妈妈长得并不像。他可能像爸爸。小娄听人说过，彭坦是被妈妈裹在一床小被子里，又装在一只鱼桶里带到县城来的。那时县城的河里还有鱼。后来一个男人也来了，他对人讲自己是彭坦的舅舅。那是彭家鱼铺最讨人喜欢的人。舅舅在县城有过好几个女人，那些女人都喜欢穿白色的高领毛衣或者白色的健美裤，用白色的塑料袋让舅舅给她们装几条新鲜的野生鲫鱼。野生鲫鱼熬出来的汤也会是白色的。彭坦妈妈的眼睛，永远半睁半闭，但是眼皮底下也露出一线光，用来算账。不知道她用了什么办法，反正那些鲫鱼的钱，最后女人们还是交出来了，装在湿湿的塑料袋里，给彭坦买早上五毛钱的烧饼，交学校的午餐费。彭坦的舅舅有时会跟某个穿白衣服的女人说起他可怜的姐姐，他说，彭坦的爸爸，是县城本地人，大学生，本来在农科所好好的，中毒死了。他姐姐才带孩子来县城，因为他们在水乡老家没亲人，只剩下打鱼的手艺，但在那里用不上，那里的河里早就没鱼了。来了后知道，彭家人也都不在县城了。

"那你怎么也来了？"人们喜欢这个长相白净、说话软绵绵的年轻人。他其实也不打渔，彭家鱼铺的鱼都是从附近鱼塘买来的。

"我帮忙来，她有病，还拖着孩子。"他说。

后来人们都说，他给姐姐出力。白天出力，晚上也出力，但多数时候还是白天出力——人们总会看见彭坦在鱼铺门口站着，那都是因为他的"舅舅"和妈妈，在鱼铺的二楼"出力"。

穿白衣服的女人越来越少了，县城的女人们都开始穿花里胡哨的衣服。彭坦的妈妈倒是白，但那是因为病。她有时也穿白色的围裙，看上去不像卖鱼的，而像面点师傅。穿不了半会儿便脏污了，或者湿淋淋的，又摇摇晃晃去鱼铺的二楼，换成那条耐穿又显瘦的黑围裙。他们都住在鱼铺的楼上。这地方潮湿，人们喜欢住得高一些。彭坦也住在鱼铺二楼。他的另一套校服，现在就挂在二楼窗外，往鲤鱼身上嘀嘀嗒嗒滴水。彭坦的衣服总是有生鱼的味道。他自己大概也是知道的，所以他总是离人很远地说话。这一点上，他倒和刘爽一样。小娄是喜欢热闹的人，自己也不明白为什么会喜欢刘爽这么不热闹的女人。也许不热闹的女人会显得好看，小娄从武侠小说里得出这样的结论。可是不热闹的男人，就很难让人喜欢了，比如彭坦，小娄觉得他总像跟谁有仇的样子，虽然彭坦并不凶悍，看起来又那么软弱。

彭坦不打游戏，但会满脸好奇地听小娄这些男人们谈魂斗罗和坦克大战，小娄有时觉得他根本就没听懂，可是他又总能时不时接上两句话，听来还真是那么一回事。小娄对此无法理解。有一次，小娄就分给彭坦三枚币。彭坦显得很感激，也昂首挺胸地随小娄进了游戏厅。彭坦用三枚币把坦克大战打到了五十一关，这无论如何都是一个高手的成绩了。小娄不高兴，觉得彭坦深藏不露，是有心机的，于是当天晚上便给刘爽说了很多彭坦的坏话。"又起风了，他第一次打坦克大战，还是用他的兰花指。"小娄原本希望让彭坦出丑的，游戏厅毕竟是小娄的天下，彭坦这样的"招牌男人"不应该出现在这里。

但刘爽说，"彭坦就是这么厉害，他总第一！"小娄默默地愤怒，不明白为什么只有自己才看出来，彭坦并不像他表面那样。小娄决定再不跟彭坦聊坦克大战。在彭坦兴冲冲过来时，小娄只不咸不淡地说句，又起风了。

彭坦大概也知道小娄不高兴。彭坦说，一定会还小娄三枚币的，只是需要三天时间。那大概是他三天的早饭钱。小娄大手一挥，表示一笔勾销，不计较。不过一块五么，只要彭坦别再玩坦克大战。于是彭坦看起来还有是感激小娄。彭坦没还小娄三枚币，但主动把自己的代数作业拿给小娄抄，在班会课上也把小娄的名字从迟到名单上擦掉，但小娄并不领情，至少绝口不提再请彭坦去游戏厅的事。后来彭坦大约也觉得无趣，仍还是独来独往，再和小娄说话时，又回到了一米外的位置。刘爽大概看见了这些，她才想要给彭坦送游戏币，这是小娄更无法接受的。刘爽太自以为是，小娄不知道说她什么好。

小娄想起自己上个月生日，爸爸给他买了三百元的耐克鞋，从省城买的，又想起口袋里四十元买的一包游戏币，以及两张五块钱的钞票，又突然觉得有些底气了。

彭坦说，他舅舅给的十块钱。小娄不知道彭坦的舅舅这么大方，不像彭坦妈妈，他妈妈称鱼的台秤上，总汪着厚厚的一层水。

"好吧，我走了。"小娄说，一边往二楼看了看，彭坦的校服晾在那里，空荡荡的。彭坦的舅舅，也许正在楼上给他妈妈"出力"，就像小娄自己给刘爽出力一样——虽然小娄并不知道那个矮壮的男人都需要为那个白胖女人做些什么，但小娄确信，自己和他一样，因为他们都没什么选择，只是被一些奇怪的力量困扰，然后，就像进入死胡同的坦克，怎么也冲不出那一百二十六关。小娄不知道彭坦是不是也有相同的体验，所以彭坦才很不喜欢小娄抬头去看二楼的窗户，彭坦含着跳跳糖，嚷起来"你，看什么？"

"我没看什么，我要走了。"

彭坦想说什么，又没说出什么，可能是跳跳糖正在嘴里炸开，让他没法说话。

小娄趁机问，"你舅舅很有钱吗？"

彭坦说，"他欠我的，早该还来。"

小娄把抽屉里一个装幸运星的瓶子倒空，里面褪色的九十九颗幸运星，快要塞满垃圾桶了。他想了想，又把那些纸条折出来的星星都倒进马桶，用力摁了冲水按钮。星星们吞吞吐吐不愿沉下去。

他心里对袁圆高喊着，去死吧，八婆。那些星星，连同这只玻璃瓶，都是袁圆半年前送给小娄的。

袁圆不应该给初一二班的女人们说小娄喜欢刘爽，袁圆也不应该说刘爽——袁圆说刘爽的爸爸是坏人，因为他爸爸让县城钢铁厂的所有工人都没工作啦。

袁圆和小娄的爸爸，以前都是钢铁厂职工。他们一年前开始讨论"买断"，为要不要被"买断"犹豫不决，后来每人都带回一个不厚的信封。信封里的钱，第二天被小娄的爸爸拿去买了十张理疗床垫。袁圆说，这都是因为刘爽的爸爸，分管钢铁厂的副县长。

小娄觉得，刘爽的爸爸跟刘爽其实是两回事，但初一二班总共二十三人来自钢铁厂，二十二个都不同意小娄的看法，他们都听袁圆的。袁圆小学复读过两年，现在个头最高、年龄最大，头发最短、眉毛画得最浓，无论哪一条都代表威严。袁圆曾把刘爽堵在教室放扫帚的角落，让刘爽把走路姿势改一改，别一跳一跳的。刘爽费力地翘着嘴吹开挡眼睛的几缕头发，吹完后，她拨开袁圆，还是一跳一跳地走了，把头发甩得像小狗在拼命摇尾巴。袁圆那时刚留级到初一二班，她需要让人改改走路姿势，以确立自己的威信。所以袁圆的星星，活该进马桶。小娄把九十九个游戏币都装进玻璃瓶，在手里掂量一下。这比纸条叠出来的星星，可是重太多了。

为感谢小娄买游戏币、送游戏币，刘爽说，事成后要请小娄去她家，吃西餐。小娄把一瓶游戏币端端正正在写字台上放好，就去刘爽家吃西餐。

刘爽家住在县政府大院。门口传达室里永远有十几个人挤在里面，等着进入大院。有时门口还有横幅，地上有粉笔写的大字。曾经有个巨大的"冤"字，粉红色粉笔写的，显得可爱。

小娄可以自由进出县政府大院，虽然他也是钢铁厂职工的孩子。可他认识刘爽，也就认识了传达室那些人，他两手插兜走进去的时候，传达室还有个声音冒出来问，"又给刘爽送作业啊？"

小娄答，"是啊，作业太多了，才做完。"

刘爽刚洗了头，头发全都湿漉漉贴着头皮。小娄一下没认出她，只闻到一阵猛烈的奇香。"她用了什么毒？"小娄想着武打片里那些会放毒的小妖精，觉得再没有比这更好的事了，除非坦克大战通关。

"我洗头了，我现在每天洗头，你洗不洗？"刘爽问小娄，一边用一个巨大的梳子梳头，把头发都歪到一边去。

小娄不打算洗头。

刘爽给他看洗发液瓶子，说，"潘婷，你摸，滑不滑？"刘爽让小娄摸她刚梳好的头发，小娄只摸了一下，觉得滑是滑，但是太凉。

"你真不洗头？"刘爽又问一遍，小娄摇头。

"送了吗？"刘爽梳好头，先问这个。小娄坐在餐桌前点头。他来过刘爽家很多次，因为帮刘爽送作业，有时还是送彭坦的代数作业——小娄先抄，抄完再拿来给刘爽抄。刘爽从来都是一个人在家，她爸爸，管钢铁厂的副县长，是县城里最难见到的一个人。政府大院门口那些人，都等着见她爸爸。

"他说什么了？"刘爽探身到小娄跟前，急急地问。

"他说，他说谢谢。"

"就只说谢谢了啊……"刘爽显得失望。

"就只说谢谢了！"小娄答。

"哎"，刘爽叹口气，过一会儿说，"我要做西餐了，你发誓你得吃。"

小娄于是发誓，她又说，"不吃的，是狗。"

刘爽去了厨房。小娄等在餐桌前，觉得十分无聊。桌上玻璃大盘里的苹果，已经瘪了，一个个挤在一起，像刘爽生气的时候把小脸挤在一起的样子。除了苹果，这里的一切都是新鲜的。大理石的地板很新鲜，落地的音响也新鲜，墙上镜框里不认识的书法字自然也是新鲜的，连真皮沙发上白色蕾丝的坐垫，小娄觉得也是新鲜的，这总让小娄想起，坦克大战里自己的坦克被消灭了，新坦克又闪着白光出来了。小娄在大理石地板上照自己的影子，又去音响前假装摇着麦克唱《光辉岁月》，最后才坐在那白色蕾丝坐垫上。很快，还是觉得无聊。小娄想去厨房，但刘爽这女人竟然把厨房门锁起来，里面轰隆隆地开着抽油烟机——刘爽家连厨房都可以上锁。

小娄只好站到窗前往外看。刚好是县政府下午下班时间。门口那些坐在马路边的人，都不见了。每到上下班时间，县政府便会驱散这些人。这都是因为刘爽半年前出的事。她放学回来的时候，被这些人围了起来。有几个男人想绑架她。只是光天化日，而这些人又没统一意见，反正刘爽很快就平安得救。她倒是心平气和，对小娄说，"就是眼前一黑，你知道我在想什么吗？我在想在省城吃过的麦当劳，好想再吃一次。"小娄不知道麦当劳是什么，只是觉得这种事为什么自己遇不到？挟持、绑架，还眼前一黑。小娄认为这可能是因为县政府门口的那些人都住在钢铁厂，也都认识小娄，所以他们不会对小娄下手。但小娄从来不想理那些人。因为他们肯定会告诉小娄的爸爸，小娄来政府大院了，当然是找刘爽来的。小娄的爸爸不喜欢刘爽，他认为跟副县长有关的，都不是好人，虽然小娄的爸爸从来不来县政府门口坐。小娄顾不上那么多。小娄的爸爸忙起来，暂时也顾不上他。他在卖理疗床垫，逢人便说颈椎和床垫的关系，人造革的包里都是彩色的床垫广告。广告上有一个没穿衣服的女人，背对人，睡在床垫上——小娄也才有了脚上三百块的鞋子和每天两块五的游戏币。

小娄第一次吃西餐。

西红柿切碎，用酱油炒开，成了紫红色的酱，看上去有点恶心，还好是浇在一只煎鸡蛋上。倒是刀叉很漂亮，小娄觉得适合做暗器，闪亮、小巧又锋利。

"银的。"刘爽举着小刀，小娄觉得她举着刀的样子很诡异。于是煎鸡蛋也吃得战战兢兢。西红柿太酸，又放了太多酱油，太咸，不好吃。

小娄问，"有辣椒酱吗？"

但刘爽说，"彭坦有没有说他什么时候去打游戏？"

"没说。"小娄忍住，继续吃又酸又咸的西红柿，突然觉得沮丧。

刘爽吃得很香，她可能习惯吃西餐了。

她说，"彭坦有了九十九个币，可以把坦克大战打通关了，他上次是打到五十一关么？"刘爽可能真是这么认为的，小娄想。但小娄总觉得这里有什么问题，毕竟彭坦跟他们都不一样，刘爽喜欢按自己的想法去推测别人，就像她邀请小娄用潘婷洗头一样，就像她给小娄吃这难吃的西红柿一样，就像她爸爸对钢铁厂做的那些事一样……

不过，那又有什么关系，刘爽长那么好看，细长的马尾现在披在肩上，有柠檬的香味。她可能从来没闻见彭坦身上的鱼味。小娄从没见他们说过话。她只是经常看着彭坦，好像她现在看着西餐的神情，彭坦在黑板前做例题的时候，在队伍前做操的时候……那样的时候，她不可能闻到鱼味。她有时会故意迎着彭坦走过去，但彭坦总是脸一红，急急躲开她，像是做了什么不光彩的事情。彭坦发作文本，每次念到刘爽的名字就开始结巴，刘爽便很得意，下一次课间，便会把胸脯挺得更高马尾甩得更欢，冲彭坦奔去，直到彭坦躲闪不及，两人的肩膀不可避免撞一起。刘爽会傻笑一节课，而彭坦会脸红。

这些事情，就像酸西红柿，小娄很不喜欢。他更不喜欢一边吃酸西红柿，一边听刘爽聊彭坦。所以，他一直不说话，任刘爽嚷，"你哑巴啦？你哑巴啦？"

小娄后来说，"我走了，晚自习要迟到了。"他从不在乎晚自习会不会迟到。

刘爽似乎生气了，想拦住他，堵在门口说，"你什么意思啊？我还做西餐给你吃呢，彭坦到底还说了什么？不许走！"

小娄还是别过身，打开门，走了出去，一边说，"你别惹彭坦好不好，他跟你不一样！"

他听见她说，"走了别回来！"

小娄也明白，刘爽是想他留下的，因为她不能出门。自从那次未遂的绑架后，刘爽就再也走不出县政府大院。她上学放学都坐县政府的小车，尽管只有一公里远。小娄无法想象如果每天除了上学只能一个人待在家里，那会是什么感觉。刘爽的妈妈也不在县城，刘爽说她一点都不想妈妈，她大概很小的时候才见过她，所以现在没什么印象。小娄想象刘爽每天用柠檬味的潘婷洗洗头，关起厨房门用酸西红柿做西餐，等小娄来送作业。

有一次小娄见刘爽在试一双新鞋，是黑色高筒的皮靴。那看上去更像男人穿的东西。她洋洋得意说，这是军靴。她要去当兵了。军靴真的不好看，太野蛮，无法把她纤细的脚踝露出来。小娄更喜欢刘爽烟灰色的裙子。她十三岁，暂时当不了兵。她不觉得等待是一件磨人的事情，她告诉彭坦，很多时候她只是待着，不说话。因为她一个人在家，当然没话说，小娄想。

走出政府大院的时候，小娄觉得委屈，因为西红柿在胃里发酸和翻滚，因为他从没跟刘爽说这么严重的话。他越走越快，不出两分钟便回到家。往常这条路，他总是要走五分钟。家里没人，理疗床垫靠墙摞起来，占满半套两居室。小娄如每天一样，朝床垫用力打两拳，疼得自己咧嘴，才去卧室拿那玻璃瓶，里面有九十九个游戏币，径直去了游戏厅。

坦克大战的第一百二十六关有两处陷阱，他很多次都因此损兵折将，大丈夫不拘小节，却总在小节上失利。他想今天要改变战术，也许冲一冲，反而能避开陷阱。反正他现在弹药充足，九十九个币，应该足够过世界上所有的难关了。他可以一直打到一百三十关。县城游戏厅的男人，没人能到一百三十关，那时他就真正天下无敌了。

是彭坦而不是小娄，把坦克大战打通关了。一个月后这成为县城游戏厅最轰动的事件。男人们在屏幕快速闪动的彩色光线中，夸张地说起这事，就像谈论那种恐怖的传说。

两周前开始，彭坦总是每天五点准时到游戏厅。他都是一个人来，每次都抓一把游戏币，数也不数，只给光头老板扔下十元钞票，有时人多，等机器要排队。但他打到一百关以后，就有人主动把机器让给他。因为看他玩坦克大战，是一件过瘾的事，男人们都愿意站旁边看，好像是自己在摆弄台面上红色绿色的按钮。他几乎不说话，开火的时候偶尔会大喊，但也只是大喊，男人们在进攻的时候都这么喊，并不表示什么。他用两周时间打到一百三十关——那是最后的战役，就像魂斗罗里最致命的一拳。所有人都从没体验过那么紧张的时刻，从前在游戏厅所向无敌的小娄，也不过夭折在一百二十六关——已经是奇迹了。现在，没人想起小娄，连小娄自己都在为一百三十关的战局提心吊胆——他认为自己比其他男人更理解那种感觉。

这天彭坦如常在五点出现，扔下二十块钱巨款。有人觉得不耻，认为他的战绩是用钱堆出来的，于是提出，小娄其实更厉害一些，当初每天五个币，也能冲破一百关。小娄却无法为此骄傲，谁都知道，他用掉九十九个币，也没打过一百二十六关。难以忍受的失败，带来巨大的耻辱，小娄一段时间都没再在游戏厅露面。

事情就在这段时间发生。彭坦找到小娄的时候，小娄还没什么感觉。彭坦给了小娄十枚币，这让小娄紧张，以为是刘爽的九十九个币的事败露了，但彭坦只说，这是还小娄的。彭坦还记得当初的三枚币。小娄问，这又是你几天的早饭？彭坦说，我现在有钱了，他会给钱给我。

小娄知道彭坦是说他舅舅，可是"他为什么现在会给你钱？"

彭坦停了半天，终于才说，"因为我知道他的秘密。"

小娄感到害怕，不知道彭坦是不是也知道了他的秘密？

有钱的彭坦每天去游戏厅，出手阔绰得像不打算活过明天。小娄拿着彭坦还的三枚币，才有勇气考虑要不要回游戏厅。最终小娄还是无法把三个币塞进机器。他的难关还没有过去，他知道这三枚币并不能帮助自己。

光头老板还在看《鉴证实录》，漫长的剧情刚演到第五十集，小娄不知道多少集才会是最后的大结局。小娄已经不相信"结局"这回事了，很多事都没有结局，比如刘爽本来想送彭坦的九十九个币，不过被小娄一个一个地塞进了游戏机那个小小的投币口，它们就像永远不满足的女人，九十九个币吃进去，依然空空荡荡，像什么事也没发生一样。女人们也是这样。刘爽早就不关心彭坦生日的这九十九个币了。她某天冲彭坦大步冲过去的时候，撞上了另外一个男人，或者是那个男人撞上了刘爽。那是初一二班最高的男人，所以他们的肩膀没能碰到一起，刘爽的头扎在他正隆起的胸肌上——这大概比跟彭坦碰肩膀更有趣，所以小娄在那之后经常看见，她把头扎在他胸前。

小娄有时想对刘爽坦白游戏币的事，但他逐渐意识到，自己已经失去机会了。刘爽不是一个聪明的女人，她根本没怀疑过小娄。她也许只会怪彭坦太迟钝，不理解她的用心。何况她已经不跟小娄同桌了，大概因为那顿不成功的西餐。她很快有了新的同桌。新的同桌也会出现在刘爽的餐桌上，那是比小娄更习惯吃西餐的男人。刘爽看起来也不在乎彭坦或小娄的坦克大战了。小娄注意到，她穿上了那双丑陋的军靴，咚咚咚一跳一跳走过的时候，像是老了十岁。小娄便希望她马上就去当兵，最好明天就走——这曾经是他最担心的事情。

小娄时常看见，高个男人小心翼翼避开县政府大院门房里的那些人，拿几本作业去找刘爽。小娄希望刘爽最好不要刚洗过头发，要么别再用柠檬味的洗发水。那干净的柠檬香味，就像被投币口吞掉的币，一点一点消失，最后再也没有了。

刘爽还是会跟小娄说话，"嘿，小娄，八婆们又开始搞妇女工作了。"小娄觉得，她可能都不知道他已经很久不打游戏，而那张记录辉煌战况的表格，他不知道是不是还在她的语文作业本上。

小娄只好让自己也忘掉这件事，安慰自己不过做了自认为最正确的决定。毕竟那时他多么需要那些小玩意儿。他需要闯过那一个又一个难关，那些币是必须的代价。而彭坦，有他自己的难关，游戏币帮不了他。他们不一样，彭坦曾想让自己跟小娄一样，但没成功，就像小娄还没学会怎么用英语借橡皮一样，不成功。这没什么，小娄觉得自己只是不能接受，正确的决定没有正确的结果。他无论如何还是冲不出一百二十六关，就像是被倒掉的那些幸运星，再怎么挣扎还是会落进下水道。裹胁它们的力量太强大，再挣扎也无益。在塞入最后一个币的时候，小娄几乎觉得胜利在望——不是通关的胜利，而是像那些星星们一样，他觉得自己终于可以放弃挣扎，就这么沉下去。他把币塞进去，跟按下马桶的抽水按钮，其实是一回事。

在听说彭坦的事情之后，小娄想起那种沉下去的感觉。

彭坦有时站在自家鱼铺门口，会看着二楼紧闭的窗户。窗户外那件晾晒的校服，像是一块没着落的白色纸片，在空中乱七八糟晃。彭坦在几何课上添加的那些辅助线，并不能将它安定下来。小娄猜想，彭坦可能是想去固定住那校服，才扔了网兜上二楼的。小娄从来没去过鱼铺的二楼，县城没人去过那里。人们不知道彭坦在二楼看见了什么，或者说了什么做了什么。彭坦每晚都睡在二楼的某张床上。那张床与其他床之间，也许只隔一块布帘。

人们只说，彭坦从二楼窗户冲出来，抓了一把那纸片一样单薄的校服——说明他不想死，想死的人不会挣扎着去抓什么东西。校服扯动了晾衣绳，这让他看起来很像一只风筝，晃悠悠，然后落下来。人们觉得彭坦果然太瘦，可以挂在晾衣绳上。

小娄不知道为什么竟想起彭坦那篇被唐疯子念过很多次的作文《难忘的一件事》。"又起风了。凉凉的秋风吹落树上的黄叶，也吹开记忆的窗帘，让一些往事露出。那不是愉快的往事，为什么还会被我想起？我想，因为那是一种提醒。对别人来说微不足道的小事，对自己却是大事，它一直在提醒你，那些你忘不掉的'从前'，跟'现在'一样无法改变，所以你要努力改变明天……"

没人死，死的是三条黑色鲤鱼，它们被彭坦压死的时候，可能都没想到，了结它们性命的是这个平时连网兜都用不好的主人。

彭坦的舅舅再没出现过。彭坦的妈妈后来把鱼铺转让给一个被钢铁厂买断的工人，然后搬去钢铁厂。在那里，他们几乎不花什么钱就能租来房子。白胖的女人便再不出门。打通了坦克大战的彭坦也再没去过游戏厅，有一次他告诉小娄，准备离开县城，可能会回他妈妈的水乡，鱼铺还是挣了些钱。

小娄想，其实彭坦对水乡完全没有记忆，水乡的人应该天生就知道怎么捞鱼。彭坦其实也不知道水乡会不会起风，会不会有凉凉的秋风吹落树上的黄叶也吹开记忆的窗帘。但彭坦看上去一点儿也不担心，也许是因为现在他终于不需要捞鱼了，也许是因为他已经把坦克大战打通关了，这是无人能敌的战绩，也许是他终于做了些什么，就像加了几条辅助线，然后解开了那些几何题。

又是秋天，又起风了，小娄枕头边墙上那个位置，还一直空在那里。但他不怎么注意了。再明显的空白，时间一长，也会习惯。

彭坦已经转学离开，唐疯子有时会在作文课上说到彭坦的作文，说得最多的，还是《记难忘的一件事》的开头，"那是一种提醒。对别人来说微不足道的小事，对自己却是大事，它一直在提醒你……"小娄一直在想彭坦在那篇作文里，到底写了一件什么难忘的事，但怎么也想不起来。他就想问问刘爽，又想起刘爽也走了。她爸爸给她改了年龄，让她去北方当兵，文艺兵，听起来很适合她。小娄于是又在墙上那张魂斗罗的表格里，找刘爽写的那个好看的9，想起那时对她说，"他跟你不一样"，她的回答却是，"走了别回来"，他觉得肚子里又有酸西红柿的味道了。

往 返

　　春夏交替是艺术区一年中最热闹的时候。只是这一年的热闹，乔远肯定要错过了。

　　他离开的时候仍是春天。只有在春天，娜娜才会把她齐齐的刘海统统向后梳起来，用一枚小黑夹子在头顶处高高别住，露出饱满得与她那张小脸已经不协调的额头。这样她才不必担心春天北京那些迎风而起的沙尘——那会吹乱她的头发，也足够让她方寸大乱。在春天之前的很长一段时间，娜娜走在路上的时候总是突然就停下来，然后急不可耐地掏出小镜子，查看自己的黑色刘海。这样的时候，她会显得过分紧张、忧心忡忡，像是丢了钱包手机一般心神不宁，她一手拿着镜子一手齐眉高举、手掌压住头发，极力以这样的姿势在不平静的天气里保持住某种自认为最好看的发型。

　　"我，受不了了，简直是，在风中凌乱。"某个突然大风的天气里，娜娜照着镜子，忍无可忍地这般抱怨。她说完便咯咯笑起来，像是发现了这说法里的幽默。权衡再三后，她会郑重做出改变发型的决定。于是第二天，通常会是另一个凄风苦雨的早晨，乔远便会看见娜娜那明亮的前额，以及头顶处那些亮闪闪的小发夹——整个春天，乔远都能从一些隐蔽的角落里发现被娜娜遗失的小发夹，他永远不知道那到底有多少。他们总是以这样的方式来告别北京漫长的寒冬。如果没有那引人注目的漂亮前额和小发夹，乔远在北京城东北这片艺术区里度过的三个短暂春季，想必会更沉闷。

那天，他想去吻娜娜前额的时候，一直在努力回想一分钟前还记起想要嘱咐她的什么事情。但他的思路被娜娜打断了，因为她的高跟鞋正费力地去蹬刹车。他不会理解高跟鞋踩刹车的感觉，他猜想那大概会像软绵绵踏进一口无底的井里。他已经不再对她穿高跟鞋开车这件事发表意见了——那会比杀了她更难。但他此时无比确信，司机娜娜正在让他们的桑塔纳缓缓向前溜去。

他嚷起来，"你专心一点！"

她吓了一跳，竟反把刹车踩死了。桑塔纳稳稳当当停住。一些扛着大包裹的车站搬运工只好绕过这辆车。他看见他们，在车窗外密集的人群里费力地想要杀出一条路来。

"干什么啊？"她眨着眼，懵懵懂懂地问。后视镜正好在她明亮的前额投下一处烦人的光斑。她伸手去够杂物箱，或许想要掏出墨镜。桑塔纳于是又动了一下，但她很快又踩住了刹车。

"你能不能专心一点，啊？先拉上手刹，行吗？"他喊道，像在发泄什么。

"又没事，你喊什么呢？"娜娜仿佛并不在意他说了什么，乖乖地拉上手刹。但她右脚那双黑色高跟的小靴子，仍然没有必要地死死踩在刹车上——她并不擅长开车，就像她在很多事情上都不擅长一样。

"好了，我是担心你，这不是儿戏，知道么？"他尽量平静，希望她能理解他刚刚经历过什么。他又想，自己现在顾不上那么多，也只能这样。

"放心吧！我想，我做得不错，你看，我开了这么远的路，待会儿我还会自己开回去的。"娜娜笑了起来。她戴上了墨镜，已经可以不必担心汽车后视镜在她脸上胡乱投下的那些光斑。她玫瑰色嘴唇此时的模样，显得有些得意扬扬。

"好的，我走了，照顾好自己。"乔远想去吻她的额头。她便很配合地向他探身过来，但她突然又停住了。乔远看见，驾驶座安全带已经勒进了她蓬松的白色外套里，像是被积雪掩埋的一串脚印，只留下一些似是而非的痕迹。她于是想去解开安全带，但被他制止——他开始担心她在驾驶座上做出的任何一个微小动作。她很顺从，把两手都乖乖停在安全带插口的位置上，没动。

在向她凑过去的时候，他听见她说，"我，不太放心，出了什么事？"

"不，你不要说。"他果断地打断她，很不客气。

尽管隔着墨镜，他还是看清了她惊愕的目光。

他现在不愿跟她谈论这件事，他马上要坐一夜火车回故乡的事——他接到电话，便直接去艺术区的门房找老李。老李果然有票贩子的电话，一个满是7和4的手机号，看起来很像是真的票贩子。打过去，那边竟是个女人。女人说，"没问题，江西么，能搞到的，加三百。"

他又回工作室匆匆收拾行李，看见娜娜正在专心摆弄一堆细碎的小首饰——她在艺术区的咖啡厅三心二意地做着一份服务员的工作。三心二意是因为，她不喜欢那身素黑的服务员工作服。于是娜娜在家的时候，会穿些古怪的衣服，这是她的反抗方式。那时，她便穿着一些胡乱的衣服，占据着他的画案。毛毡垫温和松软的质地，刚好可以让她的首饰们得到妥善的对待——它们铺满了整张毛毡，他的画笔和砚台被推到画案上最不起眼的角落。他突然觉得，其实他并不知道应该收拾什么，工作室里的东西么？显然没有必要。那用不上。也许应该拿上印章，他想。

他钻进里面的房间，那是他和娜娜住的房间。在大木箱子里那些女人的衣服中，他好像根本就找不到一件自己的衣服。几乎快把大木箱翻到底的某一刻，他突然明白，自己其实正在做着一些没什么用处的事情，但是他必须去做，像是画笔已经落在了宣纸上，浓墨已经晕开，一切都无可挽救。那再也不可能是一张白纸。

他坐在娜娜五颜六色的衣服中间，对着一口几乎被掏空的木箱，差点哭出来。那木箱跟随他很多年，大学时代全班一起去写生的时候，他在某边境县城把它买了下来。他从大学时代便一直用它装衣服。他的衣服太少，于是显得它大材小用。直到娜娜的衣服一点点地填满衣箱，像是她填满的生活一样。那些小巧的、带亮片铆钉和长长穗子的衣服，总是纠缠在一起，很难分开。

如果不是娜娜突然走进来，他可能真的就哭出来了。她似乎并不知道他在卧室里做的事情，因为她兴致勃勃地想要给他展示自己手臂上的数只手串——"你看！"她炫耀着自己的小宝贝们，像任何一个漂亮小姑娘一样，欢天喜地地沉醉于一切美好的事物。但娜娜很快被他的样子吓住了，她从来没有见过乔远这样的时候——他是画家，画国画，擅长写意人物，但他自己的生活，却从不写意。他很整洁、谨慎，拿上公文包便可以直接去政府上班。

乔远马上站起来，装作在整理地上的衣服。这样他才可以不必看着她的眼睛说话，他说自己要马上回家乡去一趟，"因为，一些……不太好的事情。"

他想了想，终于没有说出跟丧事、葬礼、车祸还有死亡有关的事情。那太复杂，他需要为此做出更多的解释。况且那也不是娜娜可以理解的，那属于他在南方的前半生，他想。

"可是……"娜娜说着就停住了，好像突然忘记要说什么。

他便走过去抱住她，想要用这样的办法让她放心。他也的确做到了。因为在那之后，娜娜没有再问，而是非常贤惠地帮他整理了行装——尽管她并不擅长家务。并不勤劳的她会成为一名服务员，这就已经像是命运的玩笑了。她竟还要开开自己的玩笑，像老练的妻子一般，认真嘱咐他关于内裤、袜子之类的细节。但这已经让他对娜娜心怀感激，他知道她毕竟太年轻了，这意味着他不能对她要求太多。

在准备出发的两个小时里，娜娜的手臂上始终挂着那些手串。它们随着她的动作，叮叮当当地一直在响，这让她就像是在跳一种边缘部落的舞蹈。她有时会让目光在那些手串上停那么一会儿，随即露出一丝非常难以察觉的笑容。它们每个都不一样，从质地、色泽、大小，都完全不一样。

"你为什么要戴这么多？"他觉得行李已经准备得差不多的时候，才想起来这样问她。

"我在整理我的首饰，突然都想戴上，我也不知道，呵呵，好看吗？"她说完又笑起来，没心没肺的样子。

他拉过她的手臂，把她橙黄色毛衣的袖口一直挽到胳肢窝，这样她可以骄傲地向他展示她细细的胳膊，和胳膊上那些杂乱的珠子。

"这是鸡翅木，这个也许是火山石，这个可能是沉香，这个么？比较奇怪，是海里的一种生物，玳瑁？这个，哦，这个，这个是你送给我的，十八子菩提。"娜娜拨弄着那些珠子，她的语气听起来并不像平时那么欢快，而有些嘶哑甚至伤感。

他想，也许是他今天的表现把她吓坏了。但她还是能假装镇静下来，用不属于年轻女孩的承受能力，假装一切都还正常。他于是疑心自己一直忽略了她的变化。当年他认识的那个不满二十岁的女孩，毕竟已经在鱼龙混杂的艺术区住了三年。她是否被他低估了呢？但他很快便不再往下想了。他暗示自己，她仍然是那个任性简单、没有心机的娜娜。因为她依然无法把任何一份工作做满三个月，只是因为西餐厅的餐具摆放规矩太复杂、中餐厅的油烟味道太浓重。因为她依然只是喜欢漂亮的衣服和首饰，哪怕它们其实很廉价，只是艺术区的周末跳蚤市场上出售的那些小玩意儿。

他赞美着她的手串。他每天都会这样做，赞美她的美丽和她美丽的东西们。她需要的不过是被欣赏。他曾经以此推断，她其实具备成为艺术家的某种素养——渴望被认可、被欣赏，还对美拥有强大的热情。

娜娜摘下乔远送给她的十八子菩提。在所有手串中，那是十分特别的一个。十八个不同形状、颜色、大小的菩提子，打结的地方束上一颗小小的佛塔形状的木珠，显出佛意。他的专业是写意人物，佛意于他，自然是重要的。

"你知道十八子的意思么？"她假装问他。

因为他从前便是这样问她的，在他们第一次做爱之后，他从手上摘下十八子串套在她的胳臂上的时候。

他是在敦煌的夜市里，发现了这串十八子菩提，只是觉得好看，用二十块钱便买了下来。那晚他同时还花去四十块钱买羊肉串、三十块买葡萄干。但最终带回北京的，其实只有这串十八子菩提。那是十分重要的一次旅行。他相信自己的艺术正是在敦煌的洞窟里找到了归宿。回北京后，他便辞去了学院的公职，义无反顾入住艺术区。那一年很多人这么做了，所以他并没有引发太多非议或关注。他很幸运，多年的稳定工作让他可以不必像艺术区的其他年轻艺术家一样，为每年都上涨的工作室租金牵肠挂肚。他的敦煌人物系列，也的确销路不错。这意味着，他可以在欣欣向荣的艺术区，长时间占有这间地段不错、带院落的工作室，以及每晚的艺术家沙龙里居于中心位置的那张沙发。

他笑了笑，没有回答她。这难免让她失望，但他现在其实并没有一种合适的情绪，来理会她这显然是很刻意的问话。他不可避免地还是会去想，回到南方后他将要去面对的那些事情：悲哀的情绪、难以应付的人情世故、庞大家族里的利益关系……那都是比十八子串这样的定情物更为深重和惨烈的现实。

娜娜有很多优点，最大的优点是她从不像小心眼的姑娘们那样计较。于是，她爽快地自问自答，"因为，十八子，便是李，我的名字，李娜娜。"她咯咯笑着，对自己的回答十分满意。

他说他该出发了，因为他还需要去找女票贩子取票。娜娜撒起娇来。这让他感到满足，他觉得自己被她需要着。这总是不错的感觉。她坚持要开车去送他。他觉得不好拒绝，尽管他总是不放心她开车的技术。

她又把那串十八子菩提，套在他的手腕上。手串顿时显得局促，并不如她戴起来好看。她说，"我已经有很多了，分你一个！"

她举起胳臂晃起来，那些手串，他看得很清楚，一共六个——玳瑁、沉香、鸡翅木、火山石，还有两个不明材质，看起来都太大、太粗野，其实不太适合她——纷纷滑落到她的肘部。他猜想，送她这些手串的，也许都是一些男人，像他一样的男人。

他们在火车站的送站通道里。乔远再一次从副驾驶座上探起身来，想去吻她——这总能避免两人之间那些不必要的谈话。他闻到了她身上熟悉的香味，觉得足够温暖。他后悔为什么要让她开车呢？这真不是明智的决定。

他们几乎同时听见了那阵凶狠的喇叭声，也几乎同时从对方的眼里看出了彼此受惊吓的样子。他们的桑塔纳挡住了后面的车。在火车站送站车道这样的地方，这是足以引发愤怒的做法。他只好很快下车，一边嘟囔着，"我先走，你小心开车"，一边还想着他本来想说的那到底是什么事情，该死。

她正在慌慌张张地挂挡。她又忘记应该先放下手刹。喇叭声还在响。这加重了他们的不安，所以他们都忽略了这离别时刻里本来想说的那些话。

两个星期后，娜娜没有来火车站接乔远。想到她开车的样子，那种种心不在焉的表现，乔远似乎松了一口气。但她应该没有像他这么想。她在电话里道歉，说对不起，她生病了，在床上整整高烧了一天。

"为什么没有告诉我？"他想起自己在南方度过的这两个星期，那真不是一次容易的旅程。尽管他对此早有预期，然而还是发生了许多意外。那些意外让他一直希望回程的火车可以走得更慢一些，以便他有足够的时间让自己平复到某种状态。

"我想，你有很多要处理的事情，而且，告诉你，也没什么用吧？"娜娜说，听起来真是那么回事。

"你现在觉得怎么样，还在发烧么？"他已经走到了北京站的地铁口，又退出来，往出租车排队的出口走去，他想应该尽快回艺术区去。

"好多了，真的，列宁同志已经不发烧了。"娜娜在电话里又笑起来，仿佛那真的很好笑一样。

从北京城去艺术区的这条两车道的公路，像是从康熙乾隆时候就已经这样了。高大的行道树已满满戴上油亮的叶子，那些叶子，是在一夜之间熟透的。

他打开出租车后排窗户，大口喘气，庆幸自己终于从一个鬼魂的国度里脱逃而出。正是最热的午后，他大动干戈开始脱皮夹克，仿佛如此便可以迅速摆脱过去的那段时光。

"一下就热了，是不是？北京没有春天。"司机自言自语。

他对着后视镜笑了笑，算是回答。

艺术区的入口处，车辆排着长队。艺术区的物业在这里装上了停车收费的闸口，就在乔远离开的这段时间里。进出艺术区都变成了更麻烦的事情。不耐烦的汽车、抱怨的行人，让长时间寂寥的艺术区看起来很有些不一样。

乔远也很快发现了其他一些明显的变化，到处都贴着花花绿绿的海报，路灯上都挂着长串的装饰、塑料的条幅。大风的春天肯定是过去了，条幅从路灯利落地垂到地面，几乎纹丝不动。地上满是被遗弃的海报、宣传页、各种颜色的纸杯、纸盘、彩带、面具、烟盒、啤酒瓶……不过这世上每场盛大的狂欢后都会出现的那些丰盛的遗迹。

"艺术节昨天就应该结束了，今天怎么还堵呢？"司机懒懒的语气，仿佛让人昏昏欲睡的天气一般。他的话听起来很勉强。司机并不真的想埋怨这漫长的等候——他可能刚刚吃过午饭，正觉得困意沉重，所以他才会一直让两手摊在腿上——没什么必要的话，决不去碰方向盘。

乔远这一次没有接话。他想起来，自己错过了一年一度的艺术节。这也是他意料中的事情。他在艺术区的工作室已经入住三年，这本来会是他参加的第三个艺术节，如果不是这次意外的话。

他不觉得自己需要为此遗憾。前两年的艺术节在他看来，大概也不过如此。各式各样的人突然被艺术节的名义召唤而来，在各个画廊和工作室之间流窜。人们对陌生人高举嘉士伯的绿色瓶子，仿佛他们早已是心照不宣的旧识。游人们名正言顺地释放他们与艺术区毫不相关的情绪，在画廊前台放名片的盘子里扔下一张或真或假的名片，那上面的信息时常让人困惑。

当然，艺术节期间也真的会做成一些交易，谈成一些看不出是否会有意义的合作。这才让艺术区的居民们天真地相信这热闹的节日其实还是值得期待的，尽管在那之后他们等来的通常都是房租即将大幅上涨的消息。

乔远只是担心娜娜。他在看见眼前景象的时候，才意识到这件事有多么可怕。他忘记在这场为期一周的艺术节开幕那天给娜娜打一个电话，询问她的情况，再嘱咐她工作室应该如何应对艺术节这种事情。

他怎么会忘记呢？那天似乎正好是葬礼。春天的长江正好送走自己最后一次春潮。乔远希望自己的一生都再也不要参加如此悲伤的仪式——乔家同时埋葬了三个亲人，乔远唯一的姑姑，还有姑父和表姐。他看见墓园的石碑，已经被南方长时间的春雨洗得闪亮，显然并不适合送葬人的情绪。站在墓园，他看见远远的地方那条不知名的河流，欢快地奔向长江——它丝毫没有因它的罪孽受影响。

听说人们把姑姑的汽车从河里打捞出来的时候，后排座位上的表姐一直拉着姑父的手。姑姑在驾驶座上。他们全都肿得像发胖了一倍。乔远发现自己其实并没有想象中那么悲伤。他们看起来太陌生了，完全不像他的家人。

尽管如此，他还是应该给娜娜打电话的。他现在想推算出来，艺术节开幕的时候是否正好是娜娜每周一天的休息日。不过他发现那没什么用，因为娜娜对咖啡馆的工作并不上心，上班或者休息，她只是看心情而定。任性受宠的女孩子都会这样，所以她们才不值得老板信任。

那是艺术区最老牌和著名的咖啡馆，在门外的小桌子和并不舒适的木椅上，经常会出现一些从事演艺娱乐事业的熟面孔。而那些真正身价昂贵的艺术家在这里出现的时候，很少有人会迅速把他们识别出来，除非是艺术区的住户。娜娜是少数一些认识这里几乎所有艺术家的服务生，这让她不需要太勤勉勉力也不会被辞退，况且辞退对她来说也不是太严重的事情，那经常发生。她太年轻了，还无法让一切看起来像是要永恒下去。

乔远的出租车已经进了入口。闸口处的收费员穿着一身不合体的制服，并不熟练地递给司机一张计时卡，又看了看后排座位上的乔远。收费员显然认识乔远，因为他似乎想跟他说些什么，或者跟他打招呼。只是出租车已经往前挪动了一段距离，他才不得不作罢。

一想到娜娜正在床上，刚刚大病过一场，乔远便希望她的高烧发生在艺术节到来之前。因为这样的话，她也许会在工作室里安静地生病，避开艺术节期间那种让人难以安分的气氛。他当然也知道这不太可能。他始终记得前两次的艺术节上，娜娜几乎快成为乔远工作室最重要的主角。她高高扎起来的刘海已经放下来，因为大风的季节已经过去了。她把刘海细心修剪得直直的，像是盖在头上的一块徽墨，黑得发亮。她在工作室进进出出，每半天换一身全新的造型，手指上总是会有一支细长的烟，随时等待老练的男人们为她点燃。她完全忘记了工作的事情，对工作室在艺术节期间迎来送往的琐碎事情也并不真正关心。她好不容易才挨过艺术区里所有人都像冬眠一般的漫长冬季，熬过了她最讨厌的大风的春天，她需要的，正是这样一场盛大的似乎专为她准备的节日。

是的，她怎么会让自己真正寂寞呢？乔远一年前对此并不在意，两年前也不在意。现在他却很有些不悦。这也无可厚非。他认为在人生最悲伤的时候，应该避免身边任何的欢愉，或者，是因为他错过了，他没有亲眼看到她如何游刃有余地度过一个节日。这未免也是一种遗憾。

他提前下了车，因为出租车很长时间看起来都没有再动过了。他带着简单的行李往自己工作室的方向走。他的行李与离开的时候相比，并没有多少变化，除了他给娜娜带回一只表姐的银镯子。他不太确定那是否合适，直到他在临行前，发现在南方迟暮的县城里很难找到适合娜娜的礼物后，才下定决心带走那只银镯子。当然，他并不一定需要给娜娜带礼物的。毕竟他回乡是因为葬礼。他去送别亲人，回到前半生，不断被扑面而来的江边雾气侵袭，想起并不恰当的回忆。他才是需要被安慰的那一个。他疑心其实需要这只银镯子的人，不过是自己。

工作室像是从他离开的那天开始便没有打扫过的样子。娜娜的小饰品们，那些耳环、项链、胸针，还有数不清的发夹，都堆在他画案的毛毡垫上，像是永远要被这样放置一般，看起来也名正言顺。

很多东西是艺术节期间多出来的。放名片的瓷盘已经快满了。每一张名片都意味着一个来访的陌生人。画家乔远并不在自己的工作室里，这些人会如何打量这间小有名气的工作室呢？墙上没有完成的画作，是他新进行的一些绘画实验。用工业用的朱砂粉代替水彩，画在最粗糙的油画帆布上。连油画需要的白色颜料的底，都省去不要，为了追求最真实原始的质感。他们会怎么评价他的实验？也有一些水墨小品，传统的写意人物。那其实更难一些。他已经灵感枯竭、难以为继，除非再有敦煌壁画这样醍醐灌顶的启发。他倒是在家乡那条不知名河流的岸边，想到了一些事情，但是他无法确定自己是否可以将感觉画出来。

人们会不会惊讶于工作室的凌乱，惊讶于女孩子气的各种小物件？他现在想起了两个星期前在火车站，他与娜娜临别的时刻里想要嘱咐她的话，"简单收拾一下工作室，如果可以，最好在艺术节之间闭门谢客。"

但现在这都没什么用了，很多痕迹都在提醒他——烟灰缸装满了烟蒂，茶盘上摆满酒瓶，诸如此类——这里在刚刚过去的一个星期里，曾经发生过的狂欢。

娜娜并不在工作室，也不在卧室。她大病初愈，这不是他意料中的局面。他一边想该给她打电话，一边放下行李，从行李里掏出那只表姐的银镯子。这大概并不值钱。银器在南方就像某种生活必需品，只是象征着一些吉祥的愿望，或者象征着人们如何抵御时间的伤害。每逢出生、结婚、死亡，他们便去买银器，花不多的钱，精挑细选一个讨喜的样式。在这些事情上，人们所能做的选择，其实非常有限。

这只银镯子，大概是表姐出生时，姑姑姑父买给她的。他们似乎格外有远见，给婴儿买了一只成人大小的镯子。"大概他们是想，这样结婚的时候便不再给我买了。"小时候表姐这样解释说。

表姐和他一样，生活在一种压抑的家庭气氛中。乔家人似乎永远深陷背叛的魔咒。乔远的整个前半生，都需要面对父亲频繁的出轨和母亲对他们父子的冷淡；表姐则相反，她一直在为让母亲，乔远的姑姑，能够早日回心转意而殚精竭虑。他们姐弟从小都相信，彼此的陪伴是重要的事情。

只是乔远还是背叛了她。他终究是乔家人，逃不出背叛的阴影。他没有永远陪着她，而是把她留在了南方绵长的雨季，终于让她死在那条他们曾经共同拥有过的河流里。他一点不惊讶，表姐为什么在最后的时刻里还一直攥着姑父的手。因为她只有这一个愿望，让一家人永远在一起，没有伤害、争吵和背叛。于是，她也实现了愿望。他们现在都已经化作粉尘，躺在同一个墓园。

"十八子菩提，这很好。"葬礼上，家族里一位远房的老人，这样对乔远说。乔远始终无法回想起这位老人与自己的亲属关系。他只是看起来很面熟，仿佛从乔远小时候起，他就已经是现在的样子了。他看起来就像三十多年没有换过衣服和发型。有些人就是这样，永远不会被时间惹上。

"这个，不值钱。"乔远不知道眼前的老人为什么会对他手上的东西感兴趣。他正在烧纸钱，目不转睛地看着铁皮桶里的火焰一点点膨大起来。

"十八子，说来也是十八界，六根，六尘，六识。"老人说。

乔远完全没在意他说了什么。他欣赏与佛意有关的那些东西，但他其实了解得并不多。何况这样的时候，他不会理会那些虚幻的文字游戏。

后来把十八子菩提扔进烧纸钱的铁皮桶里，他把那看作一种冲动的做法，并不像老人说的那样，是因为他想要六根清净。

"我只想他妈的耳根清净。"乔远心想，希望老人不要再来烦自己。他听着老人已经不再亲切的家乡话，后悔没真正嚷出他的心里话，因为那是对表姐的不敬。他不在乎姑姑和姑父，他只在乎表姐。

他几天以后才意识到，十八子菩提已经被他烧掉了。

这让他不安起来。几天来，他长时间浸泡在亲友们的迎来送往间，晚上独自整理表姐的遗物。表姐还没有嫁人，也几乎没留下什么东西。三十多岁的女人，没有一两件像样的首饰，和娜娜完全不一样。

他很难过，不知道怎么向娜娜解释。娜娜几乎把十八子菩提看作他们中的一种仪式——女孩们总是喜欢这种充满仪式感的事情，求爱、求婚、订婚、结婚，无不需要仪式，需要证据，仿佛那比事实本身更加重要。

对他和表姐来说，那全是无所谓的事情，他们从很小的时候便能在这一点上取得共识。表姐曾说，"那不重要，重要的是，我惦记着你。"

他那时还小，更愿意把表姐的话，看作一种安慰。寒冷的春江边，他们两个孩子，紧紧依偎在一起，也相信会有幸运的事情在自己身上发生，而他们已经像是不属于这个糟糕的世界上的人了。

所以，他们始终没能留下对方的什么纪念品，从没想过要给对方送一件像样的礼物。乔远不知道自己能不能一直保存住关于表姐的那些记忆，如果没有任何凭证的话。他曾经对此是有信心的，但这么多年过去，他越来越不敢确定。况且之前，表姐还在世。

表姐是他经历的第一个女人，她和所有那些女孩们都不一样。他会把一些无所谓的东西随手送给那些和他上床的女孩们，因为她们喜欢这样，也因为她们根本就不重要。就像他随手把手上的十八子菩提取下来送给娜娜，那只是因为他并不觉得他们会长久下去，所以才需要一些东西作为留念。但显然，他也没什么可以讨好女孩儿们的漂亮物件，他总是看到什么，便随手送给她们一些什么。娜娜或许是其中比较幸运的那一个，因为她得到了十八子菩提，带有佛意。是否正因为如此，娜娜才和他在一起度过了足够长久的三年？

他不会送给表姐任何东西，因为任何东西都配不上她。

于是他带走了那只银镯子。其他东西全都烧掉了，和十八子菩提一起。他知道对死者来说，这不是太妥当的做法。这件事想来，其实也不过是他随手取下自己带的某件东西，送给表姐，就像对待那些女孩们一样。可是他也知道，表姐不会介意，因为她毕竟还是跟所有人都不一样。

他听见是娜娜的声音，还有艰难的倒车入库的声音。他走出工作室，看见娜娜兴奋地从桑塔纳上下来。她两颊通红，的确是发过烧的样子。她的刘海，果然已经放下来了，直直的黑墨般的秀发。

"啊，你已经到了，怎么这么快？"娜娜显得很意外，她奔过来，想要拥抱他。

他抱着她，仍然没有想好怎么解释十八子菩提的事情。

他想过一些说法，比如洗手的时候弄掉了，或者在火车上睡觉的时候摘下来但忘记拿走，但都不够巧妙，也都会给她一个可以任性、撒娇甚至发脾气的机会。那不是他希望见到的局面，他如今心力交瘁，任何情况下只会想着要息事宁人。

"你，不发烧了？"他想，其实他不需要提这件事，直到非提不可的时候。也许到那时，他就已经知道该怎么应对了。

"我，好了。"她简短的回答，不太像她平时那样，说完一句话便自顾自咯咯笑起来。

乔远觉得，她其实和他现在的处境一样，在小心翼翼地避免谈到一些事情，他不知道她闪烁其词的是什么。但他现在也没有一点儿去揣摩的心情。女孩们的心思，猜来猜去，大约也不过如此。盛会上的赞美、男人们的追求、女人间的嫉妒，或者还有一些暧昧的调情、似是而非的眉目传情？到如今，都不过是些让他无奈又厌倦的事情。

"那，挺好。"他说。

"你呢？丧事办得都顺利么？"娜娜问。她知道他着急回乡，扔下她和一年一度的艺术区盛会，是因为家乡亲戚的丧事。但她永远不会知道，他送别的人，对他有多么重要。

"挺顺利的。"他敷衍着，搂着她走进自己潦草的工作室。

她并没有为工作室的一片狼藉感到不好意思。这也是她最大的优点，缺少足够的敏锐。

乔远不再去想十八子菩提，他也不打算把银镯子送给娜娜。他决定很多事情都将只属于他自己，他只能自己去面对，就像他现在只能独自清扫工作室一样。

娜娜在里屋，唱着一些听不出调子的歌，或许正在欣赏大衣箱里她那些古怪的服装。他们的生活通常都是这样的，各在一处，相安无事，彼此只有赞美，也从不真正让对方难堪。

他清空烟灰缸，扔掉茶盘上重重叠叠的空酒瓶和易拉罐，将那些肯定被翻阅过的画轴仔细卷起来，重归其位。他的确犹豫了一下，才决定动手整理娜娜摊在毛毡垫上的那些小首饰们。因为他需要画画，非常需要。表姐死后，这会是他唯一值得信赖的东西。娜娜决不会主动来收拾这些首饰们的，难道不是么？在过去的两周，她都有足够的时间来整理它们。但显然，她一直很忙，以至于都顾不上这些心爱的宝贝们，反正它们在毛毡垫上，会一直这么稳妥。

乔远又看见了娜娜的那些手串。沉香、鸡翅木、玳瑁、火山石，还有两个不明材质，一共是六个。临别那天，他清楚地数过。但现在，他同样清楚地发现，其中有一个他并没有见过的手串，并不是十八子菩提，看材质，他觉得，也许是金刚菩提。

他不知道是自己从前忽略了这串金刚菩提，还是这也和瓷盘里的那些名片一样，是这期间多出来的东西。